BASTEI
LÜBBE
TASCHENBUCH

Lissa Trevor

Stolz und Fesselspiel

Mr. Darcys dunkle Seite

Erotischer Roman

Aus dem amerikanischen Englisch von
Anna Wichmann

BASTEI
LÜBBE
TASCHENBUCH

BASTEI LÜBBE TASCHENBUCH
Band 17 250

Dieser Titel ist auch als E-Book erschienen

FSC
www.fsc.org
MIX
Papier aus verantwortungsvollen Quellen
FSC® C014496

Vollständige Taschenbuchausgabe

Deutsche Erstausgabe

Titel der englischen Originalausgabe: »Spank Me, Mr. Darcy«
Originalverlag: Riverdale Avenue Books, New York

Umschlaggestaltung: Jana Rumold; Guter Punkt, München
Satz: Urban SatzKonzept, Düsseldorf
Gesetzt aus der Palatino
Druck und Verarbeitung: GGP Media GmbH, Pößneck
Printed in Germany
ISBN 978-3-404-17250-4

2 4 5 3 1

1

Es ist eine allgemein anerkannte Wahrheit, dass ein dominanter Junggeselle, der eine beachtliche Auswahl an Fesseln besitzt, zu seinem Glück nur noch einer deutlich jüngeren, devoten Frau bedarf.

Erscheint ein solcher Mann erstmals an einem Ort, ist es zudem fest in den Köpfen der Nachbarn verankert, dass er irgendwann rechtmäßig an der Seite der ein oder anderen Tochter zu sehen sein wird.

»Mein lieber Mr. Bennet«, sagte seine Gattin eines Tages, nachdem sie ihm den Knebel aus dem Mund genommen hatte, »hast du schon gehört, dass Netherfield Park endlich einen neuen Besitzer hat?«

»Nein, meine Liebe«, antwortete Mr. Bennet.

»Aber dem ist so«, erwiderte sie und löste die Lederfesseln, mit denen sie ihren ungehorsamen Gatten an den Bettpfosten gebunden hatte.

Mr. Bennet sagte nichts, sondern nutzte die Gelegenheit, um seine Frau unter sich festzuhalten.

»Möchtest du denn gar nicht wissen, wer es gekauft hat?«, rief seine Frau und stieß ungeduldig das Becken nach oben, um ihn zu ermutigen, hart und schnell in sie einzudringen.

»Willst du es mir erzählen?« Mr. Bennet stöhnte, als er spürte, wie sich ihre Muskeln um sein Glied zusammenzogen. Er bestieg sie wie ein Mann, der bis an die Grenze seiner Belastbarkeit erregt worden war, und sein Gesäß leuchtete rot und schmerzte, da sie sich mit der Reitgerte daran ausgelassen hatte. »Ich habe nichts dagegen, dir zuzuhören, solange du für mich kommst.«

Das war Einladung genug.

»Oh Liebster, mir wird ja ganz anders.« Mrs. Bennet stöhnte vor Wonne, während er immer wieder kraftvoll in sie eindrang. Sie waren seit zwanzig Jahren verheiratet und hatten fünf Töchter großgezogen, aber er schaffte es noch immer, dass sie ihn über alle Maßen begehrte. Sie bohrte ihm die Fingernägel in die Schultern, als sie die süße Ekstase übermannte und sie kurz davor war, ihre Lust laut herauszuschreien. Doch dann stöhnte sie nur in seinen Mund und drängte sich seinen Stößen begierig entgegen, bis Funken vor ihren Augen tanzten und lustvolle Schauer drohten, sie in Stücke zu reißen.

Er stöhnte und kam kurz darauf ebenfalls, um dann auf Mrs. Bennet zusammenzusacken. Nach einem Kuss auf ihre Schulter drehte er sich auf den Rücken und starrte die Decke an, während er nach Atem rang.

»Mrs. Long sagt, dass Netherfield von einem jungen, sehr vermögenden Mann aus dem Norden Englands gekauft wurde, der am Montag in einer vierspännigen Kutsche vorbeigekommen ist und sich das Haus angesehen hat. Er war so angetan davon, dass er es noch vor Michaeli beziehen will, und einige seiner Sachen sollen schon Ende nächster Woche hier eintreffen.«

»Wie ist denn sein Name?«, wollte Mr. Bennet wissen und legte sich auf die Seite, um ihren prächtigen Körper zu bewundern.

»Bingley.«

»Ist er verheiratet oder ledig?«

»Oh, er ist ledig, mein Lieber, das weiß ich genau! Was für eine wunderbare Sache für unsere Mädchen!«

»Wieso das? Was haben sie davon?« Er streichelte ihre Brüste und beobachtete, wie ihre Nippel noch härter wurden. Dann zog er an ihnen und drehte sie zwischen den Fingerspitzen.

»Mein guter Mr. Bennet«, erwiderte seine Gattin, »du weißt ganz genau, dass ich daran denke, er könnte eine von ihnen heiraten.«

»Lässt er sich aus diesem Grund hier nieder?« Er ließ die Finger über ihren Brustkorb und ihren Bauch wandern, um in das lockige Haar zwischen ihren Beinen zu greifen und daran zu ziehen.

»Aus diesem Grund?«, rief sie auf und bewegte als Reaktion auf seine Liebkosung das Becken. »So ein Unsinn, wie kannst du nur so etwas sagen? Aber es ist durchaus wahrscheinlich, dass er sich in eine von ihnen verliebt, daher musst du ihm deine Aufwartung machen, sobald er hier eingetroffen ist.«

»Ich sehe keine Veranlassung dafür«, meinte er und strich mit den Fingern über ihre feuchten Liebeslippen. »Du kannst ja mit den Mädchen hingehen oder sie allein hinschicken, was vielleicht noch besser ist, da du ebenso hübsch bist wie sie. Nicht, dass du Mr. Bingley noch am besten gefällst, denn ich habe nicht die geringste Absicht, dich mit ihm zu teilen.« Langsam schob er seine Finger in ihre weiche Spalte.

»Du schmeichelst mir, mein Liebster«, säuselte sie und bog sich ihm entgegen. »Ich hatte zwar auch meinen Teil an Schönheit, aber heute gebe ich nicht mehr vor, etwas Besonderes zu sein. Wenn eine Frau fünf erwachsene Töchter hat, sollte sie damit aufhören, an ihre eigene Schönheit zu denken.«

»In solchen Fällen hat die Frau oft keine Schönheit oder kein Talent mehr, du hingegen bist außergewöhnlich schön und talentiert.« Er streichelte sie, bis sie erneut den Höhepunkt erreichte und sich ihr Körper um seine Finger herum zusammenzog. Sie umklammerte seine Schultern und riss ihren Mund vor Lust und Vergnügen weit auf.

Er nahm die Reitgerte in die Hand und strich damit über ihr Gesäß.

Sie drückte sich an ihn, als das warme Leder ihre empfindsame Haut berührte. »Du musst Mr. Bingley auf jeden Fall besuchen, sobald er sich in unserer Nachbarschaft niederlässt, mein Lieber.«

»Das kann ich dir beim besten Willen nicht versprechen.«

»Aber denk doch nur an deine Töchter.«

»Davon sehe ich lieber ab, solange ich mit dir im Bett liege.«

»Siehst du denn nicht, was für eine gute Partie er für eine von ihnen abgeben würde? Wir können ihn unmöglich besuchen, wenn du es nicht auch tust.«

»Du solltest keine derartigen Bedenken haben. Ich wage zu behaupten, dass Mr. Bingley hocherfreut über deinen Besuch sein wird, insbesondere wenn du dein blaues Kleid trägst. Möglicherweise führst du ihn sogar ein wenig in Versuchung, aber wenn ich herausfinde, dass er sich Freiheiten herausgenommen hat, dann werde ich dich dafür bestrafen.« Er ließ die Reitgerte gegen ihre Brustspitzen schnippen.

Sie erschauerte bei dem unheilvollen Tonfall ihres Gatten. Es klang fast so, als wollte er, dass sie ungehorsam war.

»Aber ich werde ihm über dich ein paar Zeilen zukommen lassen, um ihm meine aufrichtige Zustimmung zu versichern, falls er sich entschließen sollte, eines unserer Mädchen zu ehelichen. Dabei muss ich auch ein gutes Wort für meine kleine Lizzy einlegen. Sie ist so ruhig und gehorsam und wird eine gute Ehefrau abgeben.«

»Ich flehe dich an, das nicht zu tun. Lizzy ist nicht besser als die anderen, und ich würde behaupten, dass sie nicht halb so hübsch wie Jane und nicht halb so amüsant wie Lydia ist. Aber du hast sie den anderen schon immer vorgezogen.«

»Keine von ihnen besitzt viele lobenswerte Eigenschaften«, entgegnete er. »Sie sind alle dumm und ignorant, wie es Mädchen nun einmal sind. Aber Lizzy ist etwas intelligenter als ihre Schwestern. Sie hat einen verborgenen Kern, ein Geheimnis, das einen Mann in die Besessenheit treiben kann ... ganz so wie ihre Mutter.« Er küsste sie leidenschaftlich, doch sie stieß ihn weg.

»Mr. Bennet, wie kannst du deine anderen Kinder derart ignorieren? Es macht dir offenbar Freude, mich zur Weißglut zu treiben. Zuerst lässt du mich Dominanz ausüben, um sie mir dann mit groben Worten und deiner Kraft wieder zu nehmen. Hast du denn gar kein Erbarmen, was meine Bedürfnisse angeht?«

»Ganz im Gegenteil, Liebste, ich respektiere deine Bedürfnisse sogar sehr. Sie sind wie alte Freunde für mich. Ich habe in den letzten zwanzig Jahren oft mit einem offenen Ohr zugehört, wenn du von ihnen gesprochen hast.«

»Ach, du weißt ja gar nicht, was ich leide.«

»Aber ich hoffe, dass du darüber hinwegkommen und mitansehen wirst, wie noch viele wohlhabende junge Männer in unsere Gegend ziehen.«

»Das wird uns nichts nützen, selbst wenn es zwanzig sind, solange du ihnen nicht deine Aufwartung machst.«

»Falls es wirklich zwanzig werden, kannst du dich darauf verlassen, dass ich sie alle besuche, Liebste.« Er beugte sich vor und widmete sich der Aufgabe, seine Gattin mit der Peitsche in Ekstase zu bringen. Er streichelte ihre Oberschenkel und ihre Fußsohlen, peitschte sie dann und lächelte vor

Freude. Als sich seine Gattin daraufhin erregt auf ihn stürzte, gestattete er, dass sie ihren Spaß an ihm hatte.

Mr. Bennet war eine derart seltsame Mischung aus Intelligenz, sarkastischem Humor, Zurückhaltung und Launenhaftigkeit, dass es seiner Frau in den dreiundzwanzig Jahren, die sie nun schon an seiner Seite weilte, noch nicht gelungen war, seinen Charakter zur Gänze zu begreifen. Auch er ließ sich gern fesseln und schlagen, aber letzten Endes war er doch der dominante Part in ihrer Beziehung.

Im Gegensatz zu seinem Wesen war Mrs. Bennets deutlich leichter zu ergründen. Sie war eine Frau von geringer Auffassungsgabe, eher schwachem Verstand und mit einem launenhaften Temperament. Wenn sie unzufrieden war, redete sie sich stets ein, sie wäre nervös. Die Gerte und die Fesseln konnten sie jedoch in eine sinnliche Kreatur verwandeln, die verlockend und fügsam war und den gemeinsamen Vergnügungen sehr aufgeschlossen gegenüberstand. Nicht zuletzt deshalb bestand ihre Lebensaufgabe darin, ihre Töchter glücklich zu verheiraten, damit sie die Spiele mit ihrem Gatten ungestört genießen konnte.

2

Mr. Bennet gehörte zu den Ersten, die Mr. Bingley in Netherfield Park ihre Aufwartung machten. Er hatte ohnehin beabsichtigt, ihn zu besuchen, da er wundervolle Erinnerungen an die Orgien hatte, die in seiner Jugend in den unteren Räumlichkeiten des stattlichen Hauses abgehalten worden waren. Zu seiner großen Freude sah er, dass die Bediensteten nun die Kerker und Spielbereiche wieder herrichteten. Vielleicht würden Mrs. Bennet und er in Zukunft einigen seiner dunkleren Begierden frönen, die er seiner Gattin bisher noch vorenthalten hatte. Um ihre Neugier nicht zu wecken, hielt er seinen Ausflug geheim. Noch am Abend wusste sie nichts von dem absolvierten Besuch. Während seine zweite Tochter damit beschäftigt war, einen Hut einzufassen, sprach er sie an.

»Ich hoffe, er wird Mr. Bingley gefallen, Lizzy.«

»Wir können unmöglich wissen, was Mr. Bingley gefällt«, erwiderte ihre Mutter verärgert, »da wir ihn nicht aufsuchen werden.«

»Aber du scheinst zu vergessen, Mama«, warf Elizabeth ein, »dass wir ihm bei den Gesellschaften begegnen werden und dass Mrs. Long versprochen hat, ihn uns vorzustellen.«

»Ich bezweifle, dass Mrs. Long das tun wird. Sie hat selbst zwei Nichten und ist eine egoistische und scheinheilige Person. Ich halte nicht viel von ihr.«

»Ich ebenso wenig«, meinte Mr. Bennet, auch wenn das

nicht ganz der Wahrheit entsprach. In seiner sündhaften Jugend hatte er einst das Vergnügen genossen, den Mund dieser Dame an seinem erigierten Glied zu spüren. »Und ich bin sehr froh, dass ihr nicht auf ihre Dienste angewiesen seid.« Allein der Gedanke, dass es anders sein könnte, war ihm zutiefst zuwider.

»Und hör auf zu husten, Kitty, um Himmels willen! Hab doch ein wenig Mitleid mit meinen Nerven! Du wirst sie noch zum Zerreißen bringen!«, sagte nun Lydia.

»Kitty kann doch nichts für ihren Husten«, stellte der Vater fest. »Nur leider hustet sie immer zur falschen Zeit.« Auch sonst war seine jüngste Tochter Lydia nicht im Geringsten diskret, was noch ein Problem werden könnte, wenn sie erst einmal in die feine Gesellschaft eingeführt werden würde.

»Ich huste doch nicht, weil es mir Spaß macht«, erwiderte Kitty gereizt. »Wann soll der nächste Ball denn stattfinden, Lizzy?«

»Morgen in zwei Wochen«, antwortete Elizabeth, der man die Ungeduld förmlich ansehen konnte.

»Ja, so ist es!«, rief ihre Mutter. »Und Mrs. Long kommt erst am Tag davor zurück, sodass es ihr unmöglich sein wird, ihm unsere Töchter vorzustellen, da sie ihn ja dann selbst noch nicht kennt.« Sie starrte ihren Gatten wütend an. Es wäre so schön gewesen, dorthin zu gehen. Sie hatte schon sehr viel von Netherfield gehört. Aber ohne Mr. Bingleys Zustimmung würden weder sie noch ihre Töchter dorthin eingeladen werden.

»Dann wirst du ihr gegenüber im Vorteil sein, meine Liebe, da *du* ihr Mr. Bingley dann vorstellen kannst.« Ein teuflisches Grinsen umspielte seine Lippen, bei dem seine Gattin sich unwillkürlich genießerisch auf die Unterlippe biss. Dabei war sie doch eigentlich wütend auf ihn, da er sich so offenkundig weigerte, ihr bei der Verheiratung ihrer Töchter zu helfen.

»Das ist unmöglich, Mr. Bennet, schlicht und einfach unmöglich, da ich ihn ja auch nicht kenne. Wie kannst du nur derart gemein zu mir sein?«

»Deine Sorge ehrt dich, meine Liebe. Eine vierzehntägige Bekanntschaft ist tatsächlich sehr kurz. Nach so kurzer Zeit weiß man noch nicht, was für ein Mann er wirklich ist. Aber wenn wir den Mut nicht aufbringen, wird es jemand anderes tun, und letzten Endes müssen Mrs. Long und ihre Nichten eine Chance bekommen. Sie wird es als Akt der Freundschaft ansehen, und wenn du es nicht tun willst, dann werde ich diese Aufgabe eben übernehmen.«

Die Mädchen starrten ihren Vater an. War es etwa möglich, dass sie doch an der Feier in Netherfield Park teilnehmen durften?

»Unsinn, Unsinn!«, murmelte Mrs. Bennet nur.

»Was hat denn dieser entschiedene Protest zu bedeuten?«, rief er. »Hältst du diese Art des Vorstellens und seine Bedeutung etwa für Unsinn? In diesem Fall kann ich dir leider nicht zustimmen. Was sagst du dazu, Mary? Du bist eine junge Dame, die alles stets gut durchdenkt, wie ich wohl weiß, die viele Bücher liest und Abhandlungen darüber schreibt.«

Mary hätte gern etwas Vernünftiges gesagt, aber ihr wollte einfach nichts einfallen. Sie hatte gerade über einen Abschnitt nachgegrübelt, den sie in einem Tagebuch aus der Bibliothek gelesen hatte. Die Frau darin hatte eine schwarze Dominomaske getragen, und die Männer hatten sie angefleht, ihnen die Ehre zuteilwerden zu lassen, sie befriedigen zu dürfen. Wenn sie selbst eine Maske trüge, würde niemand auf den Gedanken kommen, dass sie die schlichte Mary, die unscheinbarste der Bennet-Schwestern, war.

»Während Mary noch ihre Gedanken ordnet«, fuhr er fort, »können wir ja zu Mr. Bingley zurückkehren.«

»Ich bin dieses Thema leid!«, erklärte seine Gattin. Sie ging immer noch davon aus, dass es ihr nicht gelungen war, ihren Mann dazu zu bringen, an einem Nachmittag zum Tee bei diesem vorbeizuschauen, und so fühlte sie sich nun wie eine Versagerin.

»Ich bedauere sehr, das zu hören, aber hättest du mir das nicht früher sagen können? Wenn ich das heute Morgen gewusst hätte, wäre mir die Mühe erspart geblieben, ihm meine Aufwartung zu machen. Das ist wirklich zu bedauern, denn ich habe ihn tatsächlich aufgesucht, und nun können wir die Bekanntschaft nicht mehr rückgängig machen.«

Das Erstaunen der Damen war genau das, was er beabsichtigt hatte, wobei Mrs. Bennet dem Anschein nach noch viel verblüffter war als ihre Töchter. Doch als der erste Freudentaumel vorüber war, verkündete sie, dass sie insgeheim die ganze Zeit über mit so etwas gerechnet hatte.

»Wie gut du doch zu uns bist, liebster Mr. Bennet! Aber ich wusste, dass ich dich letzten Endes überzeugen würde. Ich war mir sicher, dass du deine Töchter viel zu sehr liebst, um ihnen diese Bekanntschaft vorzuenthalten. Ach, nun bin ich froh! Und es ist wirklich höchst amüsant, dass du ausgerechnet heute Morgen dort warst und bis jetzt kein Wort davon erwähnt hast.« Sie warf ihrem Gatten einen verführerischen Blick zu und ging mit wiegenden Hüften in Richtung Schlafzimmer davon.

»Jetzt kannst du so viel husten, wie du willst, Kitty«, verkündete Mr. Bennet und verließ den Raum, da er sich auf ein weiteres wonnetrunkenes Schäferstündchen mit seiner Gattin freute.

»Was haben wir doch für einen großartigen Vater«, sagte

Elizabeth, nachdem er die Tür hinter sich geschlossen hatte. »Ich weiß nicht, wie wir ihm seine Güte je vergelten sollen. Lasst euch von mir gesagt sein, dass es in unserem Alter nicht so angenehm ist, jeden Tag neue Bekanntschaften zu machen, aber um unsere Zukunft zu sichern, sollten wir genau das tun. Lydia, Liebes, du bist zwar die Jüngste, aber ich würde behaupten, dass Mr. Bingley auf dem nächsten Ball auch mit dir tanzen wird. Ich habe wahrlich wundersame Dinge über das gehört, was auf Netherfield vor sich gehen soll. Es heißt, dort gäbe es Lusträume voller dekadenter und verruchter Dinge. Wir können nur hoffen, dass wir einen guten Eindruck auf ihn machen, damit er uns auch dorthin einlädt.«

»Oh!«, erklärte Lydia beherzt, »ich habe keine Angst. Ich bin zwar die Jüngste, aber auch die Mutigste von uns.«

Den restlichen Abend verbrachten sie mit Mutmaßungen darüber, wann Mr. Bingley wohl Mr. Bennets Besuch erwidern würde, und sie beschlossen, ihn zum Abendessen einzuladen.

3

Trotz der Hilfe ihrer fünf Töchter gelang es Mrs. Bennet nicht, alles über das Treffen mit Mr. Bingley von ihrem Gatten zu erfahren, was sie wissen wollte, oder auch nur eine zufriedenstellende Beschreibung ihres neuen Nachbarn zu erhalten. Sie versuchten es auf unterschiedliche Weise und konfrontierten Mr. Bennet mit direkten Fragen, geschickten Spekulationen und vagen Vermutungen. Mrs. Bennet hatte ihn sogar ausgepeitscht, bis sie keuchte und ganz verzweifelt war, aber ihre Bemühungen blieben vergebens, sodass sich die Frauen schließlich genötigt sahen, auf die Informationen ihrer Nachbarin Lady Lucas zurückzugreifen, auch wenn diese nur aus zweiter Hand waren. Dafür fiel dieser Bericht äußerst erfreulich aus. Mr. Bingley war offenbar von angenehmem Wesen, auch wenn er grob mit seinen Dienstboten umging. Selbst Sir William war von ihm angetan gewesen, nachdem er etwa eine Stunde in Netherfield verbracht hatte. Mr. Bingley war noch recht jung, ausgesprochen gut aussehend, und er hatte vor, mit einer größeren Gruppe von Gleichgesinnten zur nächsten Gesellschaft zu erscheinen, was die Krönung des Ganzen war. Nichts hätte wunderbarer sein können! Die gemeinsame Freude am Tanzen war ein sicherer Schritt in Richtung Verliebtheit, und man setzte große Hoffnungen darauf, Mr. Bingleys Herz zu gewinnen.

»Wenn ich nur eine meiner Töchter glücklich in Netherfield wüsste und die anderen gut verheiratet hätte«, meinte

Mrs. Bennet zu ihrem Gatten, als sie mit gefesselten Händen und Füßen vor ihm kniete, »ich wäre wunschlos glücklich.«

Als ihr Mr. Bennet seinen Schaft in den Mund schob, sagte sie nichts mehr.

Wenige Tage später erwiderte Mr. Bingley Mr. Bennets Besuch und saß für etwa zehn Minuten mit ihm in der Bibliothek. Mr. Bingley hatte gehofft, einen Blick auf die jungen Damen werfen zu können, von deren Schönheit er schon viel gehört hatte, und möglicherweise sogar jede von ihnen in Bezug auf ihre Empfindsamkeit und ihre Wünsche prüfen zu können. Doch er bekam nur ihren Vater zu sehen, dessen einziges Interesse einem geplanten Dreier mit einer vollbusigen Dienstmagd und seiner Gattin galt. Die Damen des Hauses hatten hingegen mehr Glück, da sie nach einem Blick aus einem der Fenster im oberen Stock immerhin wussten, dass Mr. Bingley einen blauen Rock trug, ein schwarzes Pferd ritt und einen muskulösen Hintern hatte.

Kurz darauf wurde eine Einladung zum Abendessen verschickt. Als dies geschah, hatte Mrs. Bennet längst die Speisefolge festgelegt, was für ihre Haushaltsführung sprach, und sich darüber hinaus überlegt, wie sie ihre Vorzüge in ihrem blauen Kleid am besten zur Geltung bringen konnte. Doch die Antwort machte all ihre Bemühungen zunichte. Mr. Bingley wurde am folgenden Tag in der Stadt gebraucht und musste aus diesem Grund auf die Ehre verzichten, ihre Einladung anzunehmen. Mrs. Bennet war entrüstet. Sie konnte sich nicht vorstellen, welche Geschäfte ihn so kurz nach seiner Ankunft in Hertfordshire schon wieder in die Stadt zurückriefen, und befürchtete bereits, dass er möglicherweise ständig von einem Ort zum anderen hasten und sich nie richtig in Netherfield niederlassen würde, wie es sich gehörte.

Lady Lucas konnte sie diesbezüglich ein wenig beruhigen. Schon bald ging das Gerücht um, dass Mr. Bingley in Begleitung von zwölf Damen und sieben Herren zu der Gesellschaft erscheinen würde.

Die hohe Anzahl der Damen war zwar betrüblich, aber die anderen weiblichen Gäste konnten sich am Tag vor dem Ball insofern trösten, als dass es plötzlich hieß, er hätte nur sechs statt der zwölf Damen aus London mitgebracht – seine fünf Schwestern und eine Cousine. Als die Gruppe schließlich den Festsaal betrat, bestand sie sogar nur aus fünf Personen: Mr. Bingley, zwei seiner Schwestern, dem Ehemann der älteren der beiden und einem weiteren jungen Mann.

Mr. Bingley sah gut aus und war ein vollkommener Gentleman. Er hatte ein angenehmes Gesicht und ein ungezwungenes, ungekünsteltes Wesen. Seine Schwestern waren elegante Damen, die sehr modisch gekleidet und von einer klassischen Schönheit waren. Sein Schwager Mr. Hurst sah nur gerade so aus wie ein Gentleman und wurde während der Gesellschaft dabei gesehen, wie er ein Dienstmädchen befingerte, aber sein Freund Mr. Darcy zog schnell die Aufmerksamkeit aller auf sich, da er ein stattlicher, groß gewachsener Mann von attraktivem Äußeren und edler Haltung war. Schon fünf Minuten nach seinem Erscheinen hieß es überdies, er wäre unermesslich reich. Die Gentlemen bezeichneten ihn als gestandenes Mannsbild, während die Damen erklärten, er wäre viel attraktiver als Mr. Bingley. Den halben Abend lang wurde er mit großer Bewunderung angesehen, bis seine Manieren schließlich doch Abscheu hervorriefen, was seine Beliebtheit drastisch sinken ließ. Er machte den Mund nur auf, wenn man ihn ansprach, und redete auch dann nur derart widerstrebend, dass er bald als hochmütig galt. Es wirkte, als wäre er der Ansicht, er würde über den anderen stehen, und als würde nichts sein Gefallen finden. Nicht einmal sein großer Besitz in Derbyshire konnte ihn daran hindern, eine derart abstoßende und missmutige Miene aufzusetzen, dass es im Vergleich zur Aufgeschlossenheit seines Freundes unwürdig wirkte.

Mr. Bingley hatte sich schon bald mit allen wichtigen Personen im Raum bekannt gemacht. Er war lebhaft und ungezwungen, ließ keinen Tanz aus, schien erzürnt darüber zu sein, dass der Ball so früh zu Ende ging, und sprach davon, selbst einen auf Netherfield zu veranstalten, auf dem es reichlich Speisen und Getränke geben und Musik und Belustigungen nicht vor dem Morgengrauen ein Ende nehmen würden. Seine außergewöhnliche Liebenswürdigkeit sprach für sich. Was war das nur für ein Gegensatz zu seinem Freund! Mr. Darcy tanzte nur zweimal: einmal mit Mrs. Long, die ihren Gatten ignorierte und Mr. Darcy flüsternd vorschlug, für einen kurzen Koitus nach draußen zu gehen. Und einmal mit Miss Long, die in seinen Armen wie eine eingeschüchterte Jungfrau zitterte, woraufhin Mr. Darcy folgerte, dass sie eben jenes auch war. In gewisser Hinsicht fand er beide Damen faszinierend. Er hätte keine Einwände dagegen gehabt, mit Mrs. Long zu kopulieren, während ihr Gatte zusah, und ebenso gern hätte er die junge Dame entjungfert, auch das bei Bedarf vor Publikum. Aber Mr. Darcy war der Ansicht, dass das angesichts seiner Einführung in die ruhige, ländliche Gesellschaft von Meryton zu viel gewesen wäre. Daher lehnte er es auch ab, noch weiteren Damen vorgestellt zu werden, und verbrachte den Rest des Abends damit, im Saal herumzuschlendern und sich gelegentlich mit jemandem aus der Gruppe seiner Begleiter zu unterhalten. Inzwischen hatte man sich eine Meinung über seinen Charakter gebildet: Er schien der hochmütigste, unangenehmste Mann der Welt zu sein, und alle hofften, ihm nie wieder begegnen zu müssen. Unter jenen, die sich am vehementesten gegen ihn aussprachen, befand sich auch Mrs. Bennet, deren Abneigung gegen ihn noch durch die Tatsache verstärkt wurde, dass er eine ihrer Töchter beleidigt und noch dazu ihr blaues Kleid komplett ignoriert hatte.

Elizabeth Bennet hatte sich durch den Mangel an Tanzpartnern gezwungen gesehen, zwei Tänze auszulassen, und während dieser Zeit hatte Mr. Darcy ganz in der Nähe gestanden, sodass sie seine Unterhaltung mit Mr. Bingley mit anhören konnte, der einige Minuten vom Tanzen pausierte und seinen Freund drängte, eine Dame aufzufordern.

»Komm schon, Darcy«, sagte er. »Ich möchte, dass du auch tanzt. Ich kann es nicht mitansehen, dass du auf diese törichte Weise allein hier herumstehst. Du solltest lieber tanzen oder Mrs. Longs offensichtliche Einladung annehmen.«

»Das werde ich auf gar keinen Fall tun. Du weißt ganz genau, dass ich das Tanzen verabscheue, wenn ich meine Partnerin nicht sehr gut kenne. Und wenn ich Mrs. Long nehme, hätte ich gern Zuschauer. Doch das wäre bei einer Gesellschaft wie dieser hier unangebracht. Deine Schwestern sind bereits vergeben, und es gibt im ganzen Saal keine andere Frau, bei der es keine Strafe wäre, sich mit ihr abzugeben.«

»Du solltest nicht so anspruchsvoll sein!«, rief Mr. Bingley. »Bei meiner Ehre, ich habe in meinem ganzen Leben noch nie so viele liebenswürdige Mädchen kennengelernt wie an diesem Abend, und darunter sind einige, die ich als ungewöhnlich hübsch bezeichnen würde.«

»Du tanzt mit dem einzigen schönen Mädchen im Saal«, stellte Mr. Darcy fest und musterte die älteste Miss Bennet.

»Mehr noch. Sie ist das schönste Geschöpf, das ich je gesehen habe! Ihre Brüste gleichen saftigen Melonen, von denen ich nur zu gerne kosten würde. Aber eine ihrer Schwestern sitzt gleich hinter dir, und sie ist ebenfalls sehr hübsch und wohl auch sehr liebenswürdig, würde ich meinen. Sie besitzt einen wundervollen Mund, bei dem meine Männlichkeit in Wallung gerät. Soll ich meine Tanzpartnerin bitten, euch einander vorzustellen?«

»Welche meinst du?« Er drehte sich um und sah Elizabeth einen Augenblick lang an, bis sich ihre Blicke kreuzten. Dann wandte er sich rasch ab und erwiderte kalt: »Sie ist vertretbar, aber nicht hübsch genug, um mich in Versuchung zu führen. Trotz ihrer Lippen bin ich momentan nicht versucht, mich mit jungen Damen abzugeben, die von anderen Männern verschmäht werden. Sie sieht zu unschuldig aus, als dass sie an den Spielen teilnehmen könnte, die mir Lust bereiten. Ich möchte ihr nicht ihre Illusionen nehmen. Und du solltest zu deiner Tanzpartnerin zurückkehren und ihr Lächeln genießen, statt bei mir nur deine Zeit zu vergeuden.«

Mr. Bingley folgte dem Ratschlag, und Mr. Darcy ging weiter. Elizabeth blieb mit wenig freundlichen Gefühlen für ihn zurück. Sie war nicht unschuldiger als die anderen anwesenden Mädchen, und so erzählte sie diese Episode ihren Freundinnen auf ihre temperamentvolle, spielerische Art, mit der sie sich über alles Absurde zu amüsieren pflegte.

Insgesamt verlief der Abend jedoch für die ganze Familie sehr erfreulich. Mrs. Bennet hatte gesehen, wie ihre älteste Tochter von der Netherfield-Gesellschaft bewundert wurde. Mr. Bingley hatte zweimal mit ihr getanzt, und sogar seine Schwestern hatten ihr Anerkennung gezollt. Als sich die beiden für einen Augenblick davonstahlen, um allein zu sein, war das nicht skandalös, sondern höchst zufriedenstellend.

Für Jane war dieser Umstand ebenso befriedigend wie für ihre Mutter. Elizabeth konnte Janes Freude ebenfalls nachempfinden, verspürte jedoch auch eine gewisse Leere, da sie nicht von einem übereifrigen Verehrer in einer Ecke liebkost worden war.

Mary hatte gehört, wie sie Miss Bingley gegenüber als das gebildetste Mädchen der Gemeinde bezeichnet worden war, und Catherine und Lydia hatten das Glück gehabt, nie ohne Tanzpartner zu sein, worauf es bei einem Ball schließlich ankam.

Daher kehrten sie alle gut gelaunt nach Longbourn zurück, in das Dorf, in dem sie wohnten und dessen bedeutendste Einwohner sie waren. Mr. Bennet war noch nicht zu Bett gegangen, sondern saß vor einem Buch über erotische Kunstwerke und hatte die Zeit vergessen. Überdies war er gespannt darauf, was es über den Verlauf des Abends zu berichten gab, an den derart hohe Erwartungen gestellt worden waren. Er hatte zwar gehofft, dass seine Frau nicht unbedingt die beste Meinung über den Fremden haben würde, musste jedoch schnell feststellen, dass das genaue Gegenteil der Fall war.

»Oh, mein lieber Bennet!«, rief sie, als sie das Schlafzimmer betrat. »Wir hatten einen höchst unterhaltsamen Abend, es war ein wundervoller Ball. Schade, dass du nicht dort gewesen bist.«

Er legte das erotische Buch beiseite und schlug den Morgenmantel auf, um seiner Gattin seine beachtliche Erektion zu präsentieren.

»Hast du dich auch gut benommen?«

Mrs. Bennet errötete.

»Erzähl mir von dem Ball«, bat er sie und zerrte grob an den Säumen ihres Kleides, bis sie aufrissen und ihre Brüste aus dem Korsett fielen. Er nahm ein kleines Messer von dem Tablett, auf dem ihm das Abendessen serviert worden war, und schnitt die Säume ganz auf, sodass das blaue Kleid in Fetzen an seiner Gattin herunterhing.

»Oh«, keuchte sie, als er ihr in eine Brustwarze kniff. »Nun, Jane wurde sehr bewundert, dass es nicht besser hätte sein können. Alle betonten, wie gut sie aussieht, und auch Mr. Bingley hielt sie für sehr schön und hat zweimal mit ihr getanzt! Stell dir das nur vor, Liebster, er hat tatsächlich zweimal mit ihr getanzt! Und sie war das einzige Mädchen im Saal, das er ein zweites Mal zum Tanzen aufgefordert hat. Als Erstes hat er Miss Lucas aufgefordert. Ich war so wütend, als ich ihn bei ihr stehen sah!«

»Weißt du, was mich wütend macht?«, fragte Mr. Bennet und starrte die Brüste seiner Frau nachdenklich an. »Der Liebesbiss von mir verblasst langsam.« Er streichelte die gerötete Stelle neben der Brustspitze. Sie keuchte auf, als er seinen Mund darauf drückte und fest daran saugte. Mrs. Bennet wand sich, während ihr Gatte das Korsett mit dem Messer zerschnitt und ihr die Überreste des blauen Kleides vom Leibe riss. Dann ließ er mit einem lauten, schmatzenden Geräusch von ihrer Brust ab.

»Wer ist dein Herr?«, wollte Mr. Bennet wissen und strich mit der flachen Kante des Messers über ihren zitternden Bauch, um die Bänder ihrer Unterwäsche zu zerschneiden.

»Das bist du, mein Lieber. Aber ich habe dir noch nicht alles von Mr. Bingley erzählt. Er schien recht angetan von Jane zu sein, als er sie beim Tanz sah. Daher erkundigte er sich, wer sie war, ließ sich vorstellen und bat sie um den nächsten Tanz. Den dritten tanzte er mit Miss King, den vierten mit Maria Lucas, den fünften wieder mit Jane, den sechsten mit Lizzy und den Boulanger ...«

»Wenn er nur einen Hauch von Mitgefühl mit mir gehabt hätte«, rief ihr Gatte ungeduldig aus und befreite sie weiter von ihrer Kleidung, bis sie nackt vor ihm stand, »dann hätte er nur halb so oft getanzt! Um Gottes willen, genug von seinen Tanzpartnerinnen! Oh, hätte er sich nicht gleich beim ersten Tanz den Knöchel verstauchen können? Nun sag schon, wie du dich auf dem Ball benommen hast.«

»Oh!«, schrie sie auf, als er ihr die Finger grob zwischen die Beine schob. Sie war längst feucht und bereit für ihn.

Mr. Bennet knurrte und drückte sie nach unten, sodass sie auf allen vieren vor dem Bett kauerte. »Hast du andere Männer angesehen?«

»Für mich gibt es keinen anderen Mann, mein Liebster. Aber ich muss gestehen, dass ich recht angetan von Mr. Hurst bin. Er ist so außerordentlich attraktiv! Und reich. In meinem ganzen Leben habe ich noch keine so elegante Kleidung wie die von Mrs. Hurst gesehen. Ich würde behaupten, dass die Spitze an ihrem Kleid ...«

Hier unterbrach er sie. Mr. Bennet protestierte dagegen, sich noch weitere Beschreibungen anhören zu müssen, indem er seinen harten Schaft in sie hineinstieß.

»Gefällt dir das, du kleines Luder?« Mr. Bennet zog an ihren Hüften, bis sie perfekt für seine Stöße positioniert war. Zwar hätte er sich lieber ein heißes Schüreisen ins Auge gestoßen, als zu diesem Ball zu gehen, aber er hatte dadurch auch einen Tanz mit seiner Gattin verpasst.

»Oh ja.« Sie schloss vor Wonne die Augen, während ihre Brüste hin und her schwangen, als er sie so wild und stürmisch nahm.

»Erzähl mir, was du gesehen hast. Konntest du einige der Dinge mit eigenen Augen sehen, die ich dir von Netherfield erzählt habe?«

Sie kreischte in die Matratze, da er sie grob nach unten drückte, um noch tiefer in sie eindringen zu können.

»Oh ja, so ist es gut.« Sie warf den Kopf in den Nacken, als er noch wilder wurde. Er schlug sie fest mit einer Hand, und Mrs. Bennet erschauerte.

»Erzähl es mir«, forderte er.

»Nun, ich habe Mr. Hurst gesehen.«

»Du hast ihn beobachtet.«

»J... ja.«

»Wie ungehörig.« Mr. Bennet schlug sie noch zweimal schmerzhaft.

»Eines der Dienstmädchen hat vor ihm gekniet und es ihm mit dem Mund gemacht.«

»Hat es dir gefallen, dabei zuzusehen?«

»Ja«, stieß sie stöhnend hervor.

»Hat er gemerkt, dass du ihn beobachtet hast?«

»Oh ja!« Seine festen Stöße und die Erinnerung an diesen erregenden Anblick trieben Mrs. Bennet zum Höhepunkt.

»Was ist dann passiert?« Nachdem sie gekommen war, zog sich Mr. Bennet aus ihr heraus und drehte sie auf den Rücken. Er packte ihre Fußknöchel und legte sie sich auf die Schultern. Dann drang er wieder in sie ein und penetrierte sie mit wilden Stößen.

»Seine Frau kam dazu.«

»Sie hat ihn auch erwischt?«

»Ja, aber sie war nicht wütend. Sie hatte das Dienstmädchen mit in die Bibliothek genommen.«

»Und was hat ihr Mann gemacht?«

»Er hat sich zum Orgasmus gebracht. Mrs. Hurst hat das Dienstmädchen geküsst.«

Mr. Bennet spürte, wie sich seine Hoden zusammenzogen, und als er die beschriebene Szene vor seinem inneren Auge sah, hätte er sich beinahe ergossen. »Das muss schockierend für dich gewesen sein.«

»Oh nein, ich war sogar sehr erregt. Könnten wir beide das vielleicht auch einmal versuchen? Mrs. Lucas und ich vertreiben uns zuweilen mit Zärtlichkeiten die Zeit. Würdest du uns dabei gerne beobachten?«

Das gab Mr. Bennet den Rest. Er schrie auf und verströmte seinen heißen Samen in sie. Mrs. Bennet musste sich wohl oder übel ein anderes Gesprächsthema suchen, und so kam sie unter einigen Übertreibungen auf den erschreckend unhöflichen Mr. Darcy zu sprechen.

»Aber ich kann dir versichern«, fügte sie hinzu, »dass Lizzy dadurch, dass sie seinem Geschmack nicht entspricht, nicht viel verliert, da er ein unangenehmer, schrecklicher Mann ist und es nicht im Geringsten verdient, dass man sich Mühe gibt, ihm zu gefallen.«

»Was?«, fragte Mr. Bennet benommen und konnte sein Glück kaum fassen, dass seine Frau nicht nur damit einverstanden war, eine andere Frau in ihr Bett zu lassen, sondern dass er den beiden auch noch würde zusehen dürfen.

»Er war derart hochmütig und arrogant, dass es kaum zu ertragen war! Er ging hierhin und dorthin und schien sich für etwas Besseres zu halten! Dabei sieht er nicht einmal so gut aus, dass man das unbedingte Bedürfnis verspürt, mit ihm tanzen zu müssen! Ich wünschte, du wärst dort gewesen, Liebster, um ihm einmal gehörig die Meinung zu sagen. Ich verabscheue diesen Mann!«

»Wen?« Mr. Bennet hatte ihr gar nicht mehr zugehört, da sein Verstand noch von der Lust umwölkt war und er bereits wegschlummerte, um von erotischen Vergnügungen zu träumen.

4

Als Jane und Elizabeth allein waren, gestand Erstere, die sich mit ihrem Lob auf Mr. Bingley bisher zurückgehalten hatte, ihrer Schwester, wie sehr sie dessen Aufmerksamkeiten genossen hatte.

»Er ist genauso, wie ein junger Mann sein sollte«, sagte Jane, »sinnlich, gut aussehend und lebhaft. Ich habe mich noch nie derart wundervoll gefühlt, und dabei war er so selbstsicher. Er ließ mich erschauern, und ich war so feucht, dabei hatte er mich noch nicht einmal entkleidet!«

»Überdies ist er auch noch gut ausgestattet«, stellte Elizabeth fest, »wie man es von einem jungen Mann erwarten sollte. Seine Technik lässt sich verbessern, solange er die dafür erforderlichen körperlichen Voraussetzungen besitzt.«

»Seine Technik ist durchaus annehmbar. Ich war sehr geschmeichelt, als er mich gebeten hat, mit ihm auf die Terrasse zu gehen. Ich hatte ein solches Kompliment von einem so reichen und mächtigen Mann nicht erwartet.«

»Nicht? Ich hatte durchaus damit gerechnet, dass es passieren würde. Aber das ist der große Unterschied zwischen uns. Du bist immer überrascht, wenn du Komplimente erhältst, ich jedoch nie. Was könnte denn natürlicher sein, als dass er dich begehrt? Er konnte gar nicht anders, als festzustellen, dass du fünfmal schöner bist als jede andere der anwesenden Damen. Du hast ihn verzaubert, sodass er den Blick nicht von deinem Mieder abwenden konnte. Anscheinend weiß er genau, was er will, und wenn er derart geschickt mit dem Mund und den Fingern ist, dann habe ich nichts dagegen einzuwenden, dass du ihn magst. Du hast schon Gefallen an weitaus unbeholfeneren Personen gefunden.«

»Liebste Lizzy!«

»Oh, du siehst in jedem stets nur das Beste. In deinen Augen ist die ganze Welt gut und wundervoll. Ich habe noch nie gehört, dass du schlecht von jemandem gesprochen hättest. Du würdest dich eher von einem Bauern in einer dunklen Ecke befummeln lassen, als seine Gefühle zu verletzen.«

»Ich möchte niemanden voreilig zu seinem Nachteil beurteilen. Selbst der Bauer könnte es lernen, eine Frau zu befriedigen, wenn er nur genug Geduld besitzt«, meinte Jane. »Und ich sage immer, was ich denke. Wenn der Bauer anfängt, meinen Ellbogen zu liebkosen, würde ich ihn zu meiner Brust leiten.« Sie lächelte und zwinkerte ihrer Schwester zu.

»Das weiß ich, und genau das erstaunt mich so sehr. Dass du bei deinem gesunden Menschenverstand so blind für die Torheiten und Narreteien anderer Menschen sein kannst! Niemand kann bei anderen Menschen so viele gute Eigenschaften erkennen wie du. Haben dir die Schwestern dieses Mannes ebenfalls zugesagt? Ihr Benehmen war dem seinen nicht gerade ebenbürtig.«

»Das mag stimmen, zumindest am Anfang. Aber sie sind sehr liebenswürdige Damen, was man so hört, und in der Liebeskunst überaus bewandert. Mrs. Hurst besitzt einen unersättlichen Appetit. Ich glaube, ich habe sie und ihren Gatten zusammen mit Mama gesehen.«

»Nein!«, kreischte Elizabeth und vergrub ihr Gesicht im Kissen.

»Miss Bingley wird bei ihrem Bruder leben und ihm den

Haushalt führen«, fuhr Jane fort. »Wenn ich mich nicht täusche, werden wir mit ihr eine reizende Nachbarin bekommen.« Jane schürzte die Lippen, als würde sie schmollen. »Allerdings macht sie nicht den Anschein, als würde sie gern mit anderen Mädchen spielen. Ihre Blick blieben allein den Männern vorbehalten.«

»Vielleicht könntest du sie ja zum Umdenken bewegen? Warum sollte man nicht auf beiden Seiten sein Vergnügen finden?«

Jane kreischte erschrocken auf. »Da würde ich ihren Bruder vorziehen!«

Elizabeth hörte ihr schweigend zu, war aber nicht überzeugt, dass Jane ohne eine Frau wirklich glücklich werden konnte. Ihre Schwester war in einem Augenblick überglücklich über eine neue Freundin und bemängelte am nächsten Tag, dass es nicht genügend geeignete Junggesellen gäbe. Die Frauen auf dem Ball schienen vielmehr an Flitter und Unsinn interessiert als an der Kunst sexueller Eroberung. Es war, als hätten sie die vorherrschenden Sitten und Gebräuche übernommen.

Elizabeth war nicht geneigt, Bingleys Schwestern zu mögen. Sie waren zwar liebenswürdige Damen, denen es nicht an Humor fehlte und die überdies sehr umgänglich sein konnten, wenn ihnen danach war, aber sie waren auch hochmütig und arrogant. Allerdings musste man ihnen zugutehalten, dass sie auch recht gut aussahen. Bei dem Gedanken daran, musste Elizabeth lächeln. Sie hätte nichts dagegen einzuwenden gehabt, ein paar Stunden mit gegenseitigen süßen, hitzigen Liebkosungen zu verbringen. Möglicherweise würde sie beim nächsten Mal Miss Bingley oder Mrs. Hurst in einen dunklen Alkoven entführen. Dann würde Mr. Darcy schon merken, dass sie bei Weitem nicht so unschuldig war, wie er dachte.

Aber ebenso wie Jane sehnte sich auch Elizabeth vor allem nach einem kräftigen Männerkörper, der sich an ihren presste. Hier in Meryton gab es nur wenige Möglichkeiten, sich mit einem Mann zu vergnügen, ohne dass gleich eine Eheschließung im Raum stand.

Elizabeth setzte deshalb große Hoffnungen auf Mr. Bingley. Die Gesellschaft hatte nur einen kleinen Vorgeschmack auf die Freuden gegeben, die in dieser Stadt möglich waren. Er schien derart fasziniert von Jane zu sein, dass er möglicherweise gleich die ganze Familie nach Netherfield Park einlud. Elizabeth erschauerte bei dem Gedanken daran, dass sie vielleicht schon bald die berüchtigten Kerker betreten würde. Sie pustete die Kerze aus und zog die Bettdecke hoch. Als sie eine Hand zwischen ihre Beine legte, hoffte sie, dass Jane eingeschlafen war und ihr Treiben nicht mit anhören würde. Doch sie hatte keine Wahl und musste ihre Lust einfach mit den Fingern befriedigen, um ihrer Herr zu werden.

Mr. Bingley hatte ein Vermögen von fast einhunderttausend Pfund von seinem Vater geerbt, der damit ein Anwesen erwerben wollte, ohne jedoch auch dort zu leben. Sein Sohn hatte Ähnliches vor, und gelegentlich hielt er in einem geeigneten County danach Ausschau, aber da er jetzt Netherfield hatte, waren sich all jene, die sein unbeschwertes Wesen kannten, unsicher, ob er den Rest seiner Tage nicht doch dort verbringen und der nächsten Generation einen weiteren Neuerwerb überlassen würde. Netherfield war bestens dafür ausgestattet, ein Paradies für Freunde besonderer Vergnügen zu sein. Aber die beachtlichen Freuden, die es bot, hatten ihren Preis. Gute zwanzigtausend Pfund pro Jahr würde man dafür benötigen, um die Annehmlichkeiten bereitzustellen und entrüstete Väter mit Zahlungen zu besänftigen.

Seinen Schwestern lag außerdem viel daran, eigene Besitztümer zu erhalten, die nicht derart berüchtigt wie Netherfield waren. Aber da er sich nun einmal hier niedergelassen hatte, widerstrebte es Miss Bingley auch nicht, seinem Haus vorzustehen – ebenso wenig wie Mrs. Hurst, die einen Mann geheiratet hatte, der eher über Vermögen denn Lebensart verfügte, und die somit das Heim ihres Bruders nur zu gern auch als ihr eigenes Zuhause ansah, wann immer ihr danach war. Den Schwestern gefiel es, darüber zu entscheiden, welche Körperöle erworben werden sollten und welche Spielzeuge in welchen Raum gehörten. Überdies genossen sie es, selbst von den Angeboten Gebrauch zu machen.

Mr. Bingley war erst vor Kurzem zu Reichtum gelangt und aufgrund einer Zufallsempfehlung auf Netherfield House gestoßen. Er hatte es sich einen halben Tag lang von innen und außen angesehen. Drei eifrige Dienstmädchen und ein Diener erfreuten Mr. Bingley mit allem, was sie und das Herrenhaus zu bieten hatten. Er war sehr angetan von der Lage, dem eifrigen und talentierten Personal und den Kerkern und entschloss sich sofort zum Kauf.

Darcy und ihn verband eine lange und beständige Freundschaft, auch wenn sie sehr unterschiedliche Charaktere waren. Darcy schien Bingleys lockerer, offener Art und seinem nachgiebigen Wesen sehr zugetan, auch wenn diese in einem deutlichen Gegensatz zu seiner eigenen Persönlichkeit standen, mit der er nicht unzufrieden schien. Umgekehrt war Darcy der einzige Mann, vor dem Bingley gern in die Knie ging, um seine Berührungen und seine rauen Befehle zu genießen. Bingley setzte vollstes Vertrauen in seinen Freund und hatte die allerhöchste Meinung von ihm. Demzufolge war Darcy der Überlegene, der Dominante. Was jedoch nicht bedeutete, dass Bingley völlig unterwürfig war, erst recht nicht bei den

Damen. Doch Darcy war clever. Er war gleichzeitig hochmütig, reserviert und anspruchsvoll, und seine Manieren ließen trotz seiner guten Erziehung zu wünschen übrig.

Sie waren sich das erste Mal in einem Dampfbad begegnet. Darcy hatte nackt vor Bingley gestanden, der auf einer Bank saß. Während der Dampf aus der Sauna sie vor neugierigen Blicken schützte, hatte Darcy eine Hand auf Bingleys Hinterkopf gelegt und ihm seinen Schaft in den Mund geschoben. Bingley war entsetzt und schockiert gewesen, hatte jedoch instinktiv zu saugen begonnen und eine steinharte Erektion bekommen. Darcy hatte seinen Mund grob missbraucht, und nachdem er gekommen war, hatte er nur zufrieden gegrunzt und Bingley unbefriedigt zurückgelassen. Bingley war ihm beim Verlassen des Bades gefolgt, da er entschlossen war, sich das ihm Zustehende zu holen, hatte sich dann jedoch damit zufriedengeben müssen, eine Angestellte zu besteigen, die ihn fröhlich kreischend gewähren ließ und ihm hinterher ein paar Pfund dafür abknöpfte. Seitdem experimentierten die beiden Freunde mit unterschiedlichsten Rollenspielen. Dabei wollte Darcy immer die Kontrolle behalten, während Bingley die Sache entspannter anging. Eine Eigenschaft, die Bingley auch sonst häufig zum Vorteil gereichte. So wurde er im Allgemeinen sofort gemocht, wo immer er auch hinkam, wohingegen Darcy eher gegenteilige Reaktionen hervorrief.

Die Art, wie sie über die Gesellschaft in Meryton sprachen, war ebenso bezeichnend. Bingley schien in seinem ganzen Leben nie angenehmere Menschen oder hübschere Damen kennengelernt zu haben. Miss Jane Bennet faszinierte ihn derart, dass er sich beinahe vergessen hätte. Wäre sie nicht von so liebreizender Unschuld gewesen, hätte er sie womöglich einfach an eine Wand gepresst und im Stehen genommen, so wie er es mit der Angestellten im Bad getan hatte. Jane hatte ihn während des Tanzens mehr erregt, als sie es mit Darcys Schaft im Mund getan hätte. Er konnte sich keinen schöneren Engel vorstellen.

Im Gegensatz dazu hatte Darcy nur eine Ansammlung von Menschen gesehen, die wenig Schönheit und noch weniger Lebensart ihr Eigen nennen konnten, für die er nicht das geringste Interesse hatte und von denen er weder Aufmerksamkeit noch Vergnügen erwartete. Darcy sehnte sich nach einer intensiveren Art der Lust. Er sparte sich für die Spiele in Netherfield auf, die ein handfesteres Publikum anzogen, denen es allein um die Befriedigung ihrer eigenen Bedürfnisse ging. Miss Jane Bennet war zugegebenermaßen hübsch, aber sie lächelte zu viel und würde Bingley zweifellos in eine langweilige Durchschnittsehe locken, wenn er nicht achtgab. Mrs. Hurst und ihre Schwester, Miss Bingley, waren in dieser Hinsicht seiner Meinung, aber sie bewunderten und mochten die junge Frau dennoch und erklärten, sie wäre ein süßes Mädchen, das sie durchaus gern näher kennenlernen würden. Die Schwestern dachten bereits darüber nach, wie sie ihren Spaß mit den hübschen Damen vom Lande haben konnten, um sie danach wieder an den ihnen zustehenden Platz zu verweisen. Es sei denn, sie bewiesen ein größeres Können, als von ihnen erwartet wurde. Dann würden sie unbegrenzte Zeit in Netherfield bleiben dürfen. Zumindest war Miss Bennet als liebreizende Person wahrgenommen worden, und ihr Bruder sah sich dank dieses Urteils dazu berechtigt, sich diesbezüglich eine eigene Meinung zu bilden.

5

Nicht weit von Longbourn entfernt lebte eine Familie, mit der die Bennets besonders gut bekannt war. Sir William Lucas war einstmals Händler in Meryton gewesen, hatte sich ein ansehnliches Vermögen erworben und war während seiner Amtszeit als Bürgermeister vom König in den Ritterstand erhoben worden. Er war ein korpulenter Mann, dessen Geschlechtstrieb für zwei Männer ausgereicht hätte. Er hatte dazu geneigt, bei der Annahme von Zahlungen ein wenig nachlässig zu sein. Allerdings konnten die Steuerzahler entweder mit barer Münze oder auch auf ihrem Rücken liegend bezahlen, wenn es sich um eine hübsche Maid handelte, oder auf den Händen und den Knien, falls es ein strammer Jüngling war. Doch nach vielen Jahren war ihm diese Art der Bezahlung langweilig geworden, und er war sich überdies mehr und mehr wie ein Lude vorgekommen. Vielleicht war ihm aber auch nur seine Bedeutung zu Kopf gestiegen. Jedenfalls hatte er einen Abscheu vor seinem Beruf und seinem Wohnsitz in der kleinen Marktstadt entwickelt, sodann beides aufgegeben und war mit seiner Familie in ein Haus gezogen, das etwa eine Meile von Meryton entfernt lag und seit der Zeit Lucas Lodge genannt wurde. Hier konnte er mit heiterem Sinn seinen Gedanken nachhängen und sich ungehindert von irgendwelchen Geschäften allein dem Ziel widmen, zu aller Welt freundlich zu sein. Er strebte danach, seine Pflichten als Ehemann allein bei seiner Gattin zu erfüllen, was ihn nicht daran hinderte, hinter seiner Frau und ihren Besucherinnen her zu spionieren und sich dabei selbst zu befriedigen, bis sich sein Samen über seine Hand ergoss. Natürlich hätte er auch, ebenso wie seine Gattin, Trost bei anderen suchen können, aber zu seiner großen Enttäuschung stieß er dabei auf wenig Gegenliebe. Obwohl ihn sein Rang mit Stolz erfüllte, war er nicht herablassend, sondern ganz im Gegenteil sehr aufmerksam allen anderen gegenüber. Als von Natur aus friedfertiger, freundlicher und diensteifriger Mann war er nach seiner Vorstellung bei Hofe noch zuvorkommender geworden.

Lady Lucas war eine sehr gute Frau und nicht zu klug, um eine geschätzte Nachbarin für Mrs. Bennet zu sein. Sie hatten mehrere Kinder. Das älteste, eine sensible, intelligente junge Frau von etwa siebenundzwanzig Jahren, war Elizabeths enge Freundin. Die beiden vertrauten einander nicht nur alles an, sondern hatten auch gemeinsam ihre Neugier in Bezug auf die seltsamen neuen Gefühle gestillt, die sie beim Eintritt in das Erwachsenenalter befallen hatten.

Dass sich die jungen Damen aus dem Hause Lucas und Bennet nun trafen, um über den Ball zu reden, war unbedingt erforderlich, und am Morgen nach der Gesellschaft fand man sich in Longbourn ein, um sich auszutauschen. Elizabeth und Charlotte flohen bald in die Scheune und unterhielten sich kichernd und plappernd über das anstehende Ereignis.

Mr. Lucas sah sich verstohlen um, da er sich vergewissern wollte, dass er allein war, um dann in sein Studierzimmer hinaufzugehen, wo er ein Guckloch in die Wand gebohrt hatte und somit in das Zimmer seiner Gattin sehen konnte.

»Deine Charlotte hat den Abend gut begonnen«, sagte Mrs. Bennet mit höflicher Selbstbeherrschung zu ihrer Freundin. »Sie war Mr. Bingleys erste Wahl.«

»Ja, aber seine zweite schien ihm besser zu gefallen«, erwiderte Mrs. Lucas trocken und verriegelte die Tür hinter sich.

»Oh! Ich vermute, du meinst Jane, da er zweimal mit ihr getanzt hat. Gewiss, es sah ganz danach aus, als würde er sie schätzen, und ich glaube sogar, dass er es tatsächlich tut, da ich etwas Derartiges gehört habe, auch wenn ich es nicht mehr genau weiß ... Es hatte etwas mit Mr. Robinson zu tun.« Mrs. Bennet lächelte schüchtern, als Mrs. Lucas auf sie zukam und ihr einen innigen Kuss gab. Sie schob die Finger in das Haar ihrer Freundin, sodass das Netz und die Haarnadeln zu Boden fielen. Zwar hätte Mrs. Bennet lieber über den Ball gesprochen, aber sie hatte das Gefühl, dass Mrs. Lucas' Bedürfnisse dringend befriedigt werden mussten, und so entledigten sie sich beide rasch ihrer Kleider.

»Möglicherweise deutest du damit an, dass ich sein Gespräch mit Mr. Robinson belauscht habe. Hatte ich dir das nicht erzählt? Mr. Robinson hat ihn gefragt, wie ihm unsere Gesellschaften in Meryton zusagen und ob er nicht ebenfalls der Ansicht wäre, dass sich im Ballsaal sehr viele hübsche Frauen aufhielten. Er wollte wissen, welche er für die Hübscheste hielt, und er hat augenblicklich darauf geantwortet: ›Oh! Die älteste Miss Bennet, ohne Zweifel, in dieser Hinsicht werden sich vermutlich alle einig sein‹«, erwiderte Mrs. Lucas. »Sie kommt nach ihrer Mutter.« Sie umfing Mrs. Bennets Brüste, führte die steifen Nippel an ihren Mund und saugte daran.

»Auf mein Wort!« Mrs. Bennet seufzte und warf den Kopf in den Nacken.

Mr. Lucas beobachtete die beiden erregten Frauen und umfing sein Glied mit harter Hand, um es kontrolliert zu bearbeiten. Er war fasziniert, als seine Frau Mrs. Bennet umdrehte, sodass sie jetzt hinter ihr stand. Mrs. Bennet sah nun in Richtung Guckloch, und er konnte die dunklen, feucht glänzenden Locken zwischen ihren bebenden Beinen erkennen. Wie verzaubert sah er mit an, wie seine Frau ungehemmt über den Körper ihrer Freundin strich, während sie an ihrem Hals und ihrer Schulter herumknabberte.

»Du machst das so gut«, hauchte Mrs. Bennet.

»Erzähl mir, wie du zu diesem Zeichen gekommen bist«, verlangte Mrs. Lucas und kniff interessiert in den Knutschfleck.

»Das war mein Mann. Ich habe ihm von uns erzählt.«

»Das hast du nicht!«

»Schockiert dich das?«

»Nein, es erregt mich. War er wütend?«

»Eher fasziniert, würde ich behaupten. Es hat ihm auch gefallen, als ich ihm von dem Dreier erzählt habe, bei dem ich die Hursts beobachten konnte.«

»Dieser Teil ist mir entgangen. Doch was für ein Glück, wenn ihnen unsere Stadt gefällt, dann werden sie Jane vielleicht noch viel mehr wertschätzen.«

»Nun, das steht wohl außer Frage, so wie es aussieht ... Aber es könnte dennoch alles vergebens sein, weißt du. Leg dich bitte hin. Es ist so lange her, dass ich dich mit meiner Zunge verwöhnen konnte.«

Mr. Lucas sah zu, wie sich seine Frau so auf dem Bett positionierte, dass die entzückende Mrs. Bennet ihre rosafarbenen Lippen spreizen und sie lecken konnte, während der Anblick ihres weißen Hinterns sein Herz dazu brachte, im gleichen Rhythmus wie sein Schwanz zu pochen. Er pumpte schneller und beobachtete, wie sich seine Gattin unter Mrs. Bennets talentierter Zunge wand. Dabei spielte sie an ihren Brüsten herum und ... Verdammt soll das Weib sein! Sie sah ihm genau in die Augen. Er verspritzte sich in seine Hand und musste mehrmals tief Luft holen, als er auf einmal das Gefühl hatte, als würde der Raum schwanken.

In der Scheune hatten sich Charlotte und Elizabeth ebenfalls entkleidet. Die beiden Freundinnen lagen auf der Seite, einander zugewandt, und ihre Unterkleider dienten als Laken, um sie vor dem pikenden Heu zu schützen. Sie hatten gerade einen Wettkampf beendet, bei dem es darum ging, wer die andere schneller mit den Fingern zum Höhepunkt bringen konnte.

»Das, was ich mit angehört habe, war aufschlussreicher als deine Erkenntnisse, Eliza«, sagte Charlotte, die noch nicht wieder ganz zu Atem gekommen war. Wie nicht anders zu erwarten, hatte Elizabeth das Spiel gewonnen und leckte sich gerade höchst zufrieden die Finger ab. Charlotte hätte ihr das Lächeln am liebsten vom Gesicht gewischt. »Mr. Darcy zuzuhören ist nicht so angenehm, wie seinem Freund zu lauschen, nicht wahr? Arme Eliza! Dass er dich nur für *vertretbar* hält ...«

»Ich ärgere mich nicht über seine Worte, da er ein höchst unangenehmer Mensch ist. Daher wäre es ein großes Unglück für jemanden, ihm zu gefallen. Mrs. Long erzählte mir gestern Abend, dass er sie eine halbe Stunde lang geküsst hätte, ohne auch nur die Lippen zu öffnen.« Elizabeth beugte sich vor und gab Charlotte ebenfalls einen Kuss.

»Bist du dir da sicher? Kann das kein Irrtum gewesen sein?«, erwiderte Charlotte und entzog sich dem wenig zufriedenstellenden Kuss. »Ich habe Mr. Darcy gesehen, wie er sich mit ihr unterhalten hat.«

»Das stimmt, da sie ihn gefragt hat, wie ihm Netherfield gefällt, und er musste ihr wohl oder übel antworten. Aber sie meinte, er hätte ziemlich erbost gewirkt, dass sie ihn angesprochen hatte.«

»Miss Bingley berichtete mir, dass er nie viel sagt und sich eigentlich nur mit seinen engsten Freunden unterhält. Mit ihnen soll er jedoch erstaunlich umgänglich sein.«

»Ich glaube kein Wort davon, liebste Charlotte. Wenn er so umgänglich wäre, dann hätte er Mrs. Long befriedigt.«

Charlotte keuchte bei Elizabeths Direktheit auf, fühlte sich jedoch gleichzeitig erregt von ihren Worten. »Glaubst du? Alle sagen, er würde beinahe platzen vor Stolz, und ich meine, irgendwo gehört zu haben, dass Mrs. Long keine Kutsche besitzt, sondern sich eine mieten musste, um zum Ball zu kommen.«

»Es ist mir gleich, ob er Mrs. Long nun befriedigt hat oder nicht, aber ich wünschte, er hätte mit mir getanzt.«

»Ein anderes Mal, Lizzy. Allerdings würde ich an deiner Stelle nicht mit ihm tanzen. Ich habe gehört, dass er einen sehr seltsamen Appetit hat.«

»Worauf willst du hinaus?«, hauchte Elizabeth und strich mit den Fingerspitzen über Charlottes Brustspitzen, weil sie sehen wollte, wie sie steif wurden.

Charlotte tat es ihr lächelnd nach. »Er fesselt gerne Frauen ... und Männer.«

»Wirklich?«, fragte Elizabeth und legte sich auf ihre Freundin, sodass sich ihre Brüste berührten.

Charlotte strich mit den Händen über Elizabeths Rücken und umfing dann ihre Pobacken. »Ja, und dann zwingt er sie, seine Behandlung zu ertragen.«

Elizabeth rieb ihren Körper an Charlottes. »Ich möchte weitere Details hören.«

»Das kann ich mir denken, aber ich kenne keine.«

»Ich kann dir mit guten Gewissen versprechen, dass ich nie mit ihm tanzen werde.«

»Er ist zu stolz, zu kalt und zu gefährlich für unsereins.«

Elizabeth schnaubte.

»Sein Stolz kränkt mich nicht so sehr, wie es Stolz sonst oft tut, da es eine Entschuldigung dafür gibt. Schließlich ist es nicht verwunderlich, wenn ein derart feiner junger Mann mit einem solchen Vermögen, der in jeder Hinsicht vom Schicksal begünstigt ist, eine derart hohe Meinung von sich hat. Meiner Meinung nach hat er ein Recht darauf, stolz zu sein.«

»Das stimmt«, erwiderte Elizabeth, »und ich könnte ihm seinen Stolz auch verzeihen, wenn er meinen nicht gekränkt hätte.«

6

Kurz darauf statteten die Damen von Longbourn jenen von Netherfield einen Besuch ab, der wenig später in geziemender Weise erwidert wurde. Miss Jane Bennets angenehme Umgangsformen wurden von Mrs. Hurst und Miss Bingley mit Wohlwollen aufgenommen, die gegen einen angenehmen Flirt nichts einzuwenden hatten. Und so brachten die beiden Frauen den Wunsch zum Ausdruck, die zwei Bennet-Töchter näher kennenzulernen, obwohl deren Mutter ihnen unerträglich erschien und es die jüngeren Schwestern offenbar nicht wert waren, dass man ein Wort über sie verlor. Jane nahm diese Aufmerksamkeit mit großer Freude auf. Elizabeth blieb jedoch weiterhin der Ansicht, dass die Damen unangenehm hochnäsig waren und selbst bei ihrer Schwester kaum eine Ausnahme machen würden. Daher konnte sie sie nicht leiden, was überaus enttäuschend war, da sie geplant hatte, Charlotte für einige amüsante Spielchen mitzubringen. Doch ihre Freundlichkeit gegenüber Jane hatte durchaus ihr Gutes, da sie aller Wahrscheinlichkeit nach die Bewunderung ihres Bruders für sie noch weiter steigern würde, der ärgerlicherweise auf Distanz zu Jane geblieben war. Es war offenkundig, dass er sie anhimmelte, wann immer sie sich begegneten, und für Elizabeth war es ebenso augenscheinlich, dass Jane ihren Gefühlen für ihn freien Lauf ließ und drauf und dran war, sich in ihn zu verlieben. Aber sie hielt es auch für unwahrscheinlich, dass es noch jemand anderem auffiel, da

Jane zwar zu starken Gefühlen neigte, aber auch große Selbstbeherrschung sowie ein allgemein fröhliches Auftreten besaß, sodass selbst neugierige Seelen keinen Verdacht schöpfen würden. Alles in allem war Jane sehr zurückhaltend, und Elizabeth vermutete, dass das auch für Mr. Bingley galt.

Dieser Gedanke deprimierte sie, da sie nicht wusste, was sie tun sollte. Elizabeth sprach mit ihrer Freundin Miss Lucas darüber.

»Es könnte sogar ganz angenehm sein, die Öffentlichkeit in einem solchen Fall zu täuschen«, erwiderte Charlotte, »aber es ist gelegentlich auch ein Nachteil, derart introvertiert zu sein.«

Charlotte hatte hingegen beschlossen, Elizabeth einige der Ausschweifungen zu zeigen, die laut den Worten ihres Vaters in Netherfield stattfanden. Elizabeths Arme waren mit blauen Seidenstoffen an das Bett gefesselt, die Elizabeth im Stoffkorb gefunden hatte, ebenso wie ihre Fußknöchel.

»Wenn eine Frau ihre Zuneigung zu geschickt vor dem Objekt ihrer Begierde verbirgt, dann entgeht ihr womöglich die Gelegenheit, sich den Mann zu sichern, und dann wäre es ein schwacher Trost, dass wenigstens niemand von ihren ursprünglichen Absichten gewusst hat.« Mit diesen Worten legte Charlotte Elizabeth eine Augenbinde um.

»Bist du dir mit dieser Sache ganz sicher?«, wollte Elizabeth wissen, die sich plötzlich schrecklich verletzlich fühlte. Obwohl sie sich in ihrem Schlafzimmer befanden und sie hören konnte, wie sich ihre Schwestern unter ihnen im Wohnzimmer zankten, kamen ihr in dieser verwundbaren Pose Bedenken, in der sie mit gespreizten, reglosen Gliedern dalag.

»Ich bin's doch nur, Dummerchen«, meinte Charlotte und zog sich ihren ledernen Reithandschuh an.

Elizabeth zuckte auf dem Bett und keuchte erstickt auf, als

Charlotte ihre Brust drückte. Charlotte drehte Elizabeths Brustspitze zwischen den Fingern und sah, wie Elizabeth erschrocken den Mund aufriss. Dann strich sie mit ihren behandschuhten Fingern über den flachen Bauch ihrer Freundin. Sie lächelte, als ihr etwas einfiel. »Es steckt so viel an Dankbarkeit oder Eitelkeit in fast jeder Beziehung, dass es keine gute Idee ist, sie sich selbst zu überlassen. Nur wenige von uns besitzen genügend Mut, um sich ohne Ermutigung tatsächlich zu verlieben.«

»Wie meinst du das?«, wollte Elizabeth mit zittriger Stimme wissen, die irgendwie gar nicht mehr wie die ihre klang. Da sie nichts sehen und sich nicht bewegen konnte, war ihre Welt auf das zusammengeschrumpft, was sie an Berührung wahrnahm.

Charlotte drang mit zwei Fingern in Elizabeth ein, die daraufhin aufschrie.

»Sch«, murmelte Charlotte und schlug Elizabeth leicht mit dem Handschuh auf die Lippen. »Sollen sich deine Schwestern etwa fragen, was wir hier drin treiben?« Sie stieß schnell und hart mit den Fingern zu, was sich sehr von ihren sonst zärtlichen Berührungen unterschied.

»Oh«, murmelte Elizabeth. »Kannst du das noch mal machen?«

»Das hier?«, hakte Charlotte nach und schlug mit dem Lederhandschuh auf Elizabeths Nippel. »Oder das hier?« Sie schob die Finger schnell in Elizabeths feuchte Spalte. Aber bevor Elizabeth noch antworten konnte, zog Charlotte die Finger wieder heraus und schob Elizabeth auch schon die feuchten, behandschuhten Finger in den Mund.

Elizabeth schrie erneut auf und saugte an dem nassen Leder.

»So ein braves Mädchen«, schmeichelte Charlotte ihr und

setzte sich rittlings auf die Taille ihrer Freundin. »Manchmal wünschte ich mir, ich wäre ein Mann, dann könnte ich dich reiten.« Sie seufzte. »In neun von zehn Fällen sollte eine Frau lieber mehr Zuneigung zeigen, als sie tatsächlich empfindet. Ein Beispiel: Bingley mag deine Schwester zweifellos, aber es könnte passieren, dass seine Gefühle zu ihr nie wachsen, wenn Jane ihm nicht entgegenkommt. Sie muss sich auf das Bett fesseln lassen, anstatt nur mit den Augen zu flirten und ihre Brüste gegen seinen Arm zu drücken.«

Charlotte zog die Finger wieder heraus, und Elizabeth schnappte nach Luft. »Das ist eine himmlische Folter. Bist du dir sicher, dass sie das in Netherfield machen?«

»Deine Schwester wird es als Erste herausfinden.« Charlotte massierte Elizabeths Brüste und zog an ihren Nippeln. »Ich hörte, dass sie dafür sogar Klemmen haben.« Wieder zog sie, diesmal fester.

»Gewiss nicht«, widersprach Elizabeth, aber ihre Erregung war weitaus größer als ihre Angst. »Selbst wenn Jane willig ist, wird er sie dann nehmen? Warum hat er es nicht von Anfang an getan? Wenn ich ihre Zuneigung zu ihm erkennen kann, dann müsste er schon ein ausgemachter Dummkopf sein, um sie nicht ebenfalls zu bemerken.«

»Vergiss nicht, dass er Janes Charakter bei Weitem nicht so gut kennt wie du, Eliza.« Charlotte nahm ihr die Augenbinde ab, und Elizabeth sah sie blinzelnd an.

Dann kletterte Charlotte weiter nach oben und kniete sich über Elizabeths Kopf. »Wenn ich dich nicht wie ein Mann reiten kann, dann reite ich dich eben wie eine Frau, Liebes.« Charlotte presste ihre intimste Stelle auf Elizabeths Gesicht. Als Elizabeth nichts weiter tat, als vorsichtig über ihre Schamlippen zu lecken, schlug Charlotte sie mit dem Lederhandschuh auf die Hüfte.

»Oh«, konnte Elizabeth gerade noch aufkeuchen, bevor Charlotte wieder auf sie herabsank und sich vor und zurück bewegte. Elizabeth stöhnte und hatte das Gefühl, in der heißen Feuchtigkeit, die aus ihrer Freundin herausströmte, beinahe zu ertrinken. Zaghaft drang sie mit der Zunge in Charlotte ein, woraufhin diese stöhnte und sie noch fester mit dem Handschuh schlug.

»Oh, Lizzy, ja. Mehr. Mehr. Mehr.« Jedes Wort wurde von einem Schlag des Handschuhs und dem dazugehörigen stechenden Schmerz untermalt.

Elizabeth leckte sie zu einem heftigen Orgasmus, nach dem Charlotte ganz benommen war. Doch dann rüttelte Elizabeth am Bettpfosten, bis die Freundin begriff, dass sie beinahe erstickte, und rasch von ihr herunterstieg.

»Meine Knie sind ganz wacklig«, gestand Charlotte lächelnd und küsste Elizabeths feuchtes Gesicht. »Und du schmeckst nach mir.«

»Bitte, Charlotte.« Elizabeth zerrte an ihren Fesseln. »Jetzt bin ich an der Reihe.«

»Wie bitte?«, entgegnete Charlotte. »Erst, wenn ich es sage.« Sie begann, Elizabeth mit einem Finger zu penetrieren.

»Glaubst du, Bingley wird Jane auf diese Weise benutzen?«, wollte Elizabeth wissen und bog den Rücken durch, um dann vor Freude aufzuschreien, als Charlotte noch einen Finger in sie hineinschob.

»Vielleicht muss er das ja, wenn er sie oft genug sieht. Aber auch wenn Bingley und Jane sich einigermaßen häufig sehen, begegnen sie einander doch immer in größeren gemischten Gesellschaften, daher können sie sich unmöglich die ganze Zeit nur miteinander beschäftigen. Sie muss ihn in die Kerker unterhalb von Netherfield locken, damit er dort mit ihr machen kann, was ihm beliebt. Wenn sie ebenso empfänglich ist wie du, dann wird er sie nie wieder gehen lassen. Sobald sie sich seiner sicher sein kann, hat sie alle Zeit der Welt, um sich so sehr in ihn zu verlieben, wie sie nur möchte.«

»Dein Plan ist gut, wenn es nur darum geht, dass man eine gute Heirat anstrebt«, stellte Elizabeth fest. »Sollte ich mich je entschließen, mir einen reichen Gatten oder auch nur irgendeinen Gatten zu suchen, dann werde ich mich gewiss daran halten. Schneller, oh bitte, mach schneller.«

»Ich glaube, du hast nicht begriffen, dass derjenige, der gefesselt ist, nicht die Regeln bestimmt.« Charlotte krümmte die Finger und berührte eine Stelle in Elizabeth, sodass diese aufheulte, doch Charlotte brachte sie zum Schweigen, indem sie ihr den Handschuh in den Mund steckte. Als sich Elizabeths Blick wieder klärte, befreite Charlotte ihre Freundin von dem Handschuh und umarmte sie. Elizabeth sah ganz anders aus als sonst. Ihre Augen waren noch immer dunkel von Leidenschaft, und ihr Mund stand lüstern offen.

»Doch so fühlt Jane nicht«, sagte Elizabeth. »Sie handelt nicht nach einem Vorsatz. Bisher kann sie sich weder über das Ausmaß ihrer Zuneigung noch ihrer Sinnhaftigkeit sicher sein. Sie kennt ihn gerade mal seit zwei Wochen. Sie hat vier Tänze mit ihm in Meryton getanzt, er hat ihre Brüste angefasst, und sie hat ihn geküsst, als er sich im Alkoven an ihr gerieben hat. Sie hat ihn an einem Vormittag in seinem Haus besucht, und soweit ich weiß, hat sie bei dieser Gelegenheit seinen Schaft in den Mund genommen. Seitdem haben sie noch viermal in Gesellschaft anderer zu Abend gegessen. Das reicht noch lange nicht aus, um sich ein Bild von seinem Charakter zu machen.«

»So wie du es darstellst, tut es das wohl nicht. Doch hätte sie lediglich mit ihm zu Abend gegessen, dann wüsste sie jetzt nur, ob er ein guter Esser ist, aber du darfst nicht vergessen, dass sie auf diese Weise auch vier Abende zusammen verbracht haben. Und vier Abende allein in Netherfield könnten schon einen großen Unterschied machen. Er hätte sie fesseln können, sodass sie ihn nicht von all dem abhalten könnte, was er mit ihr anstellen wollte.« Charlotte rieb Elizabeths Schultern, als diese erschauerte.

»Ja, an diesen vier Abenden haben sie unter anderem herausgefunden, dass sie dasselbe Kartenspiel mögen, aber ich kann mir nicht vorstellen, dass sie in Bezug auf andere wichtige Charaktereigenschaften sonderlich viel über einander herausgefunden haben.«

»Sobald er Jane genommen hat, so wie ich dich gerade hatte, wird er sie heiraten. Ich spreche da aus Erfahrung. Wenn ich dich als mein persönliches Liebesspielzeug an mein Bett fesseln könnte, würde ich es tun.«

»Auch mir würde das gefallen«, erwiderte Elizabeth.

Charlotte schüttelte den Kopf. »Nein, Liebste, du brauchst jemanden, der dich beherrscht. Ich habe gerade einige Bücher darüber gelesen. Du hast nur einen Bruchteil von dem empfunden, was ein wahrer Meister aus dir hervorlocken kann.«

Elizabeth presste die Oberschenkel zusammen. »Ich glaube, ich muss nach Netherfield gehen.«

»Wegen Mr. Bingley?«

»Nein, er gehört Jane. Ich wünsche mir wirklich, dass sie mit ihm glücklich wird. Nur spielt sie gern mit anderen Frauen, so wie wir es tun. Denkst du, es ist genug Platz in Bingleys Herz, dass er es ihr auch weiterhin erlauben kann?«

»Nun«, meinte Charlotte, »ich kann mir nicht vorstellen, dass ein Mann ernsthafte Einwände dagegen haben könnte, vor allem dann nicht, wenn er auf irgendeine Weise in das Spiel miteinbezogen wird. Ich wünsche Jane von ganzem Herzen, dass sie Erfolg hat, und wenn sie ihn morgen heiraten sollte, so hat sie meiner Ansicht nach eine ebenso große Chance, ihr Glück zu finden, als wenn sie seinen Charakter noch weitere zwölf Monate lang erforscht.«

Elizabeth nickte.

»Das Glück in der Ehe hängt doch immer sehr vom Zufall ab. Selbst wenn die Neigungen der Beteiligten im Voraus bekannt oder gar ähnlich sind, beeinflusst das ihr Glück doch nicht im Geringsten. Es werden auch im Nachhinein immer Unterschiede auftreten, die sie aneinander ärgern, daher ist es besser, vorab so wenig wie möglich über die Fehler des Menschen zu wissen, mit dem man den Rest seines Lebens zu verbringen gedenkt.«

»Du bringst mich zum Lachen, Charlotte, auch wenn das ganz und gar nicht vernünftig klingt. Das weißt du selbst, und du würdest auch nie auf diese Weise handeln.«

Charlotte zuckte mit den Achseln. »Warte es nur ab. Aber jetzt sollten wir uns lieber wieder anziehen. Nach deinem ganzen Stöhnen und Schreien stellen wir unser Glück mit jeder weiteren Minute, die wir hier unbekleidet herumstellen, auf die Probe.« Sie küsste Elizabeth. »Ich begehre keine andere Bennet-Schwester außer dir.«

Elizabeth war derart damit beschäftigt zu beobachten, welche Aufmerksamkeiten Mr. Bingley ihrer Schwester entgegenbrachte, dass ihr völlig entging, wie sie selbst in den Augen seines Freundes interessanter zu werden schien. Mr. Darcy hatte zuerst kaum zugegeben, dass sie hübsch war. Beim Ball hatte er sie ohne jegliche Bewunderung betrachtet, und bei ihrer nächsten Begegnung widmete er ihr kaum einen Blick, um sie dann zu kritisieren. Aber sobald er sich und seinen Freunden klargemacht hatte, dass ihr Gesicht keinen erfreulichen Zug besaß, musste er doch immer häufiger feststellen, dass der wundervolle Ausdruck in ihren dunklen Augen dafür sorgte, dass sie ungewöhnlich intelligent wirkte.

Darcy musterte ihre sinnlich gerundeten Hüften. Er hatte Elizabeth für unerfahren und unschuldig gehalten, aber als sie eine Hand hob, konnte er deutlich Fesselspuren eines Seils daran erkennen. Zu dieser Entdeckung gesellten sich noch weitere, die ebenso verstörend waren. Obwohl sein kritisches Auge mehr als einen Fehler in der Symmetrie ihrer Gestalt entdeckte, musste er dennoch zugeben, dass ihre Figur leicht und gefällig war. Ihr Mund schien wie dazu gemacht, ihn zu küssen oder seinen Schaft in sich aufzunehmen, und trotz seiner Behauptung, dass ihre Umgangsformen nicht jenen der vornehmen Welt entsprachen, faszinierte ihn ihre lockere und verspielte Art. Die Vorstellung, sie willig für sich allein zu haben und sie zu lehren, ihm zu gehorchen, sorgte dafür, dass er ihr nachstellte wie ein Raubtier. Doch sie bemerkte nichts davon, da er für sie nur ein Mann war, der sich als unerträglich herausgestellt hatte und dessen Worten zufolge sie nicht einmal hübsch genug war, als dass sie eines Tanzes würdig wäre. Dennoch fragte sie sich, warum er immer eine Reitgerte mit sich führte, selbst wenn er gar nicht geritten war. Die Erinnerung an den Lederhandschuh, mit dem Charlotte sie geschlagen hatte, bewirkte, dass Elizabeth beim Tanzen aus dem Takt kam und ihr ganzer Körper zu prickeln begann.

Darcy wünschte sich zunehmend, mehr über sie zu erfahren, und als ersten Schritt der Annäherung gesellte er sich zu Gesprächen, die sie mit anderen führte, was Elizabeth durchaus bemerkte. Es geschah bei Sir William Lucas, wo sich eine größere Gesellschaft versammelt hatte.

»Was bezweckt Mr. Darcy wohl damit, dass er meine

Unterhaltung mit Colonel Forster mitanhört?«, fragte sie deshalb Charlotte.

»Diese Frage kann dir nur Mr. Darcy selbst beantworten. Aber er sieht dich an, als würde er dich am liebsten auffressen.« Charlotte verbarg ihr Lächeln hinter einem Fächer.

»Aber wenn er nicht damit aufhört, werde ich ihn wohl oder übel wissen lassen müssen, dass ich seine Absichten durchschaut habe. Er hat einen sehr spöttischen Blick, und wenn ich nicht langsam anfange, ihm Grenzen zu setzen, bekomme ich bald Angst vor ihm.«

»Ich glaube, es würde ihm gefallen, dass du dich vor ihm fürchtest. Möglicherweise verschafft dir das sogar Zutritt zu Netherfield.«

Elizabeth warf ihr einen scharfen Blick zu. »Glaubst du wirklich?«

Als er sich ihnen kurz darauf näherte, ohne jedoch den Anschein zu erwecken, sie ansprechen zu wollen, riet Miss Lucas ihrer Freundin davon ab, das Thema anzusprechen. Doch Elizabeth fühlte sich dadurch nur dazu provoziert, es doch zu tun. Sie drehte sich zu ihm um und sagte: »Mr. Darcy, sind Sie nicht auch der Ansicht, dass ich mich Colonel Forster gegenüber ungemein trefflich ausgedrückt habe, als ich ihm vorschlug, einen Ball in Meryton zu geben?«

»Sie waren zumindest sehr beharrlich, aber bei diesem Thema neigen Damen ja häufig dazu, energisch zu werden.«

»Sie sind zu streng zu uns.« Elizabeth leckte sich die Lippen und beäugte die Reitgerte. »Ich habe jedenfalls herausgefunden, dass ich einen Hang für ... Bestrafungen habe.«

Darcy kniff die Augen zusammen, während ein gefährliches Lächeln seine Lippen umspielte.

»Schon bald wird es für sie keine Möglichkeit mehr geben zu entkommen«, schaltete sich Miss Lucas ein. »Ich werde gleich das Instrument öffnen, Eliza, und du weißt, was dann passiert.«

»Du bist wahrlich eine seltsame Freundin! Immer drängst du mich, vor aller Welt zu spielen und zu singen. Wenn meine Eitelkeit auf die Musik gerichtet wäre, hätte ich in dir eine unschätzbare Verbündete, dabei ist es mir doch viel lieber, mich nicht vor all die Menschen zu setzen, die es gewohnt sein müssen, nur den besten Künstlern zu lauschen.«

Da Miss Lucas beharrlich blieb, fügte sie hinzu: »Nun gut, wenn es denn unbedingt sein muss.« Sie warf Mr. Darcy einen ernsten Blick zu. »Es gibt da ein schönes, altes Sprichwort, das hier natürlich jeder kennt: ›Spar dir deinen Atem, um in deinen Haferbrei zu pusten.‹ Also spare ich mir jetzt weitere Worte und singe dafür lieber etwas.«

Ihre Darbietung war ansprechend, wenngleich nicht überragend. Mr. Darcy stand beim ersten Lied hinter ihr und beugte sich irgendwann vor, als wollte er ihr die Noten zurechtrücken.

»Wenn Sie aufschreien, sind Sie ruiniert«, flüsterte er ihr ins Ohr. »Und wenn Sie in Ihrem Vortrag nachlassen, überlasse ich Sie Ihrem Schicksal.« Sein Atem war warm, und sein Tonfall klang bedrohlich. Sie erschauerte und spürte, wie ihre Unterwäsche feucht wurde.

Mr. Darcy nutzte die Art, wie sie beieinanderstanden, um ihr unbeobachtet von den Zuschauern hinter ihnen eine Hand vorn in ihr Kleid zu schieben. Elizabeth erstarrte, aber ihre Finger spielten munter weiter und ihre Stimme schwankte nicht einmal.

»Gut«, sagte Mr. Darcy und rieb mit seinen Fingern, die in einem Seidenhandschuh steckten, über ihre Brustwarzen. »Aufgerichtet und empfänglich. Sie, meine Liebe, können Anweisungen befolgen. Und Sie sind lüstern genug, um sich fesseln zu lassen.« Er zog die Hand wieder aus ihrem Kleid und umfing kurz ihre Kehle damit. Er drückte ganz leicht auf ihren Kehlkopf, was dazu führte, dass die Vibrationen in ihrer Kehle sich in ihrem Unterleib fortzusetzen schienen. Ebenso schnell, wie er aufgetaucht war, verschwand Mr. Darcy danach wieder.

Nach zwei Liedern und ohne auf die Bitte nach einer Zugabe zu reagieren, überließ sie das Instrument nur zu gern ihrer Schwester Mary, die als unscheinbarste Tochter der Familie all ihre Hoffnung in ihre entsprechenden Kenntnisse und ihr Können setzte und diese nun liebend gern unter Beweis stellte. Elizabeth zog sich in die hinterste Ecke des Ballsaals zurück, von wo sie Mr. Darcy gleichermaßen mit Abscheu und Verlangen anstarrte. Schließlich überzeugten ihre Schwestern sie, sich dem Tanz anzuschließen, und bei den schnellen Takten der Musik besserte sich ihre Laune wieder. Wie hatte er es wagen können, sie so zu behandeln und dann einfach wegzugehen? Als wäre seine Welt durch das Geschehene nicht ebenso erschüttert worden wie die ihre.

Mr. Darcy stand in der Nähe und ertrug mit stiller Würde diese Art der Abendunterhaltung, die ohne jegliche Gespräche auskam. Sein Schaft war erigiert und sehnte sich nach den süßen Händen von Miss Bennet, dennoch wollte ihm kein Weg einfallen, wie er sie in seine Welt locken konnte. So war er viel zu vertieft in seine Gedanken, um überhaupt zu bemerken, dass Sir William Lucas neben ihm stand, bis ihn dieser unverhofft ansprach.

»Ist das nicht ein charmantes Vergnügen für junge Leute, Mr. Darcy? Es gibt doch nichts Schöneres als den Tanz. Ich sehe in ihm eine der besten Errungenschaften der feinen Gesellschaft.«

»Ganz gewiss, Sir, doch auch in weniger gebildeten Kreisen ist er überaus beliebt. Jeder Wilde kann tanzen.« Mr. Darcys Gedanken drehten sich um weitaus verruchtere Dinge als das Tanzen. Soeben stellte er sich vor, wie Miss Bennet auf dem Rücken unter ihm lag.

Sir William lächelte nur. »Ihr Freund tanzt ganz hervorragend«, meinte er nach einer Pause, als er bemerkte, dass sich Bingley der Gruppe angeschlossen hatte. »Und ich bezweifle, dass Sie sich nicht ebenfalls darin verstehen, Mr. Darcy.«

»Ich glaube, Sie haben mich in Meryton tanzen gesehen, Sir.«

»Ja, in der Tat, und dieser Anblick hat mir durchaus Vergnügen bereitet. Tanzen Sie in St. James nicht sehr oft?«

»Nie, Sir.«

»Sind Sie etwa der Ansicht, dass es sich an diesem Ort nicht ziemt?«

»Tatsächlich ziehe ich es vor, nirgendwo zu tanzen, solange es sich vermeiden lässt.«

»Gehe ich recht in der Annahme, dass Sie ein Haus in der Stadt haben?«

Mr. Darcy verbeugte sich zur Bestätigung. Das Haus war mit allem ausgestattet, was man für eine befriedigende Nacht benötigte, wobei die Befriedigung vor allem ihm galt.

»Ich habe einst darüber nachgedacht, mir ebenfalls ein Haus in der Stadt zuzulegen, da ich eine erlesene Gesellschaft zu schätzen weiß, aber ich war mir nicht sicher, ob Lady Lucas die Stadtluft zusagen würde.«

Er hielt inne, da er auf eine Erwiderung hoffte, aber sein Gegenüber machte nicht den Anschein, etwas sagen zu wollen. Mr. Darcy stellte sich gerade vor, wie er jedes Fleckchen von Miss Bennets geschmeidigem jungem Körper mit einem duftenden Öl benetzte.

In diesem Augenblick kam Elizabeth auf die beiden Männer zu, und Mr. Lucas war der Ansicht, dass er etwas Galantes sagen müsste.

»Meine liebe Miss Eliza, warum tanzen Sie nicht? Mr. Darcy, Sie müssen mir gestatten, Ihnen diese junge Dame als ausgesprochen reizvolle Tanzpartnerin ans Herz zu legen. Sie können ihr den nächsten Tanz doch gewiss nicht abschlagen, wie sie hier in all ihrer Schönheit vor Ihnen steht.« Bei diesen Worten nahm er ihre Hand und reichte sie Mr. Darcy, der zwar sehr überrascht zu sein schien, aber durchaus bereit war, sie zu ergreifen, während Elizabeth unwillkürlich vor seiner Berührung zurückschreckte.

»Ich habe nicht die geringste Absicht zu tanzen, mein Herr«, erklärte sie Sir William leicht entrüstet und warf Mr. Darcy einen wütenden Blick zu, indem aber zugleich auch ein erotisches Versprechen lag. »Bitte glauben Sie nicht, ich wäre hierhergekommen, weil ich auf der Suche nach einem Tanzpartner bin.«

Mr. Darcy bat sie nach allen Regeln des Anstands um die Ehre, mit ihr tanzen zu dürfen, aber es war vergeblich. »Ich möchte Sie nicht anflehen müssen«, log er.

Elizabeth blieb entschlossen, und auch Sir William konnte sie mit seinen Überredungsversuchen nicht umstimmen.

»Sie sind eine so vortreffliche Tänzerin, Miss Eliza, daher ist es wahrlich grausam, dass Sie mir nicht die Freude gönnen, Ihnen dabei zuzusehen. Obgleich dieser Herr dieses Vergnügen im Allgemeinen ablehnt, kann er doch gewiss keine Einwände haben, uns eine halbe Stunde lang in dieser Hinsicht dienlich zu sein.«

»Mr. Darcy ist überaus höflich«, meinte Elizabeth nur lächelnd.

»Das ist er in der Tat, aber wenn man den Anlass bedenkt, ist sein Entgegenkommen wohl kaum verwunderlich, werte Miss Eliza. Wer würde einer solchen Partnerin denn schon einen Korb geben?«

Elizabeth lächelte schelmisch und wandte sich ab.

Mr. Darcy war nicht besonders unglücklich darüber, sie gehen zu sehen. Er mochte es, wenn Frauen Feuer im Leib hatten. Wo blieb denn der Spaß, wenn sie zu schnell klein beigaben? Er dachte noch immer über sie nach, als er Augenblicke später von Miss Bingley in der Bibliothek belästigt wurde. Sie schloss die Tür hinter sich, sodass sie allein im Raum waren. Dann kam Miss Bingley wie eine Löwin, die eine Beute erspäht hatte, auf ihn zu.

»Ich glaube, ich weiß, worüber Sie gerade nachdenken«, erklärte sie und musterte die deutlich erkennbare Wölbung in seiner Hose.

»Das bezweifle ich.«

»Ihnen ist klar geworden, dass es unerträglich wäre, viele Abende auf diese Art und Weise und in dieser Gesellschaft zu verbringen, und ich bin in der Tat ganz Ihrer Meinung.« Miss Bingley schlenderte auf ihn zu und knöpfte ihm derart geübt und schnell die Hose auf, dass es Mr. Darcy überraschte. Dennoch würde sie ihm ohne Zweifel Erleichterung verschaffen können. Er schob ihre Hand zur Seite und läutete nach einem Kammerdiener.

Der gut ausgebildete Mann war wenige Augenblicke später zur Stelle. »Ja, Sir?«

Mr. Darcy deutete auf Miss Bingley. »Ich muss diese Dame bestrafen.«

»Ja, Meister.« Der Mann verbeugte sich.

Miss Bingley lächelte und beäugte den geschmeidigen, muskulösen Diener mit gierigem Blick.

»Ich war noch nie derart verärgert! Dieser Mangel an Talent und erst dieser Lärm! Die Selbstüberschätzung dieser Leute! Was würde ich dafür geben, Ihre Meinung darüber zu hören!«

»Sie liegen vollkommen falsch, das kann ich Ihnen versichern. Tragen Sie Unterhosen?«

»Natürlich nicht«, säuselte sie.

Mr. Darcy bedeutete dem Diener, er solle sie mit festem Griff halten und zum Tisch führen. »Mein Verstand war mit weitaus angenehmeren Gedanken beschäftigt«, erklärte Mr. Darcy, während der Diener sie grob nach vorn über den Tisch beugte und ihr die Röcke hochhob. »Ich habe darüber nachgedacht, welch großes Vergnügen einem zwei schöne Augen im Gesicht einer hübschen Frau bescheren können.«

Miss Bingley drehte den Kopf und sah ihm ins Gesicht. Einen Augenblick lang glaubte sie schon, er würde von ihr sprechen, doch dazu wirkte er viel zu sehr in Gedanken versunken.

»Sie haben eine wundervolle Haut«, sagte der Diener und musterte ihre runden Pobacken. »Ich werde sie nur zu gern mit roten Striemen bedecken.«

Miss Bingley erschauerte, als er eine Reitgerte hervorholte und sie gegen den Tisch schlug.

»Oh ...«, stammelte sie.

»Hatten Sie etwa damit gerechnet, sie auf Ihrem zarten Gesäß zu spüren?«, säuselte der Diener und drückte ihre Beine weiter auseinander.

»Nimm mich. Genug von diesen Spielchen.«

Er drang in sie ein. Als sie vor Wonne den Mund aufriss, zwang er sie, auf die Reitgerte zu beißen. Er hielt die Gerte an beiden Enden fest und zerrte Miss Bingleys Kopf nach hinten, während er sich wieder und wieder in sie hineinstieß. Sie war süß und feucht und erwiderte seine Stöße.

»Miss Elizabeth Bennet«, knurrte Mr. Darcy und bearbeitete mit einer Hand seinen Schaft. »Sie wäre eine interessante Bereicherung für den Kerker von Netherfield, finden Sie nicht?«

Miss Bingley spürte nichts als den harten, prallen Schwanz des Dieners. Die Reitgerte sorgte dafür, dass sie sich nicht bewegen konnte, während er sie grob bestieg, bis sie zu ihrer großen Zufriedenheit zitternd zum Höhepunkt kam.

Mr. Darcy sah ihnen mit halb geöffneten Augen zu. »Lizzy«, stieß er stöhnend hervor, bevor er seinen Samen verspritzte. Der Diener kam kurz darauf tief in Miss Bingley. Mr. Darcy näherte sich dem Paar. Er nahm Miss Bingley die Gerte aus dem Mund und ließ sie dann dicht vor ihrem Gesicht durch die Luft schnellen, sodass Miss Bingley zusammenzuckte.

»Miss Elizabeth Bennet!«, wiederholte Miss Bingley und versuchte, sich aufzurichten, aber Darcy drückte sie wieder nach unten. »Ich bin erstaunt. Wie lange ist sie schon Eure Favoritin? Und wann darf ich Ihnen Glück wünschen?«

»Das ist genau die Frage, die ich von Ihnen erwartet habe. Die Fantasie einer Dame ist sehr behände und springt von der Bewunderung zur Liebe und von der Liebe zur Eheschließung, und das in nur einem Augenblick. Ich wusste, dass Sie mir Glück wünschen würden. Nun ist es Zeit, dass mein Diener Sie dafür bestraft, dass Sie ein so ungezogenes Mädchen gewesen sind.« Dann forderte Mr. Darcy den Diener auf: »Setzen Sie sich auf den Stuhl.«

»Ja, Meister.«

Mit ihrem bis zur Taille hochgeschobenen Kleid positionierte Mr. Darcy Miss Bingley auf dem Schoß des Dieners und ließ sich sodann in einem Ohrensessel nieder, um den beiden zuzusehen.

»Wenn es Ihnen ernst mit ihr ist, werde ich die Angelegenheit als erledigt betrachten«, meinte Miss Bingley. »Sie bekommen in der Tat eine reizende Schwiegermutter, und sie wird sich natürlich häufig bei Ihnen in Pemberley aufhalten.«

Auf Mr. Darcys Befehl schlug der Diener sie für diese Bemerkung fest auf den Hintern. Da Mr. Darcy das rote Muster der Hand auf ihrem Gesäß zu gefallen schien, ordnete er gleich noch einen weiteren Schlag an.

»Oh!«, rief sie auf. »Wie können Sie so grausam sein? Ich habe nichts als die Wahrheit gesagt.«

Noch ein Schlag.

Miss Bingley wimmerte, richtete sich jedoch bei jedem Schlag ein wenig auf, um dem Diener entgegenzukommen.

»Sie sind sehr ungehörig, dass Sie keine Unterwäsche tragen. Was würde Ihr Bruder nur dazu sagen? Schließlich versucht er Sie nach jenem unglücklichen Zwischenfall mit dem Count zu verheiraten.«

»Das war nicht unglücklich.« Miss Bingley seufzte und stieß dann noch einen Schrei aus, als der Diener sie erneut schlug. »Es war göttlich.«

»Erzählen Sie mir von ihm und von den Dingen, die er Sie gelehrt hat. Vielleicht werde ich Ihnen dann Absolution erteilen.«

»Oh ja, bitte.«

Er lauschte ihr scheinbar unbeteiligt, als sie schließlich ihrer Erinnerung freien Lauf ließ. Dann befahl er dem Diener, noch fester zuzuschlagen.

7

Mr. Bennets Vermögen bestand fast ausschließlich aus einem Anwesen, das zweitausend Pfund im Jahr einbrachte und zum Unglück seiner Töchter und in Ermangelung eines männlichen Erben an einen entfernten Verwandten übergehen würde. Das Vermögen ihrer Mutter war zwar für die Stellung der Mädchen im Leben durchaus ausreichend, würde diesen Verlust jedoch nicht ausgleichen können. Mrs. Bennets Vater war Anwalt in Meryton gewesen und hatte ihr viertausend Pfund hinterlassen.

Das Dorf Longbourn lag nur eine Meile von Meryton entfernt, was für die jungen Damen eine bequeme Entfernung darstellte, die diese durchaus drei- bis viermal die Woche zurücklegten, um ihren Pflichtbesuch bei ihrer Tante zu absolvieren und unterwegs noch bei der Hutmacherin vorbeizuschauen. Letztere hatte ein Hinterzimmer, in dem sie auch unterschiedlichste Riemen und Requisiten für Paare mit Hang zum Abenteuer anbot.

Catherine und Lydia, die beiden jüngsten Familienmitglieder, machten diesen Ausflug besonders häufig, da ihr Tag meist nicht so ausgefüllt war wie der ihrer Schwestern, und wenn sich nichts anderes anbot, musste ein Spaziergang nach Meryton herhalten, um ihnen die Morgenstunden zu vertreiben und Gesprächsstoff für den Abend zu liefern. Auch wenn es auf dem Lande nur wenig Neuigkeiten gab, hatte ihre Tante Mrs. Phillips, die eine sehr geachtete

Domina im Ruhestand war, immer wieder etwas zu berichten.

Doch zurzeit schien es Nachrichten im Überfluss zu geben, da vor Kurzem ein Regiment in der Gegend eingetroffen war, das den ganzen Winter über bleiben würde und sich Meryton als Hauptquartier auserkoren hatte.

Ihre Besuche bei Mrs. Phillips waren für die beiden Mädchen fortan noch interessanter als ohnehin schon.

Um ihre Erziehung voranzutreiben, gestattete es ihnen ihre Tante, einen der Soldaten, den sie sich als Sklaven gefesselt im Schlafzimmer hielt, genauer zu erforschen. Als die Schwestern einen Blick in den Raum warfen, kniete der Soldat nackt auf dem Boden. Er war geknebelt, seine Augen waren verbunden. Er schien einen perfekten Körper zu haben. Seine wundervoll ausgeprägten Muskeln bewegten sich geschmeidig und anmutig, als er sich gegen seine Fesseln wehrte, weil die Frauen hereinkamen. Seine Arme waren hinter dem Rücken mit einem Lederriemen gefesselt. Als ihre aufgeregten Schreie verklungen waren, reichte Mrs. Phillips Catherine einen Staubwedel aus Federn und Lydia ein Paddle.

»Steh auf, Sklave«, befahl Mrs. Phillips.

»Kann er sich nicht hinlegen?«, bat Lydia und ging langsam um ihn herum.

»Streichele ihn mit den Federn«, ordnete ihre Tante an.

Catherine kicherte unkontrolliert, aber gehorchte, wobei sie darauf achtete, dem Unterleib des Mannes besonders viel Aufmerksamkeit zukommen zu lassen.

»Sein Gemächt ist ja riesig«, stellte Lydia fest, als das Glied des Mannes immer größer und härter wurde.

»Runter auf die Hände und die Knie, Sklave«, sagte Mrs. Phillips.

Der Soldat gehorchte. Catherine und Lydia gingen um ihn herum und bewunderten sein strammes Gesäß.

Lydia seufzte vor Wonne auf, während Catherine an dem Staubwedel herumfingerte.

Mrs. Phillips setzte sich auf den Rücken des Mannes und zerrte grob an seinen Haaren, sodass er den Kopf in den Nacken legen musste. »Er ist ganz annehmbar, würde ich meinen. Lydia, schlag ihn mit dem Paddle.«

Lydia konnte nur mit Mühe den Blick vom muskulösen Gesäß des Mannes abwenden, um ihre Tante anzusehen. »Wie fest?«

»So fest, wie du möchtest, Liebes«, erwiderte diese.

Lydia nahm Maß und schlug mit dem Paddle kräftig auf den Hintern des Mannes, sodass der Soldat hinter seinem Knebel laut stöhnte.

»Oh, das tut mir leid«, sagte Lydia rasch. »Habe ich ihm wehgetan?«

»Tu ihm noch einmal weh«, säuselte Mrs. Phillips.

Lydia tat es.

»Und noch mal!«

Die Schreie des Soldaten wurden bei jedem Schlag lauter.

Lydia war puterrot geworden und atmete schwer, als ihre Tante ihr schließlich ein Zeichen gab aufzuhören.

»Gut gemacht. Das reicht vorerst.« Mrs. Phillips stand auf und trat den Soldaten in die Seite, sodass er sich auf den Rücken rollte. Sein Glied war noch immer stark erigiert, und die drei Frauen betrachteten den jungen Mann wohlwollend.

»Seid ihr Mädchen noch Jungfrauen?«

Die beiden kreischten und klammerten sich kichernd aneinander.

»Ihr habt anscheinend schon einmal einen nackten Mann gesehen, aber eure Jungfräulichkeit ist noch unversehrt.«

»Natürlich, Tantchen«, versicherte ihr Catherine.

Lydia nickte. »Ich habe mal einen angefasst.«

»Oh nein, das hast du nicht getan!«, schimpfte Catherine.

»Hab ich wohl«, erwiderte Lydia und reckte die Nase in die Höhe. »Wir haben getanzt, und mir ist die Hand verrutscht.«

»Das zählt nicht«, erklärte Catherine.

»Tut es doch.« Lydia drehte sich zu ihrer Schwester um.

»Mädchen, das reicht für heute. Ihr könnt morgen wiederkommen, vielleicht setzen wir die Lehrstunde dann fort. Kein Mann wird euch mehr heiraten wollen, wenn ihr verdorben seid, aber das heißt noch lange nicht, dass ihr keine Ahnung haben dürft, was im Schlafgemach so alles passiert.«

An jedem Tag erfuhren die Schwestern nun mehr über die Namen und Verbindungen der Offiziere. Ihre Unterkünfte waren ihnen auch alsbald bekannt, und schließlich lernten sie auch die Offiziere persönlich kennen. Mr. Phillips besuchte sie alle, was seinen Nichten einen Quell ungeahnten Wissens eröffnete. Ihre Tante hielt Wort und ließ sie die Körper der Soldaten mit den Händen und Mündern erkunden. Als die Zeit gekommen war und der Offizier die Gunst erwidern sollte, wurde er ans Bett gefesselt und erhielt genaue Anweisungen, was er zu tun hatte. Zu Lydias Kummer ordnete ihre Tante an, dass er die Hose nicht ausziehen durfte, doch der Zauber, den er mit seiner Zunge bewirken konnte, machte diese kleine Einschränkung mehr als wett. Lydia und Catherine konnten über nichts anderes mehr reden als über Offiziere, und Mr. Bingleys Vermögen, dessen bloße Erwähnung ihre Mutter in Verzückung versetzte, war in ihren Augen wertlos im Vergleich zu den Rangabzeichen eines Fähnrichs.

Nachdem Mr. Bennet eines Morgens ihren Ergüssen über

dieses Thema gelauscht hatte, erklärte er kühl: »Nach allem, was ich euren Gesprächen entnehmen kann, müsst ihr beiden die dümmsten Mädchen des Countys sein. Ich hatte es ja schon seit einiger Zeit vermutet, aber jetzt bin ich davon überzeugt.«

Catherine war entrüstet und reagierte nicht, aber Lydia fuhr völlig unbekümmert damit fort, ihre Bewunderung für Captain Carter zum Ausdruck zu bringen. Sie sagte, dass sie hoffe, ihm im Laufe des Tages zu begegnen, da er am kommenden Morgen nach London aufbrechen müsse. Captain Carter war derjenige, der sie in die Wonnen des Cunnilingus eingeführt hatte. Allein bei dem Gedanken daran rieb Lydia die Beine aneinander.

»Ich bin erstaunt, mein Lieber«, meinte Mrs. Bennet, »dass du deine Kinder derart leichtfertig als dumm bezeichnest. Würde ich schlecht über irgendjemandes Kinder denken wollen, dann ganz gewiss nicht über meine eigenen.«

»Wenn meine Kinder dumm sind, dann kann ich doch nicht die Augen davor verschließen.«

»Das mag stimmen. Aber zufälligerweise sind die Mädchen alle sehr klug. Meine Schwester hat sogar gesagt, dass sie sehr gelehrige Schülerinnen wären.«

»Was bringt ihnen die alte Xanthippe denn schon bei? Das ist der einzige Punkt, in dem wir nicht einer Meinung sind, denn ich muss dir insofern widersprechen, dass ich unsere beiden jüngsten Töchter für außerordentlich töricht halte.«

»Mein lieber Mr. Bennet, du darfst nicht erwarten, dass die Mädchen so vernünftig sind wie ihre Eltern. Wenn sie in unser Alter kommen, dann werden sie vermutlich auch nicht häufiger an Offiziere denken als wir. Doch ich kann mich noch sehr gut an eine Zeit erinnern, in der ich ebenfalls für einen roten Rock geschwärmt habe ... und im Herzen tue ich das bis heute.« Mrs. Bennet fächerte sich bei der Erinnerung daran Luft zu und bemerkte nicht einmal, dass ihr Gatte sie mit zusammengekniffenen Augen musterte. Hätte sie die Eifersucht in seinem Blick gesehen, hätte sie gewusst, dass sie in der kommenden Nacht für ihre Fantasien bestraft werden würde. »Und wenn ein fescher junger Oberst mit fünf- oder sechstausend Pfund im Jahr um die Hand eines meiner Mädchen anhält, dann würde ich nicht Nein sagen, und ich fand auch, dass Colonel Forster neulich abends bei Sir Williams in seiner Uniform sehr schneidig ausgesehen hat.«

»Mama!«, rief Lydia. »Unsere Tante sagt, dass Colonel Forster und Captain Carter nicht mehr so häufig wie zu Anfang zu Miss Watson gehen, sondern inzwischen viel öfter in Clarkes Bibliothek gesehen werden.«

»Wo sie sich vermutlich auf andere Weise miteinander die Zeit vertreiben«, meinte Mr. Bennet.

Mrs. Bennet kam um einen Kommentar zu dieser Bemerkung herum, als der Diener mit einer Nachricht für Miss Jane Bennet hereinkam, die aus Netherfield stammte und sofort beantwortet werden musste. Mrs. Bennets Augen funkelten vor Vergnügen, und sie rief ungeduldig: »Nun, Jane, von wem ist sie? Worum geht es? Was steht dort geschrieben? Spute dich, Jane, und sag es uns. Beeil dich, meine Liebe!«

»Sie ist von Miss Bingley«, erklärte Jane und las die Nachricht dann laut vor.«*Meine liebe Freundin,wenn Sie kein Mitleid mit uns haben und heute mit Louisa und mir speisen, laufen wir beide Gefahr, einander für den Rest unseres Lebens zu hassen, denn ein Tête-à-Tête zweier Frauen kann niemals ohne Streit ablaufen. Kommen Sie, sobald Sie die Nachricht erhalten. Mein Bruder und die Gentlemen dinieren mit den Offizieren. Ihre Ihnen verbundene*

Caroline Bingley.«

»Mit den Offizieren!«, rief Lydia. »Ich wüsste zu gern, warum unsere Tante uns das nicht erzählt hat.«

»Er speist auswärts«, sagte Mrs. Bennet. »Das ist sehr unglücklich.«

Mr. Bennet murmelte etwas über Bordelle.

»Kann ich die Kutsche nehmen?«, wollte Jane wissen.

»Nein, meine Liebe, du solltest lieber reiten, denn es sieht nach Regen aus und dann musst du über Nacht dort bleiben«, gab Mrs. Bennet zu bedenken.

Jane und Elizabeth lächelten sich verstohlen an. Elizabeth wusste, dass Jane Bingley freie Hand lassen würde, wenn sie die Nacht dort verbrachte.

»Das klingt nach einem guten Plan«, meinte Elizabeth. »Aber werden sie nicht anbieten, Jane nach Hause zu bringen?«

»Oh! Die Gentlemen werden Mr. Bingleys Kutsche genommen haben, um nach Meryton zu fahren, und die Hursts haben keine Pferde für ihre.«

»Ich würde viel lieber mit der Kutsche fahren«, sagte Jane. Sie wollte möglichst gut aussehen, und wenn sie auf einer alten Mähre querfeldein ritt, würde sie bei ihrem Eintreffen auf Netherfield gewiss nicht wie die zukünftige Mrs. Bingley aussehen.

»Aber dein Vater kann die Pferde nicht entbehren, Liebes. Da bin ich mir ganz sicher. Sie werden auf dem Gut gebraucht, nicht wahr, Mr. Bennet?«

»Sie werden weitaus öfter auf dem Gut gebraucht, als dass ich sie nutze.«

Jane blieb daher nichts anderes übrig, als zu reiten, und ihre Mutter brachte sie zur Tür und prophezeite ihr dabei unablässig schlechtes Wetter. Sie sollte recht behalten, da es zu regnen begann, kaum dass Jane unterwegs war. Ihre

Schwester machten sich Sorgen um sie. Würden Bingleys Schwestern sie schlecht behandeln, und was war, wenn Mr. Bingley zurückkehrte? Doch ihre Mutter war hocherfreut. Es regnete den ganzen Abend ohne Unterlass, und Jane kehrte nicht nach Hause zurück. Elizabeth war nur besorgt, dass Jane ihre Meinung ändern und sich mit einer der Schwestern vergnügen könnte und Mr. Bingley sie möglicherweise sogar dabei ertappte.

»Da hatte ich wirklich eine großartige Idee!«, erklärte Mrs. Bennet mehr als einmal, ganz so als wäre es ihr persönlich zu verdanken, dass es zu regnen begonnen hatte. Doch bis zum nächsten Morgen hatte sie keine Ahnung, welches unglaubliche Glück ihr Einfall noch mit sich gebracht hatte. Kurz nach dem Frühstück brachte ein Diener aus Netherfield die folgende Nachricht für Elizabeth:

Meine liebste Lizzy,

es geht mir heute Morgen nicht gut, was vermutlich daran liegt, dass ich gestern Nachmittag völlig nass wurde, wenn du verstehst, was ich meine. Meine lieben Freunde wollen nichts von meiner Rückkehr nach Hause hören, solange es mir nicht wieder bessergeht. Ihre wohltuende Aufmerksamkeit gibt mir Kraft. Sie bestehen außerdem darauf, Mr. Jones zu rufen, daher brauchst du dir keine Sorgen zu machen, falls du erfahren solltest, dass er mich aufgesucht hat. Abgesehen von einem schmerzenden Hals sowie einigen wunden Körperstellen fehlt mir eigentlich nichts. Deine usw.

»Nun, meine Liebe«, erklärte Mr. Bennet, nachdem Elizabeth die Nachricht laut vorgelesen hatte, »falls deine Tochter eine schwere Krankheit hat oder gar sterben sollte, wäre es ein Trost zu wissen, dass es einzig und allein geschehen ist, um

Mr. Bingley zu bezirzen, und dass es auf deinen Wunsch hin geschah.«

»Oh! Ich habe keine Angst, dass sie sterben könnte. An einer unbedeutenden Erkältung stirbt man nicht. Außerdem wird man sich gut um sie kümmern.«

Lydia und Catherine kicherten in ihre Taschentücher.

»Solange sie dort bleibt, ist alles in bester Ordnung«, fuhr ihre Mutter fort und ignorierte die Störung. »Ich werde sie dort besuchen, sobald ich die Kutsche nehmen kann.«

Elizabeth, die sich wirklich Sorgen um ihre Schwester machte, war entschlossen, sie so bald es ging zu sehen, und da die Kutsche nicht verfügbar war und sie ungern ritt, würde sie eben zu Fuß gehen müssen, was sie sogleich verkündete.

»Wie kannst du nur so töricht sein, dass du auch nur an so etwas denkst!«, rief ihre Mutter. »All dieser Schmutz! Du wirst keinen schönen Anblick abgeben, wenn du dort eintriffst.«

»Ich werde noch gut genug aussehen, um zu Jane vorgelassen zu werden, und mehr will ich auch gar nicht.« Doch natürlich wollte sie sich vergewissern, dass sie ihre Chance auf die wahre Liebe nicht verspielt hatte, indem sie mit Bingleys Schwester und nicht mit ihm herumgetändelt hatte.

»Soll das ein Hinweis darauf sein, dass ich die Pferde holen lassen soll, Lizzy?«, fragte ihr Vater.

»Nein, ich scheue mich nicht vor dem Weg. Die Entfernung spielt keine Rolle, da es einen wichtigen Grund für meinen Besuch gibt. Ich müsste zum Abendessen wieder zurück sein.«

»Ich bewundere deine Entschlossenheit und dein gutes Herz«, merkte Mary an, »aber jede Gefühlsregung sollte auch mit Vernunft betrachtet werden, und meiner Ansicht nach sollte körperlicher Aufwand stets im richtigen Verhältnis zum Ergebnis stehen.«

Elizabeth sah ihre Schwester an und verdrehte die Augen. Als ob Mary sich je mehr angestrengt hätte als beim Lesen von Büchern oder beim Malträtieren des Pianos.

»Wir werden dich bis Meryton begleiten«, verkündeten Catherine und Lydia. Elizabeth nahm das Angebot dankend an, und die drei jungen Damen brachen gemeinsam auf.

»Wir sollten uns beeilen«, meinte Lydia, als sie auf dem Weg waren, »vielleicht bekommen wir Captain Carter vor seiner Abreise ja noch einmal zu Gesicht.«

»Möglicherweise gelingt uns sogar mehr als das«, fügte Catherine kichernd hinzu.

In Meryton trennten sie sich. Die beiden jüngsten Schwestern gingen zur Unterkunft einer der Offiziersgattinnen, während Elizabeth allein weiterlief und in schnellem Tempo ein Feld nach dem anderen überquerte, über Zaunübertritte sprang und Tümpel ebenso geschickt wie ungeduldig überquerte, bis sie das Haus endlich sehen konnte, auf das sie mit müden Füßen, schmutzigen Strümpfen und einem vor Anstrengung rotwangig strahlenden Gesicht zustrebte.

Sie wurde in das Frühstückszimmer geführt, wo sich bis auf Jane alle versammelt hatten, und ihr Erscheinen rief großes Erstaunen hervor. Dass sie so früh am Morgen drei Meilen gegangen war, und das bei diesem schlechten Wetter und ganz allein, war für Mrs. Hurst und Miss Bingley völlig unbegreiflich, und Elizabeth war überzeugt davon, dass sie sie aus diesem Grund durchaus verachteten.

Dennoch wurde Elizabeth sehr höflich von ihnen empfangen, und Mr. Bingley war sogar bestens gelaunt und überaus freundlich. Mr. Darcy sagte nur wenig. Er schien darüber nachzudenken, wie er herausfinden könnte, ob sie ebenso bereit war wie ihre Schwester, den Freuden des Fleisches zu frönen.

Elizabeth warf ihm einen eisigen Blick zu. Sie hatte seine

Dreistigkeit und seine gleichgültige Art nicht vergessen. Mr. Hurst gab überhaupt keinen Ton von sich. Mr. Darcy war hin- und hergerissen zwischen der Bewunderung für ihr gesundes Aussehen nach dem anstrengenden Marsch und der Frage, ob der Anlass es rechtfertigte, dass sie allein einen so weiten Weg zurückgelegt hatte, und das ohne Anstandsdame. Hatte sie sich möglicherweise auch deshalb auf den Weg gemacht, um sich ihm anzubieten? Mr. Hurst hingegen dachte nur an sein Frühstück.

Elizabeths Fragen nach ihrer Schwester konnten nicht zu ihrer Zufriedenheit beantwortet werden. Miss Bennet hatte schlecht geschlafen und war zwar aufgestanden, hatte jedoch Fieber und fühlte sich nicht in der Lage, ihr Zimmer zu verlassen. Elizabeth war froh, dass man sie augenblicklich zu ihr brachte, und Jane, die ihren Gastgebern keine Unannehmlichkeiten bereiten wollte, war überglücklich, als ihre Schwester hereinkam. Jedoch blieb sie schweigsam, und als Miss Bingley die Schwestern allein ließ, brachte sie gerade mal ihre Dankbarkeit für die außerordentliche Freundlichkeit zum Ausdruck, mit der sie behandelt wurde. Elizabeth kümmerte sich schweigend um sie und bemerkte dabei die Flecken am Hals ihrer Schwester.

»Was ist letzte Nacht passiert, Jane?«

»Oh, Lizzy, nur wundervolle Dinge.«

»Hast du mit Mr. Bingley ...«

»Oh nein, es ist noch zu früh für uns.«

»Dann mit Mr. Darcy?«, wollte Elizabeth wissen und wurde tatsächlich ein bisschen eifersüchtig bei der Vorstellung, dass ihre wundervolle, geliebte Schwester von Darcy berührt worden war.

»Elizabeth! Was geht dir nur durch den Kopf? Nein, wir wurden nur von den Dienstboten unterhalten.«

»Wie bitte?« Elizabeth erschrockener Ausruf hallte laut durch das Zimmer.

»Nicht das, was du denkst. Mr. Bingley und ich haben zusammengesessen und uns geküsst. Und wir haben den Dienern dabei zugesehen, die etwas für uns aufgeführt haben – ein anzügliches, skandalöses Stück. Wir haben ihnen beim Liebesspiel zugesehen, bis ich ganz aufgelöst war. Ich wollte nichts lieber, als Mr. Bingley spüren, aber er verlangte, dass ich seinen Schaft in den Mund nehmen sollte. Danach war mir ein bisschen schwindlig, daher bin ich zu Bett gegangen. Aber zuvor konnte ich noch Schmerzens- und Lustschreie aus den Zimmern entlang des Flurs hören.«

»Was hat sich dort abgespielt?«

»Das weiß ich nicht«, erwiderte Jane schüchtern. »Aber ich glaube, Mr. Darcy und Mr. Bingleys Schwestern waren daran beteiligt.«

Elizabeth zuckte mit den Achseln. »Das geht mich nichts an.« Aber es kribbelte an den Stellen, an denen er sie berührt hatte, und ihre Fantasie spielte wieder einmal verrückt.

Nach dem Frühstück gesellten sich die beiden Schwestern zu den anderen. Elizabeth war gerührt, als sie sah, wie viel Zuneigung und Fürsorge man Jane entgegenbrachte. Der Apotheker kam vorbei, und nachdem er seine Patientin untersucht hatte, erklärte er, dass sie sich, wie angenommen, eine schwere Erkältung zugezogen hatte und dass sie sich erholen müsse. Er riet ihr, wieder zu Bett zu gehen, und versprach, ihr Medizin zu schicken. Sie leistete dem Ratschlag nur zu gern Folge, da ihr Fieber sich verschlimmerte und sie Kopfschmerzen hatte. Elizabeth wich ihr nicht von der Seite. Auch die anderen Damen schauten häufig vorbei, aber da die Herren ausgegangen waren, hatten sie sonst auch nichts anderes zu tun.

»Warum spielen wir nicht ein Spiel?«, schlug Miss Bingley vor.

»Ich weiß nicht, ob Jane dazu in der Lage ist«, erwiderte Elizabeth, aber Jane nickte bereits.

»Oh ja, lasst uns etwas spielen. Es ist so schrecklich langweilig, hier herumzuliegen.«

»Und es ist heiß«, fügte Mrs. Hurst hinzu und begann, sich zu entkleiden.

Auch Jane zog ihren Morgenmantel aus.

»Wie wäre es, wenn wir die beiden ein paar Minuten allein lassen?«, fragte Miss Bingley, nahm Elizabeths Hand und zog sie aus dem Zimmer.

»Was hast du vor?«, hauchte Elizabeth ihrer Schwester zu.

Aber Jane schlug bereits die Bettdecke zurück, damit Mrs. Hurst zu ihr ins Bett kommen konnte, als Miss Bingley die Tür entschlossen zuzog.

»Ach, kommen Sie, wir sind doch unter uns. Sie müssen doch schon von Netherfields berüchtigtem Ruf gehört haben.«

Elizabeth wollte schon entschieden den Kopf schütteln, aber ihre Neugier war größer.

»Ich werde Ihnen das verbotene Zimmer zeigen.«

Elizabeth stutzte. »Das, in dem Jane und Ihr Bruder gestern Abend waren? Ich kann Ihnen versichern, dass mir nicht der Sinn danach steht, mir irgendein Stück anzusehen.«

Miss Bingley drängte sie gegen die Wand und küsste sie leidenschaftlich. Der Kuss war hart, fast wie eine Bestrafung, und ganz anders als die zärtlichen Liebkosungen, die sie von Charlotte gewohnt war. Aber sie stellte fest, dass tief in ihrem Inneren etwas zu erwachen schien, als sie den Schmerz spürte, den Miss Bingleys Zähne ihr zufügten.

Sie umklammerte Miss Bingleys Schultern. Diese wiederum packte die Vorderseite von Elizabeths Kleid und riss es auf, um Elizabeths Aufschrei dann mit dem Mund zu ersticken. Miss Bingley kniff ihr in die Brustspitze, bis Elizabeth erneut aufschrie und sie von sich wegschob.

Dann wischte sich Miss Bingley den Mund mit dem Handrücken ab, und Elizabeth versuchte keuchend, ihr Kleid wieder in Ordnung zu bringen.

»Sie haben es ruiniert!«, schrie sie.

»Ich kaufe Ihnen ein neues, das viel schöner ist. Es gefällt mir, Sie in Tränen aufgelöst zu sehen, weil Ihr Kleid zerfetzt ist und Ihre wunderschönen Brüste entblößt sind. Ihnen gefällt es doch auch, oder etwa nicht?« Wieder kniff sie in Elizabeths Nippel.

»Nein, das tut weh«, entgegnete Elizabeth, aber sie schob Miss Bingley auch nicht weg, als diese ihr die Hände auf die Brüste legte.

»Ich möchte wetten, dass Sie unter dem schmutzigen Kleid ganz feucht sind. Warum ziehen Sie es nicht aus.«

»Hier?«, wollte Elizabeth wissen.

Miss Bingley drückte ihre Brüste. »Die Antwort darauf lautet: ›Ja, Herrin.‹ Haben wir uns verstanden?«

Elizabeth wurde noch feuchter und nickte. Sie keuchte vor Schmerz auf, als Miss Bingley an ihren empfindlichen Nippeln zog. »Ja, Herrin.«

»Das ist gut«, lobte Miss Bingley und ließ Elizabeth los. »Er dachte, Sie würden sich zur Wehr setzen, aber warum sollten Sie, wenn Sie sich eigentlich danach sehnen, berührt zu werden.«

Elizabeth fummelte an ihren Knöpfen herum, aber Miss Bingley riss ihr das Kleid so kraftvoll herunter, dass Elizabeth in die Knie ging.

»Warum sind Sie so gemein?«, fragte sie.

»Die Frage ist vielmehr«, erwiderte Miss Bingley, »warum Sie es derart genießen.«

Doch bevor Elizabeth noch etwas zugeben oder abstreiten konnte, zog Miss Bingley sie an den Haaren wieder zu sich nach oben. »Er wird sehr zufrieden mit Ihnen sein.«

»Wer?«

»Der, den du Meister nennen wirst.«

Miss Bingley hielt Elizabeths Haare wie eine Leine fest und zog sie daran eine Treppe hinunter.

»Bitte«, flehte Elizabeth und versuchte, ihre Nacktheit zu verbergen und nicht zu stolpern, während sie einen kalten Raum betraten. Ihre Brustwarzen waren auf schmerzhafte Weise erregt, und Feuchtigkeit sammelte sich in ihrem Schritt, wie ihr überaus peinlich bewusst war.

»Bitte was?«, erwiderte Miss Bingley und zwang Elizabeth, in die Knie zu gehen. Als eine Tür auf der anderen Seite des Raumes geöffnet wurde, ließ sie sie wieder los.

Ein großer Mann mit einer schwarzen Henkersmaske kam herein. Er war nackt. Die Muskeln an seinen Oberschenkeln spannten sich beim Gehen an. Elizabeth starrte ebenso wie Miss Bingley auf seinen dicken, harten Schaft, der prall aufgerichtet war. Der Mann hatte einen strammen, muskulösen Bauch und eine breite, kräftige Brust.

Er kam immer näher und blieb direkt vor Elizabeth stehen. Sie drehte den Kopf, da sein Glied sonst ihre Lippen berührt hätte. Auf einmal stand Miss Bingley hinter ihr und hielt ihren Kopf fest.

»Hast du schon einmal einen Schwanz im Mund gehabt?« Die Stimme des Mannes klang tief und gedämpft.

Elizabeth schluckte schwer. »Keinen, der so groß war wie Ihrer, Sir.«

Miss Bingley lachte. »Sie ist nicht so unschuldig, wie sie aussieht.«

»Weißt du, wie man einem Mann mit dem Mund Lust bereitet?«

Elizabeth nickte und leckte sich die Lippen.

»Möchtest du, dass ich meinen Samen in deine Kehle ergieße?«

Sie konnte ihn nur wortlos anstarren.

»Caroline, zeig ihr doch mal, wie es geht.«

»Ja, Meister«, sagte Miss Bingley und schubste Elizabeth zur Seite, sodass diese zu Boden fiel.

Der große Mann keuchte, als Caroline sein Glied ganz in den Mund nahm. »Du bist besser als dein Bruder.«

Elizabeth keuchte auf. Der Mann war sowohl Herr über den Bruder als auch über die Schwester. Hatte er auch Jane gehabt? Sie hatte zumindest nichts davon erwähnt. Elizabeth beobachtete, wie Miss Bingley ihre behandschuhte Hand über die Pobacke des Mannes gleiten ließ, während sie mit der anderen seine Hoden massierte. Dabei bewegte sie den Mund die ganze Zeit rhythmisch an seinem Schaft auf und ab.

»Siehst du auch genau hin, Lizzy?«

»Oh ja.«

»Sie ist sehr talentiert, nicht wahr?«

»Ja«, hauchte Elizabeth.

Er packte Miss Bingleys Hinterkopf und begann, sich rücksichtslos in ihren Mund zu stoßen. Sie umklammerte seinen Hintern und gab ein gepeinigtes Geräusch von sich.

»Sie ersticken sie«, sagte Elizabeth.

»Stimmt«, erwiderte der Mann unbesorgt. »Sie muss sich entspannen und ihn ganz in sich aufnehmen. Aber sie versucht, die Kontrolle zu behalten, daher muss ich ihr klarmachen, dass sie das nicht tun sollte. Oh, ihr Mund ist süß. Und wie eifrig sie ist. Du musst sie sehr erregt haben.«

»Ich?«

»Hat sie an deinen Brüsten gesaugt?«

»Nein«, antwortete Elizabeth und fühlte sich ein wenig vernachlässigt.

»Gut.« Er drückte Miss Bingleys Gesicht an sich. Elizabeth sah, dass sie sich wehren wollte ... vergeblich. Er war zu stark. Dann erschauerte er und stieß den Atem aus. Miss Bingley schluckte mehrmals, und er schleuderte sie zur Seite, wo sie erschlafft zu Boden fiel und nach Luft schnappte.

Danach wandte er sich Elizabeth zu, die vor Furcht ein Stück nach hinten rutschte. Er hatte noch immer eine Erektion, und sein Glied glänzte und zuckte.

»Steh auf.«

Elizabeth musste sich an der Wand abstützen, um auf die Beine zu kommen. Sie hatte weiche Knie und begriff die widersprüchlichen Gefühle nicht, die durch sie hindurchjagten.

»Wir werden bei dir erst mal langsam anfangen.« Der Mann kam näher, bis sich ihre Körper berührten.

Elizabeth keuchte auf und zuckte zusammen, als sie sein heißes Glied an ihrem Bauch spürte. Ihre Brustwarzen kribbelten, und sie hätte sie am liebsten an seinem feinen Brusthaar gerieben. »Ich habe Angst«, murmelte sie.

»Wovor? Ich werde dir wehtun, aber du wirst feststellen, dass der Schmerz dir die unglaublichste Lust bereitet. Ich werde dich erniedrigen, aber du wirst eine tiefe Zufriedenheit dabei empfinden, mir zu gefallen, und es ebenfalls genießen.«

»Ich habe Angst, dass Sie mich nehmen werden und ich Sie durch nichts davon abhalten kann.«

»Damit liegst du nur zur Hälfte richtig. Ich werde dich nehmen, aber du kannst mich jederzeit aufhalten. Du kannst alles, was wir tun, in jedem Augenblick unterbrechen.« Er fuhr mit einem Finger über ihre Brust und umkreiste ihre Brustwarze. »Dazu brauchst du lediglich nach deiner Schwester zu rufen.«

»Nach Jane?«

Der Mann nahm seine Hand sofort weg.

»Was hat sie denn damit zu tun?«

»Du wolltest Netherfield erleben. Das hier ist Netherfield.«

Elizabeth sah zu Miss Bingley hinüber, die sich wieder gefasst hatte und soeben ihr Kleid und ihr Mieder auszog. Der Mann berührte erneut Elizabeths Brustwarzen, aber er kniff sie nicht, wie Miss Bingley es getan hatte, sondern war ebenso zärtlich, wie Charlotte es gewesen war. Aber Charlottes Berührung entfachte in ihr nicht diese tobende Sehnsucht nach mehr.

Er senkte den Kopf und saugte an einer steifen Brustspitze. Elizabeth spürte, wie die Knie unter ihr nachgaben, als ein unglaublich intensives Lustgefühl sie durchströmte. Als er sie sanft biss, schien der leichte Schmerz ihre Erregung nur noch mehr zu steigern.

Dann ließ er von ihrem Nippel ab und hob sie hoch, als wäre sie ein Kind. Er trug sie zu einem großen Bett, neben dem Miss Bingley bereits stand und Lederfesseln bereithielt.

»Was tun Sie denn da?«

Miss Bingley zischte und zwirbelte die Brustspitze, die der Mann eben noch im Mund gehabt hatte. »Herrin. Du hast mich Herrin zu nennen.«

»Oh«, murmelte Elizabeth. »Es tut mir leid, Herrin. Was tut Ihr da?«

Der Mann spreizte Elizabeths Beine und kniete sich dazwischen, während Miss Bingley Elizabeths Arme an die Bettpfosten fesselte.

»Du hast das schon einmal getan«, stellte der Mann fest und strich mit einem Finger über ihre feuchte Spalte.

Elizabeth spreizte die Beine noch weiter und versuchte, seiner Berührung entgegenzukommen, aber die Fesseln hielten sie zurück. Der Mann grinste.

»Wir haben nur mit den Fesseln gespielt«, sagte Elizabeth.

»Du mit einem Eunuchen?«, wollte der Mann wissen und drang mit einem Finger in sie ein.

Sie spannte ihre Muskeln an. »Mit meiner Freundin Charlotte.«

Er schob einen zweiten Finger in sie und knurrte zufrieden, als sie das Becken anhob, um seine fordernden Finger tiefer in sich aufzunehmen.

»Du wirst genügen«, sagte der Mann und strich die Locken auf ihrem Venushügel glatt. »Miss Bingley wird dich zum Höhepunkt bringen, weil du so ehrlich zu mir gewesen bist.«

»Miss Bingley?«, stieß Elizabeth bestürzt hervor und zuckte dann zusammen, als eine Peitsche aus Seidenbändern mit Perlen an den Enden auf ihren Bauch schlug.

»Wenn ich dir noch einmal sagen muss, dass du mich Herrin nennen sollst, dann stecke ich dir das Ding hier in den Hintern.« Miss Bingley zeigte ihr den Griff der Peitsche.

Elizabeth riss erschrocken die Augen auf.

Der Mann lachte dunkel. »Nicht bei ihrem ersten Mal, Caroline.« Bei diesen Worten ging er einen Schritt zur Seite. »Ich will, dass sie nass ist und schreit.«

Miss Bingley kletterte wie eine Katze, die auf Raubzug war, auf das Bett. Sie presste sich an seinen Körper und küsste seinen Hals, aber er packte ihr Haar und drückte ihr Gesicht zwischen Elizabeths Beine.

Elizabeth seufzte vor Wonne, als sie Miss Bingley in ihrem Schritt spürte. Der Mann stellte sich hinter Miss Bingley.

»Du hast schon früher eine Frau auf diese Weise gespürt?«

»Ja, Sir, und ich genieße es sehr.« Elizabeth drückte den Rücken durch.

Der Mann drückte Miss Bingleys Kopf noch etwas tiefer.

»Oh, das ist gut.« Elizabeth zerrte an ihren Fesseln.

»Gefällt es dir, meinen Launen hilflos ausgeliefert zu sein?«

»Ja, Sir.«

Dann beobachtete Elizabeth, wie er seinen Schaft in Miss Bingley hineinschob, während diese an ihren intimen Lippen stöhnte. Nun packte der Mann Miss Bingley fest an den Schultern und begann, sich rhythmisch in sie zu stoßen.

Elizabeth konnte Miss Bingleys Stöhnen hören, das aus ihrem tiefsten Innersten zu kommen schien, während sie gleichzeitig von Miss Bingleys Zunge verwöhnt wurde. Das war noch besser, als von fremden Fingern gestreichelt zu werden, denn bei jedem Stoß grub sich Miss Bingleys Gesicht heftig in ihren Schoß und ließ sie ein Stück mehr die Kontrolle über sich verlieren.

»Ich werde dich auf genau dieselbe Weise nehmen«, schwor der Mann und sah Elizabeth mit seinen dunklen Augen an.

»Ich muss bei meiner Hochzeit Jungfrau sein!«, rief Elizabeth, da es das Einzige war, was sie davon abhielt, ihn anzuflehen, Miss Bingleys Platz einnehmen zu dürfen. Miss Bingley lachte leise und leckte sie noch eifriger.

Der Mann lachte ebenfalls und beschleunigte sein Tempo.

Elizabeth schrie laut auf vor Lust, während sie sich dem

Höhepunkt näherte, ohne etwas dagegen tun zu können. Miss Bingley streckte eine Hand aus und zog an Elizabeths Brustspitzen, bis Elizabeth wild unter ihr zu zucken begann.

Miss Bingley warf den Kopf in den Nacken und stöhnte ekstatisch vor Lust. Ihre wippenden Brüste stießen gegen Elizabeths Bein.

»Elizabeth!«, schrie der Mann und zog seinen Schaft heraus, um seinen Samen auf Miss Bingleys Gesäß zu verspritzen.

Einen Augenblick lang herrschte Schweigen, und nur ihr keuchender Atem war zu hören.

»Das war ein guter Anfang«, erklärte der Mann und stand auf. »Macht euch sauber. Ich brauche euch heute Abend nicht mehr.«

Als er gegangen war, legte sich Miss Bingley neben Elizabeth und küsste sie auf die Wange. »Ist es nicht ein großes Glück, dass ich noch lange nicht fertig bin?« Dann senkte sie den Kopf und widmete sich Elizabeths Brüsten.

Als es drei Uhr schlug, stellte Elizabeth fest, dass sie langsam gehen musste, und sprach es notgedrungen aus. Miss Bingley bot ihr ihre Kutsche an und drängte sie, das Angebot anzunehmen. Doch als Jane bekundete, sich nur ungern von ihrer Schwester trennen zu wollen, bestand Miss Bingley darauf, das Angebot der Kutschfahrt in eine Einladung für einen längeren Aufenthalt in Netherfield umzuwandeln. Dankbar nahm Elizabeth die Einladung an, und ein Diener brach nach Longbourn auf, um die Familie davon zu unterrichten und etwas Kleidung für die Damen zu holen.

Die sie natürlich nicht sofort brauchen würden.

8

Um fünf Uhr nachmittags zogen sich die beiden Damen zurück, um sich umzuziehen, und um halb sieben wurde Elizabeth zum Abendessen gerufen. Auf die höflichen Fragen nach dem Befinden ihrer Schwester, unter denen Mr. Bingleys als überaus besorgt hervorstachen, konnte sie keine allzu erfreuliche Antwort geben.

Jane ging es nicht besser, und Elizabeth fragte sich sogar, ob das Fieber ihrer Schwester nicht von Mrs. Hurst herbeigeführt worden war. Wenn Mrs. Hurst Jane nur halb so überschwänglich verwöhnt hatte wie Miss Bingley sie, dann war es kein Wunder, dass Jane nun nicht mehr laufen konnte. Selbst nachdem sich Elizabeth rasch gewaschen und ein neues Kleid angezogen hatte, glaubte sie noch, Miss Bingleys Mund auf ihrer Haut zu spüren, ebenso wie den harten Blick des Mannes, der sich in Miss Bingley hineingestoßen hatte. Als die Schwestern hörten, dass Jane noch immer krank war, sagten sie drei- oder viermal, wie sehr sie es bedauerten, hatten dieses Thema danach jedoch schnell vergessen. Ihre Gleichgültigkeit Jane gegenüber, wenn diese nicht gerade anwesend war, ließ Elizabeths ursprüngliche Abneigung ihnen gegenüber wieder wachsen. Wenigstens bestand Miss Bingley nicht darauf, außerhalb des kleinen Kerkerraumes Herrin genannt zu werden.

Mr. Bingley war in der Tat das einzige Mitglied dieser kleinen Gesellschaft, das Elizabeth mit einigem Wohlgefallen betrachten konnte. Seine Sorge um Jane war offensichtlich, und seine Aufmerksamkeit ihr gegenüber wohltuend, wenngleich platonischer Natur. Doch das erleichterte Elizabeth nur, da sie sich aufgrund seiner Augen und seines Benehmens immer sicherer war, dass er der Mann mit der Maske war. Es war doch gewiss kein Diener gewesen, oder?

Sie nahm außer ihm kaum noch etwas anderes wahr. Miss Bingley war von Mr. Darcy gefesselt, ebenso wie ihre Schwester. Mr. Hurst, der neben Elizabeth saß, war ein schwerfälliger Mann, der nur für das Essen, Trinken und Kartenspielen zu leben schien. Als er feststellte, dass sie ein einfaches Gericht einem Ragout vorzog, hatte er ihr nichts mehr zu sagen. Es war definitiv nicht Mr. Hurst gewesen, der die schwarze Maske getragen hatte, so viel stand fest.

Nach dem Essen kehrte Elizabeth sofort wieder zu Jane zurück, und sobald sie den Raum verlassen hatte, begann Miss Bingley, sie zu beleidigen. Ihre Umgangsformen wurden als schlecht bezeichnet, geprägt von einer Mischung aus Stolz und Impertinenz, außerdem wäre sie unfähig, Konversation zu betreiben, und besaß weder Stil noch Schönheit. Obwohl sie sich dem erotischen Treiben begeistert hingegeben hatte, hatte das offenbar nicht ausgereicht, um Miss Bingley für mehr als ein paar weitere Liebesspiele zu begeistern.

Mrs. Hurst schien derselben Ansicht zu sein, und sie fügte hinzu: »Sie besitzt nichts, was sie empfehlen könnte, mit Ausnahme ihrer Eigenschaft als hervorragende Fußgängerin. Ich werde nie vergessen, wie sie heute Morgen ausgesehen hat, als sie hier angekommen ist. Sie wirkte fast schon wie eine Wilde.«

»Das tat sie allerdings, Louisa. Ich konnte kaum an mich halten. Ich dachte, sie würde sich im Kerker ebenso wild zeigen, aber so war es nicht. Sie lag einfach nur stöhnend da.

Und so war es ausgesprochen unsinnig von ihr, überhaupt herzukommen! Warum musste sie über die Felder hetzen, nur weil ihre Schwester eine Erkältung hat? Und ihr Haar war so unordentlich und so vom Winde zerzaust!«

»Ja, und hast du erst ihr Unterkleid gesehen! Es muss eine Handbreit im Schlamm gesteckt haben, wenn du mich fragst, und sie musste ihren Rock herunterlassen, um es zu verbergen, was jedoch nicht im Geringsten genutzt hat.«

»Ich habe es ihr vom Leib gezerrt, weil der Anblick mein Auge derart beleidigt hat.«

»Deine Beschreibung mag zwar zutreffen, Louisa«, schaltete sich Mr. Bingley ein, »aber mir ist das alles nicht aufgefallen. Ich fand, dass Miss Elizabeth Bennet ausgesprochen hübsch aussah, als sie diesen Raum heute Morgen betreten hat. Ihr schmutziges Unterkleid ist mir völlig entgangen.«

»Sie haben es gewiss auch gesehen, Mr. Darcy«, sagte Miss Bingley, »und ich wage zu behaupten, dass Sie es nicht gern sehen würden, wenn Ihre Schwester irgendwo derartig auftreten würde.«

»Gewiss nicht.«

»Drei Meilen zu laufen, oder gar vier oder fünf oder wie weit der Weg auch immer sein mag, bis zu den Knöcheln im Dreck, und allein, mutterseelenallein! Was hat sie sich nur dabei gedacht? Es macht auf mich den Anschein, als wollte sie damit eine eitle Unabhängigkeit zur Schau stellen, eine fast schon kleingeistige Gleichgültigkeit gegenüber der Etikette. Sie wird niemandes Sub sein, davon bin ich überzeugt.«

»Aus ihrem Tun spricht doch nur die Liebe zu ihrer Schwester, was ganz wundervoll ist«, meinte Bingley. »Außerdem hast du dich mit ihr amüsiert, auch wenn sie dir heute Abend offenbar kaum in die Augen sehen konnte.«

»Ich befürchte, dass dieses Abenteuer Ihre Bewunderung für ihre schönen Augen geschmälert haben könnte, Mr. Darcy«, bemerkte Miss Bingley fast schon flüsternd.

»Keineswegs«, erwiderte er, »sie wurden dadurch nur noch schöner.« Es kam zu einer kurzen Pause, nach der sich Mrs. Hurst erneut zu Wort meldete.

»Ich halte jedenfalls ausgesprochen viel von Miss Jane Bennet. Sie ist ein sehr liebenswürdiges Mädchen.«

Miss Bingley schnaufte und musterte ihre Fingernägel. »Da bin ich mir nicht so sicher, aber ich bin ja auch die, die mit der Fußgängerin gestraft wurde.«

»Was hat das zu bedeuten, Caroline? Hast du dich etwa mit Jane vergnügt, Louisa?«, wollte Mr. Bingley wissen.

Louisa schlug mit einer Serviette nach ihrer Schwester. »Ich wünsche mir von ganzem Herzen, dass Jane es gut trifft. Aber bei solchen Eltern und derart schlechten Beziehungen sind ihre Aussichten leider nicht besonders gut. Möglicherweise ist die Familie der Ansicht, dass es die beste Chance der Mädchen ist, sich hier in Netherfield in den Kerkern jemanden zu angeln, den sie heiraten können.«

»Diese Frauen sind nicht in erster Linie sinnliche Geschöpfe!«, rief Bingley. »Sie sind dazu gedacht, Ehefrauen zu werden und keine Gespielinnen. Selbst wenn sie mittellos wären, würde sie das keinen Deut weniger liebenswürdig machen.«

»Aber es würde ihre Chancen auf die Hochzeit mit einem Mann von gewissem Status deutlich schmälern«, erwiderte Darcy, dem dieser Gedanke irgendwie gefiel, da er dann bei Elizabeth mit deutlich weniger Konkurrenz zu rechnen hätte.

Bingley sagte nichts mehr dazu, aber seine Schwestern gaben weiter ihre Vorurteile zum Besten und amüsierten sich noch einige Zeit lang köstlich über die gewöhnliche Verwandtschaft ihrer lieben Freundin.

Doch dann schien ihre Fürsorglichkeit die Oberhand zu gewinnen, da sie in Janes Zimmer zurückkehrten und bei ihr saßen, bis sie zum Kaffee heruntergerufen wurden. Jane ging es noch immer ziemlich schlecht, und Elizabeth wollte sie lieber nicht allein lassen. Erst später am Abend, als Elizabeth beruhigt sah, dass die Schwester eingeschlafen war, hielt sie es für schicklicher, sich den anderen wieder anzuschließen.

Als sie den Salon betrat, traf sie die ganze Gesellschaft beim Loo-Spielen an. Was sie jedoch am meisten schockierte, waren die nackten Diener auf Händen und Knien, die ihnen als Beistelltische dienten. Elizabeth wurde sofort aufgefordert, sich zu ihnen zu gesellen, aber da sie sich nicht sicher war, ob sie Karten spielen oder sich neben Miss Bingley knien sollte, lehnte sie dankend ab. Unter dem Vorwand, sie könne ihre Schwester nicht so lange allein lassen, behauptete sie, in deren Zimmer noch etwas lesen zu wollen. Mr. Hurst sah sie erstaunt an.

»Lesen Sie lieber, als Karten zu spielen?«, fragte er. »Das ist aber ungewöhnlich.« Er strich mit der Hand über den Rücken eines Dienstmädchens. Elizabeth fiel auf, dass ein großer Edelstein zwischen den Pobacken der jungen Frau steckte. Er funkelte im schwachen Licht, und sie starrte ihn kurz an.

»Miss Eliza Bennet verabscheut Kartenspiele«, schaltete sich nun Miss Bingley ein. »Sie liest sehr gern und hat an wenig anderem Freude.«

»Ich habe weder ein solches Lob noch einen Tadel verdient«, rechtfertigte sich Elizabeth. »So gern lese ich nun auch wieder nicht, und ich erfreue mich außerdem an sehr vielen anderen Dingen.« Sie warf Miss Bingley einen Blick zu.

»Es ist Ihnen ein Bedürfnis, Ihre Schwester zu pflegen«, meinte Bingley wohlwollend, »und ich hoffe, Sie werden bald dadurch belohnt, dass es ihr wieder bessergeht.«

Elizabeth dankte ihm von ganzem Herzen für sein Verständnis und ging dann zu einem nackten Mann, auf dessen Rücken wie auf einem Tisch einige Bücher lagen. Der Mann war sehr muskulös, und an seinem Hintern hing etwas, das wie ein Pferdeschweif aussah. Als sie sich vorstellte, nackt auf ihm zu reiten, erschauerte Elizabeth und warf dabei die Bücher zu Boden. Mr. Bingley bot sofort an, ihr andere zu bringen – alle, die in seiner Bibliothek verfügbar waren.

»Ich wünschte, meine Sammlung wäre größer, damit Sie sich daran erfreuen könnten. Ich selbst bin ein träger Mann, und obwohl ich nicht viele Bücher besitze, habe ich doch noch längst nicht in alle einen Blick geworfen.«

Elizabeth versicherte ihm, dass ihr die Bücher, die sie in diesem Raum sah, voll und ganz ausreichen würden. Als sie sich vorbeugte, um die Bände aufzuheben, stellte sie fest, dass sie neben Mr. Darcy kniete. Er sah mit einem finsteren, unheilvollen Blick auf sie herab, und ihr Herz klopfte schneller. War er etwa der Mann mit der schwarzen Maske?

»Ich bin erstaunt«, erklärte Miss Bingley.

Elizabeth rückte von Mr. Darcy ab und ließ sich auf der Couch nieder, da sie auf einmal ganz weiche Knie bekommen hatte.

»Dass mein Vater nur so wenige Bücher hinterlassen hat, wundert mich. Sie haben eine wundervolle Bibliothek in Pemberley, Mr. Darcy!«

»Das will ich auch hoffen«, erwiderte er, »da sie seit mehreren Generationen zusammengetragen wurde.« Er konnte den Blick nicht von Elizabeth abwenden, die inzwischen züchtig auf der Couch saß und ein Lexikon der Vulgärsprache durchblätterte. Darcy war davon überzeugt, dass sie keines der Wörter wirklich zur Kenntnis nahm. Was hätte er nur dafür gegeben, ihre Gedanken zu kennen, als sie gerade eben vor seinen Füßen gekniet hatte. Sein Schaft zuckte.

»Und Sie haben Ihrerseits noch viele neue hinzugefügt, da Sie ständig Bücher erwerben.«

»Ich kann gar nicht nachvollziehen, wie man in Zeiten wie diesen eine Familienbibliothek derart vernachlässigen kann.« Darcy deutete mit dem Kinn auf die erotischen Bücher, die im Raum herumlagen.

»Vernachlässigen! Sie vernachlässigen gewiss nichts, was die Schönheit dieses vortrefflichen Anwesens betrifft. Charles, wenn du dein Haus baust, dann hoffe ich, dass es nur halb so wundervoll wie Pemberley wird.«

»Ich wünschte, es wäre so«, meinte dieser und grinste Darcy verschmitzt an. Er hatte schöne Erinnerungen an wilde Liebesspiele an diesem Ort. An einigen davon war Darcy selbst beteiligt gewesen.

»Aber ich würde dir wirklich raten, etwas in der Gegend zu kaufen und dir Pemberley als Vorbild zu nehmen. Es gibt kein schöneres County in England als Derbyshire.«

»Da stimme ich dir von ganzem Herzen zu. Ich würde Pemberley durchaus kaufen, wenn Darcy es mir denn abtreten würde.«

»Ich rede nur von Dingen, die möglich sind, Charles.«

»Auf mein Wort, Caroline, ich halte es für wahrscheinlicher, Pemberley zu kaufen, als eine Kopie zu errichten.«

Elizabeth war derart fasziniert von dem Gespräch, dass sie gar nicht mehr auf ihr Buch achtete. Kurz darauf legte sie es ganz beiseite, rückte näher an den Kartentisch heran und stellte sich zwischen Mr. Bingley und seine ältere Schwester, um ihnen beim Spielen zuzusehen.

»Warum setzen Sie sich nicht?«, schlug Mr. Bingley vor und bot ihr den Rücken eines Bediensteten an.

»Oh, das kann ich doch nicht tun«, erwiderte sie, ließ sich dann aber doch auf den breiten, muskulösen Rücken sinken. Nur mit großer Mühe gelang es ihr, nicht aufzustöhnen, als der Mann seine Muskeln unter ihr anspannte. Nun wünschte sie sich beinahe, dass ihre Röcke nicht im Weg wären.

»Ist Miss Darcy seit dem Frühjahr gewachsen?«, erkundigte sich Miss Bingley. »Wird sie so groß wie ich?«

»Ich denke, das wird sie. Momentan ist sie etwa so groß wie Miss Elizabeth Bennet, vielleicht sogar etwas größer.« Mr. Darcy schien Elizabeth mit seinem dunklen Blick förmlich zu durchbohren, und ihr wurde ganz flau im Magen. Abwesend streichelte sie den Rücken des Dieners und stellte überrascht fest, dass Mr. Darcy daraufhin zornig die Augen zusammenkniff.

»Wie ich mich danach sehne, sie wiederzusehen! Mir ist noch kein Mensch begegnet, der mir derart viel Freude bereitet hätte. Allein ihre Haltung und ihre Umgangsformen! Sie ist so erstaunlich versiert für ihr Alter! Ihre Darbietung auf dem Pianoforte ist einfach wundervoll.«

Elizabeth fragte sich mürrisch, was Miss Bingley an Mr. Darcys Schwester wohl noch alles gefallen mochte.

»Es erstaunt mich immer wieder«, meinte Mr. Bingley, »wie junge Damen die Geduld aufbringen, sich so vielseitig zu bilden.«

Die Frauen starrten Mr. Bingley erstaunt an. Er hatte doch gewiss nicht von den Freuden des Fleisches gesprochen!

»Alle jungen Damen sind gebildet! Mein lieber Charles, was genau meinst du?«

»Ja, ich denke, das sind sie. Sie malen, besticken Lampenschirme und nähen Geldbeutel. Ich kenne kaum eine Dame, die diese Fertigkeiten nicht beherrscht, und ich habe auch noch nie gehört, dass man eine junge Frau, über die man das erste Mal spricht, nicht als vortrefflich bezeichnet hätte.«

Die drei Damen atmeten erleichtert auf, bis Mr. Darcy das Wort ergriff.

»Deine Aufzählung über die Vorzüge junger Damen ist nur zu wahr«, meinte er. »Das Wort *gebildet* wird viel zu häufig für Frauen gebraucht, nur weil sie in der Lage sind, zu nähen oder zu sticken. Allerdings kann ich nicht behaupten, mehr als ein halbes Dutzend Damen zu meinem Bekanntenkreis zu zählen, die man als wirklich *gebildet* bezeichnen könnte.« Er betonte das Wort gebildet und warf Caroline einen finsteren Blick zu.

»Dem kann ich nur zustimmen«, entgegnete Miss Bingley.

Dann richtete er seinen lodernden Blick auf Elizabeth.

»Dann muss eine gebildete Frau Ihrer Ansicht nach aber über eine ganze Reihe von anderen Fähigkeiten verfügen«, sagte Elizabeth.

»Ja, das ist meine Meinung.« Darcy bleckte die Zähne, was Elizabeth an einen Wolf denken ließ.

»Oh! Gewiss!«, rief seine getreue Sekundantin, »niemand kann als wirklich gebildet bezeichnet werden, der nicht die allgemeinen Erwartungen übertrifft. Eine Frau muss ein großes Wissen besitzen, was Musik, Gesang, Zeichnen, Tanz und die modernen Sprachen betrifft, um als gebildet zu gelten. Und überdies muss sie das gewisse Etwas in ihrer Ausstrahlung und eine bestimmte Art zu gehen und zu sprechen haben sowie hervorragende Umgangsformen ihr Eigen nennen, um diese Bezeichnung überhaupt zu verdienen.«

»All dies sollte zu ihren Eigenschaften gehören«, stimmte Darcy zu, »und sie sollte außerdem noch nach etwas Substanziellerem streben und ihren Verstand durch ausgeprägte Lektüre schulen. Sollte Erfahrungen sammeln, ohne ihre Tugend in Gefahr zu bringen.«

»Nun wundere ich mich nicht mehr darüber, dass Sie gerade mal sechs gebildete Frauen kennen. Es ist vielmehr erstaunlich, dass Ihnen überhaupt welche bekannt sind«, stellte Elizabeth fest und warf den Kopf in den Nacken. Sie zog den Diener verärgert an den Haaren, bevor ihr überhaupt bewusst wurde, was sie da tat. Als sie sein glänzendes schwarzes Haar glatt strich, wandte sie den Blick für einen Moment von Darcy ab. Ein Fehler, wie sie schnell feststellte.

»Sind Sie so streng mit Ihrem eigenen Geschlecht, dass Sie das für unmöglich halten?«

»Eine solche Frau ist mir noch nie begegnet. Ich kenne keine mit den Fähigkeiten, dem Geschmack, dem Fleiß und der Eleganz, die Ihrer Beschreibung entsprechen würde.« Sie stand auf, als sie bemerkte, dass Mr. Darcy auf sie zukam.

Mrs. Hurst und Miss Bingley kreischten beide auf, um gegen diese Behauptung zu protestieren, und versicherten, sehr viele Frauen zu kennen, die diese Anforderungen erfüllen würden, bis Mr. Hurst sie zur Ruhe rief und sich bitter darüber beschwerte, dass sie es an der nötigen Aufmerksamkeit mangeln ließen. Er war hierhergekommen, weil er Karten spielen und nicht über Frauen diskutieren wollte. Als die Unterhaltung somit beendet war, entschuldigte sich Elizabeth rasch, bevor Mr. Darcy das Versprechen, das sie in seinen Augen sah, noch in die Tat umsetzen konnte.

»Elizabeth Bennet«, sagte Miss Bingley, als die Tür hinter ihr ins Schloss gefallen war, »ist eine jener jungen Damen, die sich dem anderen Geschlecht empfehlen wollen, indem sie ihr eigenes schlechtmachen. Und ich würde behaupten, dass ihr das bei vielen Männern auch gelingt. Aber meiner Ansicht nach ist das ein erbärmliches Unterfangen und äußerst unlauter.«

»Zweifellos liegt allen Kniffen, zu denen die Damenwelt

zuweilen greift, wenn sie das andere Geschlecht bezirzen will, eine gewisse Hinterhältigkeit zugrunde«, erwiderte Darcy, an den diese Worte gerichtet waren. »Doch alles, was an Hinterlist erinnert, ist verabscheuungswürdig.« Er starrte die geschlossene Tür an und dachte darüber nach, wie er Miss Bennet in sein Bett bekommen sollte. Denn er würde nicht untätig danebenstehen und zusehen, wie sie einen anderen Mann streichelte. Er würde ihr schon noch eine Lektion in Sachen Anstand erteilen.

Miss Bingley war nicht ganz zufrieden mit seiner Antwort und wechselte aus diesem Grund das Thema.

Kurz darauf kam Elizabeth noch einmal herein, was Darcy sehr überraschte. Sie berichtete, dass es ihrer Schwester schlechter ging und dass sie sie nicht allein lassen konnte. Bingley drängte darauf, sofort nach Mr. Jones zu schicken, während seine Schwestern überzeugt davon waren, dass kein Landarzt etwas taugen würde und ein bekannter Arzt aus der Stadt gerufen werden sollte. Davon wollte Elizabeth allerdings nichts wissen, aber sie war durchaus bereit, den Vorschlag von Mr. Bingley anzunehmen, und somit wurde beschlossen, dass Mr. Jones am frühen Morgen gerufen werden sollte, falls es Miss Bennet bis dahin nicht besserging. Mr. Darcy zog sich in seine Gemächer zurück. Mr. Bingley wirkte ein wenig beunruhigt, und seine Schwestern erklärten, wie besorgt sie doch wären. Sie trösteten sich jedoch damit, dass sie nach dem Abendessen Duette sangen, während ihr Bruder seinen Gefühlen nicht besser Ausdruck zu verleihen wusste, als dass er seiner Haushälterin die Anweisung gab, der kranken Dame und ihrer Schwester jegliche nur denkbare Aufmerksamkeit zuteilwerden zu lassen.

9

Elizabeth verbrachte den Großteil der Nacht höchst erregt und frustriert im Zimmer ihrer Schwester, dachte an Mr. Darcy und stellte sich vor, wie er die perlenbesetzte Peitsche auf ihren nackten Hintern klatschen ließ, während sie rittlings auf dem Diener mit dem Pferdeschweif im Gesäß saß. Am nächsten Morgen konnte sie zu ihrer Freude die Anfrage von Mr. Bingley, die ihr zu sehr früher Stunde von einem Hausmädchen überbracht wurde, beruhigend beantworten, ebenso wie einige Zeit später die Fragen der beiden eleganten Damen, die seinen Schwestern aufwarteten. Elizabeth erkannte in einer der beiden das Mädchen wieder, das am Vorabend als Tisch gedient hatte.

»Entschuldigung?«, fragte Elizabeth und führte die Damen ein Stück weit von Jane weg, die trotz der Besserung noch immer fiebrig war, sodass sie sie auf keinen Fall stören wollte.

»Ja?« Die Frau hatte eisblondes Haar, das nun zu einem strengen Dutt hochgebunden war, während sie es am Abend zuvor offen getragen hatte.

»Bitte verraten Sie mir doch, was Sie da in Ihrem ...« Elizabeth errötete. »Es hat so gefunkelt. So etwas habe ich noch nie zuvor gesehen.«

»Ah.« Die Frau lächelte sie verführerisch an. »Wenn Sie lange genug hierbleiben, werden Sie es noch öfter zu sehen bekommen. Das, meine Hübsche, war ein geformter Plug, den man dort einführt.«

»Tut das nicht weh?«, hakte Elizabeth fasziniert nach.

»Anfangs schon, aber nicht, wenn der Meister so zärtlich ist wie der meine. Er sorgt dafür, dass der Plug warm und gut eingeölt ist. Dann schiebt er ihn mir hinein. Es fühlt sich an, als würde er von mir … Besitz ergreifen.« Die Dame erschauerte wohlig.

Elizabeth konnte sie nur wortlos anstarren.

Daraufhin beugte sie sich vor und küsste Elizabeth. »Vielleicht spielen wir ja irgendwann einmal miteinander. Hier kann man unfassbare Freuden erleben.«

Trotz der Besserung bat Elizabeth darum, dass eine Nachricht nach Longbourn geschickt wurde, in der sie darum bat, dass ihre Mutter Jane besuchte und sich selbst ein Bild von ihrem Zustand machte. Die Botschaft wurde sofort überbracht und der Bitte Folge geleistet. Mrs. Bennet traf in Begleitung ihrer beiden jüngsten Töchter kurz nach dem Frühstück in Netherfield ein.

Hätte sie gesehen, dass Jane in ernster Gefahr schwebte, wäre Mrs. Bennet sicherlich betroffen gewesen, aber da sie sich davon überzeugen konnte, dass die Krankheit nicht besorgniserregend war, sah sie von dem Wunsch einer schnellen Genesung ab, denn dann hätte Jane Netherfield wieder verlassen müssen. Daher wollte sie auch nichts von Janes Vorschlag hören, nach Hause gebracht zu werden. Auch der Apotheker, der etwa zur gleichen Zeit wie Mrs. Bennet eingetroffen war, riet davon ab. Elizabeth war überrascht über die Erleichterung, die sie bei der Vorstellung verspürte, noch einige Tage länger auf Netherfield zu bleiben. Sie sehnte sich danach, den Mann mit der schwarzen Maske wiederzusehen. Vielleicht konnte sie dann ihr männliches Reitpferd reiten und Liebesspiele mit der blonden Dame spielen.

Nachdem sie eine Weile bei Jane gesessen hatten, kamen

Mrs. Bennet und ihre drei Töchter auf Miss Bingleys Einladung herunter ins Frühstückszimmer. Mr. Bingley wartete dort in der Hoffnung, dass Mrs. Bennet Jane nicht in einem schlechteren Zustand als erwartet angetroffen hatte.

»Doch das habe ich in der Tat, Sir«, erwiderte sie. »Sie ist viel zu krank, als dass man sie nach Hause bringen könnte. Mr. Jones sagt, wir dürfen nicht einmal daran denken. Daher müssen wir Ihre Gastfreundschaft leider noch ein wenig länger in Anspruch nehmen.«

Mr. Bingley wirkte erleichtert, woraufhin sich Elizabeth fragte, was wirklich im Bett ihrer Schwester vorgefallen war. »Nach Hause bringen!«, rief Bingley aus. »Das ist ja undenkbar. Meine Schwester ist gewiss auch strikt dagegen, dass wir die Kranke aus unserer Obhut entlassen.«

»Aber gewiss doch, Madam«, sagte Miss Bingley mit kalter Höflichkeit. »Miss Bingley wird jede nur denkbare Aufmerksamkeit zuteil, solange sie sich in unserer Obhut befindet.«

Mrs. Bennet dankte ihr von ganzem Herzen.

»Ohne derart gute Freunde«, fügte sie hinzu, »wüsste ich gar nicht, was aus meiner armen kranken Jane werden würde, zumal sie das zarteste Gemüt besitzt, das mir je untergekommen ist. Ich sage meinen anderen Töchtern immer wieder, dass sie überhaupt nicht mit ihr zu vergleichen sind. Sie haben hier wirklich ein wunderschönes Zimmer mit einer bezaubernden Aussicht, Mr. Bingley. Ich kenne im ganzen Land keinen Ort, der mit Netherfield zu vergleichen wäre. Hoffentlich haben Sie nicht vor, zu rasch wieder abzureisen. Die Dorfbewohner freuen sich sehr darauf, den alten Glanz hier wieder einziehen zu sehen.«

»Alles, was ich tue, geschieht rasch«, erwiderte er. »Falls ich also beschließen sollte, Netherfield zu verlassen, bin ich vermutlich fünf Minuten später abgereist. Momentan sehe ich dazu jedoch keine Veranlassung.«

»Genau das habe ich auch von Ihnen erwartet«, meinte Elizabeth, die überrascht war, dass ihre Mutter von den wilden Partys auf Netherfield zu wissen schien.

»Sie scheinen mich langsam zu verstehen«, stellte er fest und drehte sich zu ihr um.

»Oh ja! Ich verstehe Sie vollkommen.« Sie lächelte ihn an. Ihre Schwester hatte eine gute Wahl getroffen. Wenn sie sich doch nur sicher sein könnte, dass seine Gefühle für Jane über die ebenso angenehmen wie hitzigen Liebkosungen hinausgingen.

»Ich würde das gern als Kompliment ansehen, aber es wirkt irgendwie recht kläglich, dass man mich derart leicht durchschauen kann.«

»Aber so ist es nun mal. Daraus lässt sich allerdings nicht schlussfolgern, dass ein tiefsinniger, komplizierter Charakter mehr oder weniger schätzenswert wäre als der Ihre.«

Er verbeugte sich vor ihr mit einem teuflischen Glanz in den Augen, bei dem sie die Hand vor den Mund schlagen musste, um nicht zu kichern, wie es ihre törichten Schwestern ständig taten.

»Lizzy!«, rief ihre Mutter, »vergiss nicht, wer du bist, und sei bloß nicht so ungestüm wie zu Hause.«

»Mir war bisher nicht bewusst«, fuhr Bingley unverzüglich fort, »dass Sie den Charakter eines anderen Menschen so genau studieren. Das muss ein sehr amüsanter Zeitvertreib sein.«

»Das ist es, wobei vertraute Charaktere die amüsantesten sind. Das steht außer Frage.«

»Auf dem Land«, unterbrach Darcy ihren Flirt mit Mr. Bingley stirnrunzelnd, »bieten sich im Allgemeinen nur wenige

Studienobjekte an. In einer ländlichen Gegend bewegt man sich in einem sehr beschränkten, gleichbleibenden Kreis.«

»Aber die Menschen selbst ändern sich, sodass es ständig Neues zu entdecken gibt.« Elizabeth schenkte ihm ein strahlendes Lächeln, und Darcy stand wie versteinert da, als ihm bewusst wurde, dass er sie in dieser Nacht unbedingt haben musste. Ihre Tugend war ihm in diesem Moment völlig egal.

»Ja, in der Tat«, warf Mrs. Bennet ein, die entsetzt war, dass er ihre ländliche Gemeinde auf diese Art und Weise verunglimpfte. »Ich versichere Ihnen, dass auf dem Land ebenso viel geschieht wie in der Stadt.«

Alle waren über ihren Einwurf überrascht, und nachdem Darcy sie einen Augenblick lang schweigend angesehen hatte, wandte er sich ab, um zu verhindern, dass sie womöglich noch dachte, er würde mit ihr flirten. Mrs. Bennet, die glaubte, einen Triumph errungen zu haben, setzte ihren vermeintlichen Siegeszug fort.

»Mir ist nicht bewusst, wieso London einen großen Vorteil gegenüber dem Land haben sollte, wenn man von den Geschäften und den öffentlichen Plätzen absieht. Das Land ist da doch in vielerlei Hinsicht deutlich angenehmer, finden Sie nicht, Mr. Bingley?«

»Wenn ich mich auf dem Land aufhalte, dann möchte ich eigentlich gar nicht mehr weg, aber bin ich in der Stadt, ergeht es mir genauso. Alles hat seine Vorteile, und ich kann überall glücklich sein«, sagte Bingley beschwichtigend, da er spürte, wie angespannt die Stimmung war. Darcy machte ein verdrossenes Gesicht, und Elizabeth sah so aus, als führte sie irgendetwas im Schilde.

»Ja, das mag wohl sein. Aber dieser Gentleman«, meinte Mrs. Bennet und sah Darcy an, »scheint überhaupt nichts vom Landleben zu halten.«

»Da irrst du dich, Mama«, warf Elizabeth ein und errötete. »Du hast Mr. Darcy völlig falsch verstanden. Er wollte damit nur sagen, dass man auf dem Land nicht so vielen unterschiedlichen Menschen begegnen kann wie in der Stadt, und damit hat er recht, wie du zugeben musst.«

Nur aus Sorge um Elizabeth gelang es Bingley, nicht die Fassung zu verlieren. Seine Schwester war nicht ganz so feinfühlig und sah Mr. Darcy mit einem vielsagenden Lächeln an.

Elizabeth, die ihre Mutter um jeden Preis von dem Thema ablenken wollte, fragte sie nun, ob Charlotte Lucas während ihrer Abwesenheit in Longbourn gewesen war.

»Ja, sie hat uns gestern mit ihrem Vater besucht. Dieser Sir William ist ein ganz liebenswerter Mensch, finden Sie nicht, Mr. Bingley? Und seine ganze Art! Er ist so vornehm und gleichzeitig so umgänglich! Er hat für jeden ein gutes Wort übrig. So stelle ich mir eine gute Erziehung vor, nicht wie bei diesen Personen, die sich selbst für wichtig halten und niemals den Mund aufmachen.«

»Hat Charlotte mit euch gespeist?«, wollte Elizabeth wissen und wünschte sich, sie hätte ihrer Freundin auf der Stelle von Netherfield und den Freuden, die man hier finden konnte, berichten können.

»Nein, sie ist nicht lange geblieben. Ich schätze, sie wurde für den Obstkuchen gebraucht. Ich für meinen Teil habe Dienstboten, die eigenständig arbeiten können, Mr. Bingley, und meine Töchter wurden anders erzogen. Aber jeder nach seinem Geschmack, und die Lucas-Mädchen sind sehr feine junge Damen, das kann ich Ihnen versichern. Es ist eine Schande, dass sie nicht auch noch hübsch sind! Nicht, dass ich Charlotte für unscheinbar halte, aber sie ist ja auch eine enge Freundin der Familie.«

»Sie machte auf mich den Eindruck einer sehr angenehmen jungen Frau.« Mr. Bingley starrte in seine Teetasse und wünschte sich, sie wäre mit einem stärkeren Getränk gefüllt, dabei hatten sie gerade erst das Frühstück beendet.

»Oh! Aber Sie müssen zugeben, dass sie schon irgendwie unscheinbar ist. Lady Lucas hat das selbst schon häufig gesagt und mich um Janes Schönheit beneidet. Ich brüste mich nicht gern mit meinen Kindern, aber Jane ... Nun, man sieht nur selten ein Mädchen, das noch hübscher ist.«

Bingley konnte ihr nicht widersprechen. Seine Gedanken wanderten zu Jane, die oben im Bett lag. Er hatte ihr das Nachthemd ausgezogen und ihren Körper berührt, während sie ihn ermutigend angelächelt hatte. Dabei hatte er sich einerseits wie ein Schuft gefühlt, da sie offensichtlich vom Fieber zu sehr geschwächt war, um sich aktiv an den Zärtlichkeiten zu beteiligen, aber sie hatte ihn andererseits auch nicht abgewiesen. Tatsächlich hatte sie für ihn sogar die Beine gespreizt, sodass er sie vorsichtig erkunden konnte, und vor Lust gestöhnt, als er jeden Flecken ihres Körpers liebkoste. Es war nur schade, dass sie so kurz darauf eingeschlafen war.

»Das sagen hier alle. Ich bin in dieser Hinsicht befangen, das gebe ich zu.« Mrs. Bennet redete noch immer, und Mr. Bingley sah sie blinzelnd an und versuchte, sich wieder auf sie zu konzentrieren. »Als sie erst fünfzehn Jahre alt war, hatte sich ein Herr bei meinem Bruder Gardiner in der Stadt so in sie verliebt, dass meine Schwägerin schon glaubte, er würde ihr noch vor unserer Abreise einen Antrag machen. Aber er hat es dann doch nicht getan. Vielleicht war er der Ansicht, sie sei noch zu jung. Jedenfalls hat er einige Verse über sie geschrieben, und sie waren wirklich sehr schön.«

»Und damit endeten seine Zuneigungsbekundungen auch schon«, sagte Elizabeth ungeduldig und starrte Miss Bingley an, die Mr. Darcy förmlich mit ihren Blicken aufzufressen schien. Inzwischen bestand für Elizabeth kein Zweifel mehr daran, dass sie mit den beiden im Kerker gewesen war. Von Miss Bingleys Liebkosungen hatte sie bereits genug, aber sie sehnte sich nach weiteren Intimitäten mit dem Mann mit der schwarzen Maske. »Und ich vermute, dass es viele gegeben hat, die sich auf dieselbe Weise verabschiedet haben. Ich wüsste zu gern, wer als Erster herausgefunden hat, dass die Poesie die Liebe am gründlichsten vertreiben kann!«

»Ich war bisher immer der Ansicht, die Poesie würde die Liebe noch beflügeln«, sagte Darcy.

»Bei einer guten, robusten, gesunden Liebe mag das der Fall sein. Was bereits stark ist, nährt sich an allem. Aber wenn es sich nur um eine oberflächliche, schwache Zuneigung handelt, dann bin ich davon überzeugt, dass diese durch ein gutes Sonett völlig zerstört werden kann.«

Darcy lächelte nur, und die daraufhin entstehende Pause ließ Elizabeth innerlich zittern, da sie befürchtete, ihre Mutter könnte sich erneut bloßstellen. Sie hätte am liebsten etwas gesagt, aber ihr wollte einfach nichts einfallen. Nach kurzem Schweigen bedankte sich Mrs. Bennet erneut bei Mr. Bingley für seine Freundlichkeit Jane gegenüber und entschuldigte sich dafür, dass ihm Lizzy nun auch noch zur Last fiel. Mr. Bingley antwortete ausgesprochen höflich und zwang seine jüngere Schwester, es ihm gleichzutun und das zu sagen, was die Gegebenheiten erforderten. Sie spielte ihre Rolle ohne große Liebenswürdigkeit, aber Mrs. Bennet war zufrieden und ließ schon kurz darauf ihre Kutsche rufen.

Elizabeth atmete erleichtert auf und war froh, dass ihre Mutter bald wieder nach Hause fahren würde.

Doch nun meldete sich die Jüngste zu Wort. Lydia und Kitty hatten während des ganzen Besuchs schon miteinander geflüstert, und nun waren sie zu dem Schluss gekommen, dass die Jüngere von ihnen Mr. Bingley auf sein Versprechen ansprechen sollte, einen Ball in Netherfield abzuhalten, sobald er sich auf dem Land eingerichtet hatte.

Lydia war ein stabiles, kräftiges Mädchen von fünfzehn Jahren mit zartem Teint und freundlichen Gesichtszügen. Sie sprühte nur so vor Leben und besaß eine natürliche Selbstsicherheit, sodass sie sich nicht scheute, Mr. Bingley unvermittelt an den angekündigten Ball zu erinnern, wobei sie hinzufügte, dass es außerordentlich schändlich wäre, dieses Versprechen zu brechen. Seine Antwort auf diesen plötzlichen Überfall war wie Musik in den Ohren ihrer Mutter.

»Ich bin voll und ganz dazu bereit, meiner Verpflichtung nachzukommen, das versichere ich Ihnen, und wenn sich Ihre Schwester wieder erholt hat, dann können Sie gerne den genauen Tag für den Ball bestimmen, wenn Sie es wünschen. Aber Sie möchten doch bestimmt nicht tanzen, solange sie unpässlich ist.«

Elizabeth wäre beinahe in Ohnmacht gefallen. Es würde einen Ball auf Netherfield geben. Wenn sie bisher nur eine Kostprobe von all dem bekommen hatte, was sich hier abspielte, was würde sie dann alles an einem derart wichtigen Abend erleben?

Lydia war hochzufrieden. »Oh ja! Es wäre natürlich viel besser zu warten, bis es Jane wieder gut geht, und bis dahin ist Captain Carter höchstwahrscheinlich auch schon nach Meryton zurückgekehrt. Und wenn Sie Ihren Ball gegeben haben«, fügte sie hinzu, »dann werde ich darauf bestehen, dass die Offiziere ebenfalls einen geben. Ich werde Colonel Forster sagen, dass es eine Schande wäre, es nicht zu tun.«

Kurz danach brachen Mrs. Bennet und ihre Töchter auf, und Elizabeth kehrte unverzüglich zu Jane zurück, um ihr von den Neuigkeiten zu berichten. Mr. Darcy zog sich währenddessen zurück, denn er hatte Pläne zu schmieden.

10

Der Tag verging fast genauso wie der vorherige. Mrs. Hurst und Miss Bingley hatten am Vormittag einige Stunden bei Jane verbracht, der es langsam besserging, und abends schloss sich Elizabeth der Gesellschaft im Salon an. Dieses Mal waren allerdings kein Loo-Tisch und keine nackten Diener zu sehen.

Mr. Darcy schrieb einen Brief, und Miss Bingley saß neben ihm, sah ihm zu und lenkte ihn immer wieder dadurch ab, dass sie seiner Schwester noch etwas mitzuteilen hatte. Mr. Hurst und Mr. Bingley spielten Piquet, und Mrs. Hurst schaute ihnen dabei zu.

Elizabeth beschäftigte sich mit einer Handarbeit und hatte genug Unterhaltung, indem sie Mr. Darcy und Miss Bingley lauschte. Miss Bingley war voll des Lobes über seine Handschrift, die Gleichmäßigkeit seiner Zeilen und die Länge seines Briefes, woraufhin sich ein Dialog entspann, der Elizabeths Meinung über die beiden nur noch bestätigte. Miss Bingley begehrte den armen Mann so sehr, dass Elizabeth an seiner statt Kopfschmerzen bekam. Sie entschuldigte sich und hatte das Gefühl, wieder befreiter atmen zu können, sobald sie den Salon verlassen hatte.

Nachdem sie die geschlossene Tür noch einen Augenblick lang nachdenklich gemustert hatte, ging Elizabeth auf direktem Weg zu der Treppe, über die Miss Bingley sie am Vortag so grob nach unten gezerrt hatte. Es war niemand zu sehen, und Elizabeth fragte sich kurz, ob sie das ganze erotische Intermezzo möglicherweise nur geträumt hatte.

Als sie die Tür am Fuß der Treppe öffnete, führte diese in den wunderbaren Raum, in dem sie bereits gewesen war. Elizabeth schloss die Tür hinter sich und entkleidete sich langsam. Hier war keine Kleidung notwendig. Als sie herrlich nackt war, streckte sie die Arme aus und wünschte sich, Charlotte wäre da. Dann hätten sie mit den Fesseln und der perlenbesetzten Peitsche spielen können.

Elizabeth sah sich im Raum um und entdeckte die Peitsche, die neben dem riesigen Bett in einer Vase steckte. Sie nahm sie in die Hand und strich mit einem Finger über den beschlagenen Ledergriff. In ihrem Kopf hörte sie erneut Miss Bingleys Drohung, ihr diesen Griff ins Gesäß zu rammen.

Als die Tür am anderen Ende des Raumes geöffnet wurde, war Elizabeth vor Angst wie erstarrt. Es war eine Sache, sich ganz allein hier unten aufzuhalten und dabei nackt zu sein, aber eine ganz andere, dabei erwischt zu werden. Wenn dies während eines Balls auf Netherfield geschah, würde man davon ausgehen, dass sie Teil des Unterhaltungsprogramms und zu Ausschweifungen bereit wäre. Bei diesem Gedanken errötete sie jedoch nicht etwa schüchtern, sondern spürte, wie ihr ganzer Körper vor Lust kribbelte.

Sie bekam einen trockenen Mund, als der Diener hereinkam. Es war derselbe Mann, auf dessen Rücken sie gesessen hatte. Zusätzlich zu dem Pferdeschweif trug er nun auch noch Zaumzeug. Da Elizabeth noch die Peitsche in der Hand hielt, entsprach das Bild derart ihrem Traum, dass sie zu zittern begann. Dann bemerkte sie, wer die Zügel des Dieners in der Hand hielt: Es war der Mann mit der schwarzen Maske, und er war ebenfalls nackt.

Das kann nicht Mr. Darcy sein, dachte sie. Er saß gerade

noch oben und schrieb einen Brief, wobei er immer wieder von Miss Bingley unterbrochen wurde.

»Ich bin so froh, dich zu sehen, Elizabeth«, sagte der Mann mit der schwarzen Maske.

Sie versuchte, die Stimme wiederzuerkennen, aber es gelang ihr nicht. Die Augen des Mannes waren jedoch so dunkel und fesselnd wie Mr. Darcys.

»Wie darf ich Sie ansprechen?«

»Das habe ich dir bereits gesagt. Du hast mich Meister zu nennen. Ich habe dir ein Geschenk mitgebracht. Da du kein Pferd besitzt, stelle ich dir eins zur Verfügung.«

»Wollen Sie mich loswerden, Meister?«, fragte Elizabeth und hatte Schwierigkeiten, das ungewohnte Wort auszusprechen. Es band sie augenblicklich an ihn, denn es ging eine unerklärliche Macht von diesem Wörtchen aus, die sich nicht leugnen ließ.

»Wenn du auf ihm nach Hause reiten willst, dann kannst du das tun. Setz dich auf ihn. Näher wirst du seinem Schaft niemals kommen.«

Elizabeth näherte sich langsam dem Diener, der auf allen vieren kniete. Konnte sie das wirklich wagen?

»Leg dein Bein über ihn, und lass ihn deine Feuchtigkeit auf seinem nackten Rücken spüren.«

Diese Worte waren wie eine Verführung, und Elizabeth konnte der Aufforderung einfach nicht widerstehen.

»So ist es richtig«, knurrte der Mann. »Und jetzt beweg dich auf ihm.«

»M... Meister?«, stotterte sie.

Er kniete sich neben sie. »So.« Dann legte er seine großen Hände auf ihre Hüften und zwang sie, sich auf dem Rücken des Mannes zu reiben.

»Oh«, hauchte Elizabeth, während sie gehorchte.

»Er ist ein gutes Pferd, nicht wahr?«

»Oh ja.« Elizabeth stöhnte und legte die Hände auf die Schultern des Dieners.

Der Mann zerrte an dem Pferdeschweif, und der Diener buckelte, sodass sie beinahe heruntergefallen wäre.

»Vorsichtig«, sagte der Mann. »Ich möchte nicht, dass deine Reiterin verletzt wird. Elizabeth, warum benutzt du nicht die Peitsche, wenn er frech wird?«

Sie ließ das Instrument leicht über den Rücken des Dieners tanzen. »So etwa?«

»Nein.« Der Mann riss ihr die Peitsche aus der Hand und schlug ihr damit auf die Brüste.

Sie schrie auf, allerdings eher vor Schreck als vor Schmerz.

»So.« Er schlug ihr wieder und wieder auf die Brüste.

Elizabeth zuckte zurück. Jeder Schlag schien wie ein Dutzend neugieriger Finger, die auf ihren empfindlichen Körperteilen tanzten. Sie spürte, wie sich ihre Brüste unter dem heißen Kuss des Leders röteten, und wurde immer wilder.

»So empfänglich«, knurrte der Mann und beugte sich vor, um eine kribbelnde Brustspitze in den Mund zu nehmen.

Elizabeth schrie auf, als sie allein durch diese Berührung zum Höhepunkt kam. Sie benetzte den Rücken des Dieners mit ihren Säften, was ihre Lust nur noch steigerte.

Der Mann streichelte ihr über den seidigen Rücken und ließ die Hand dann auf ihrem unteren Rücken liegen. »Rutsch etwas weiter nach vorn.« Er schob sie zu den Schultern des Dieners hoch. Sie musste die Beine weit spreizen, und es fiel ihr schwer, noch das Gleichgewicht zu halten.

Der Schaft des Mannes war so prall und hart, wie sie es in Erinnerung hatte. Sie sah staunend mit an, wie er dem Diener das Zaumzeug aus dem Mund nahm und seinen Schwanz hineinsteckte, bevor sich der Diener auch nur bewegen konnte.

»Siehst du auch genau hin, Elizabeth?«

»Ja«, brachte sie gerade so heraus.

»Pack seine Haare.«

Sie glitt mit den Fingern in den seidigen blonden Schopf.

»Führ seinen Kopf auf meinem Schaft.«

Elizabeth schob den Kopf des Dieners nach vorn und zog ihn dann grob nach hinten.

Der Mann überraschte sie, indem er ihre pochende Klitoris streichelte.

»Hast du dich je von einem Mann so berühren lassen?«, wollte er wissen.

Sie schüttelte den Kopf. »Nur von Charlotte.«

»Was habt ihr gemacht?«

Wieder konnte sie nur den Kopf schütteln und den Diener festhalten, während der Mann sich in dessen Mund stieß.

»Hast du schon mal einen Schwanz im Mund gehabt?«

Sie nickte.

»Hat dir das gefallen?«

Wieder ein Nicken. »Ich wollte mehr. Danach bin ich beinahe über Charlotte hergefallen.«

Der Mann stöhnte. Elizabeth sah, wie er die Pobacken anspannte und nach ihren Händen griff, die den Kopf des Dieners weiterhin festhielten.

»Hat ein Mann je deine Brüste mit dem Mund liebkost?«

Sie schüttelte den Kopf. »Nur Charlotte.«

»Ich hätte euch beide gern dabei beobachtet.«

»Ich befürchte, dass es mir jetzt nicht mehr reichen wird«, flüsterte Elizabeth.

»Was?« Der Mann schien zu erstarren.

»Ich brauche mehr.«

Mit lautem Stöhnen und erschauernd drückte der Mann

ihre Hände. Der Diener gab begierige Geräusche von sich und schluckte.

»Miss Bennet, Sie überraschen mich.« Er stand mit den geschmeidigen Bewegungen eines Tänzers auf und half ihr dann vom Rücken des Dieners herunter. »Seien Sie unbesorgt. Ich werde Ihnen mehr geben.«

Sie schüttelte den Kopf. »Das würde bedeuten, dass ich keine Jungfrau mehr wäre, und dann würde mich kein Mann mehr heiraten. Männer besitzen die Freiheit, sich all ihre Wünsche zu erfüllen, ohne dass es irgendwelche Konsequenzen hat, aber eine Frau muss sich gewisse Vergnügungen vor der Ehe leider versagen.«

»Sag mir, meine Süße, hast du dir je gewünscht, ein Mann zu sein?«

Elizabeth schüttelte den Kopf. »Nein, aber meine Freundin Charlotte hat so etwas einmal erwähnt.«

»Dann ist deine Freundin Charlotte also meine größte Konkurrentin.«

Sie starrte auf seinen fast erschlafften Schaft, an dem Sperma und Speichel klebten, und hätte ihn am liebsten berührt.

»Du darfst mich streicheln, wenn du möchtest.«

»Das habe ich schon einmal gemacht«, erwiderte sie und griff begierig nach seiner Männlichkeit.

»Zweifellos bei einem Bauernjungen.«

»Bei Charlottes Bruder«, verriet Elizabeth und spürte, wie er zwischen ihren Fingern steifer wurde. »Er war nicht so groß wie Ihrer.«

Der Mann lachte. »Ich mag es, wenn du mir sagst, dass er sehr groß ist. So wird er auch sein, wenn ich in dich eindringe.«

Sie erstarrte. »Wie ich bereits sagte, muss ich für meinen

zukünftigen Gatten Jungfrau bleiben. Er würde das von mir erwarten, und ich möchte meine Ehe nicht mit einer Lüge beginnen.«

»Die Jungfräulichkeit wird überbewertet. Ich wette, dein Gatte hätte es viel lieber, wenn du stattdessen lüstern bist und ihn begehrst.«

»Geht denn nicht beides?« Elizabeth legte ihm die Arme um die Taille, sodass sein Schaft zwischen ihren Brüsten ruhte.

Er rieb sich an ihr. »Du hast für eine Jungfrau hervorragende Instinkte. Deshalb werde ich es dir überlassen, ob du die Freuden des Liebesspiels mit mir erleben möchtest. Zuerst sollst du sehen, wie es für einen Mann ist.« Er entzog sich ihr und ging zu einem Schrank.

Dann holte er einen Krug mit Öl heraus und goss etwas davon auf den Rücken des Dieners, der daraufhin durch die Zähne zischte und den Rücken durchbog.

»Danke, Meister«, waren seine ersten Worte. Seine Stimme klang belegt und tief.

Elizabeth sah zu, wie der Mann mit der Maske den Pferdeschweif ganz herauszog und mehr Öl über den Diener vergoss, sodass es auch zwischen seine Pobacken lief. Sie war fasziniert.

»Komm näher, meine Liebe«, sagte der Mann, hob die Peitsche auf und schlug ihr damit leicht auf das Gesäß. »Die korrekte Antwort ist: ›Ja, Meister.‹«

»Ja, Meister«, sagte Elizabeth.

»Streck die Hände aus.« Seine Finger schlossen sich fester um den Griff der Peitsche.

»Ja, Meister«, sagte sie schnell und kam der Aufforderung nach. Er goss Öl auf ihre Finger, bis diese ganz benetzt waren.

»Verreib es auf meinem Schwanz.«

»Ja, Meister.« Elizabeth tat es und bestrich seinen Schaft mit Öl. Er rutschte ihr immer wieder aus den Händen, und es gefiel ihr, den Mann so stark und gleichzeitig unkontrolliert zu erleben.

»Und jetzt sieh gut zu, denn ich werde dich sehr bald auf diese Weise nehmen, damit du für deinen Gatten noch immer eine Jungfrau sein wirst.«

Elizabeth sah, wie der Mann langsam in den Diener eindrang, dessen Anus sich öffnete, um den geschwollenen Schaft aufzunehmen. Das Gesicht des Dieners wirkte konzentriert und angespannt. Der Mann drang bis zum Ansatz seines Schwanzes in ihn ein und hielt dann inne.

»Setz dich wieder auf ihn«, befahl er. »Mit dem Gesicht zu mir.«

Sie tat es.

»Halt dich gut mit den Oberschenkeln fest«, sagte er. »Und streichele deine wundervollen Brüste, während ich ihn reite.«

Sie hätte von seinen Anweisungen abgeschreckt sein müssen, stattdessen räkelte sie sich auf dem Diener und ölte sich träge die Brüste ein, während sie den Mann dabei beobachtete, wie er sich in den Diener stieß.

Der Mann atmete schwer, wandte den Blick jedoch nicht von ihr ab. »Das ist es, was ein Mann tut. Was ein Mann fühlt. Wir steigen ins Ehebett und wissen, was uns erwartet, während ihr es fürchtet, da ihr die Lust nie kennengelernt habt.«

»Ich weiß, dass es sie gibt … Meister«, fügte Elizabeth gerade noch rechtzeitig hinzu.

»Ich werde in dir sein.«

Sie war sprachlos und bearbeitete ihre Brustspitzen mit den Fingern, während der Mann den Diener penetrierte, der laut aufschrie. Zum zweiten Mal an diesem Abend spannte der Mann seinen Körper an. Elizabeth sah, wie sein Schaft zuckte und mit Samen bedeckt war, als er ihn aus dem Diener herauszog.

»Wie fühlst du dich, Elizabeth?« Er schob sie von dem Diener herunter. Sie lag auf dem Rücken und wartete darauf, dass er sich auf sie legte.

»Verwegen. Meine Gedanken rasen so sehr, dass ich gar keine Zeit habe, sie in Worte zu fassen.«

Der Mann schlug dem Diener auf den Hintern. »Du hast meine Erlaubnis zu gehen.«

»Danke, Meister.«

»Schick das Dienstmädchen rein.«

»Ja, Meister.«

Der Mann ging zu einem Krug und goss den Inhalt in eine Schüssel. Dann säuberte er sich gründlich. Während dieser Zeit beruhigte sich Elizabeth wieder. Sie presste die Beine zusammen und war plötzlich verlegen und unsicher.

Als sie gerade nach ihrem Kleid greifen wollte, war der Mann auf einmal über ihr. Sie spürte, wie er sein feuchtes Glied an ihren Hintern drückte. Er war heiß und glatt, und sie rieb sich unwillkürlich an ihm, bis ihr auf einmal bewusst wurde, was sie da tat. Sie keuchte.

»Nichts ist trügerischer«, murmelte er, »als vorgebliche Bescheidenheit. Häufig verbirgt sich dahinter nur Gleichgültigkeit oder gar indirekte Prahlerei.«

»Und was war mein kleiner Anflug von Bescheidenheit?«, fragte sie schelmisch und versuchte, sich ihm zu entziehen.

»Die Fähigkeit, etwas schnell zu tun, wird von den Ausführenden häufig geschätzt, wenngleich sie dabei außer Acht lassen, dass ihr Handeln bei Weitem nicht perfekt ist. Ich habe mich bereits zweimal ergossen, und dennoch bin ich bei dem Gefühl, dich unter mir zu spüren, schon wieder erregt. Deine Lektionen sind noch nicht so schnell vorbei. Du bist aus freiem Willen hergekommen, und ich bin noch nicht bereit, dich gehen zu lassen.«

»Nein«, rief Elizabeth. »Das geht nicht!«

»Leider kann ich dich noch nicht so lieben, wie du es verdienst.«

»Ich habe Sie auch nicht darum gebeten.«

»Aber du wirst es noch tun«, versicherte er ihr.

Sie drehten sich beide zu der Frau um, die inzwischen den Raum betreten hatte. Sie war ebenfalls nackt und hatte Klemmen an den Nippeln, die mit einer Kette verbunden waren. Überdies war sie zwischen den Beinen rasiert. Elizabeth riss schockiert den Mund auf. Am liebsten hätte sie die glatte Haut dort berührt. Dies war keine maskierte Fremde, sondern die Zofe, die sie geküsst hatte.

»Inga«, sagte der Mann, stand auf und zog Elizabeth mit sich. »Miss Bennet hatte heute noch nicht genug Orgasmen. Küsse sie, bis sie fast den Verstand verliert. Ich muss mich derweil um etwas anderes kümmern.«

Inga streckte die Hand aus und führte Elizabeth zum Bett. »Ich freue mich sehr, dass wir miteinander spielen dürfen.«

»Tut das weh?«, wollte Elizabeth wissen und kniete sich auf das Bett.

»Zieh an der Kette«, forderte Inga sie auf.

Elizabeth tat es und sah, wie die Kette an den Brustspitzen zog.

»Oh, du bist aber zärtlich«, meinte Inga. »Es fühlt sich so an.«

Elizabeth schrie auf, als Inga in ihre Nippel kniff und so fest daran zog, dass sie unwillkürlich der Bewegung folgte. Im nächsten Augenblick drückte Inga auch schon die Lippen auf Elizabeths Mund und drängte sie auf das Bett. Sie schlangen die Beine umeinander. Kette und Klemmen bohrten sich in Elizabeths empfindliche Haut. Inga strich mit den Händen über Elizabeths Körper und schien genau zu wissen, wo diese berührt werden wollte. Elizabeth tat es ihr nach, knetete Ingas Hintern und wackelte an dem edelsteinbesetzten Plug. Als sie stöhnte, schob Inga ihr die Zunge in den Mund. Sie liebkosten einander und rieben sich aneinander. Auf einmal lag Elizabeth auf dem Rücken, und während Inga sie küsste, spürte sie, wie der Mann ihr einen Ledergürtel umlegte.

Sie kniete sich hin und stellte fest, dass ein Penis an dem Gürtel befestigt war. Elizabeth nahm ihn in die Hand und war schockiert, dass er ihr tatsächlich um die Taille baumelte. Natürlich war er nicht echt, sondern aus Holz, aber er hing wie ein richtiger Schaft an dem Gürtel.

Elizabeth wurde leicht schwindelig. Nun legte sich Inga auf den Rücken und zog die Beine an die Brust.

»Nimm sie«, ermutigte der Mann Elizabeth und drückte sie auf Inga herunter. »Nimm sie wie ein Mann.«

Elizabeth war unbeholfen, aber der Mann half ihr, den Holzphallus in Inga einzuführen. Er drückte mit den Händen auf ihren Rücken, als sie unschlüssig war, was sie zu tun hatte. Schließlich legte Inga die Beine um Elizabeths Taille, sodass sie auf intime Weise miteinander verbunden waren.

Der Mann legte sich neben sie. »Ja, liebe sie so, wie du dir insgeheim wünschst, geliebt zu werden.«

Elizabeth zitterte, und ihre Hüften bebten. Sie senkte sich auf Ingas willigen Körper. Als sie der Frau ins Gesicht sah, wurde sie mit einem Blick belohnt, in dem sich Lust und Zufriedenheit spiegelten.

So werde ich aussehen, wenn mein Gatte mich nimmt,

dachte Elizabeth und fühlte sich mächtig, als sie fester zustieß und tiefer in Inga eindrang.

Inga kam ihr begierig entgegen und stöhnte vor Verlangen.

»Ihr beide seht wundervoll zusammen aus.« Der Mann strich mit einer Hand über Elizabeths zustoßendes Becken und schlug ihr dann auf die Pobacke.

»Ja«, stieß Elizabeth mit einer tiefen Stimme aus, die sie kaum als ihre eigene wiedererkannte. Der schmerzhafte Schlag schien sie zu brandmarken, und sie stieß sich noch wilder in Inga hinein.

Inga reckte begierig die Hüften nach oben. »Mehr!«, schrie sie. »Mehr!«

»Ich sehe dir unglaublich gern zu, wenn du kommst«, sagte der Mann, und Elizabeth glaubte, in tausend Stücke zu zerspringen, als er die Hände zwischen ihre Beine schob. Die Berührung seiner Finger erschütterte sie bis ins Innerste und tat mit ihr dasselbe, was der Holzphallus mit Inga anstellte.

Kurz darauf schrie Inga ihre Lust heraus und kam, um dann die Beine von Elizabeth zu lösen. Erleichtert genoss sie ihre Freiheit, während der Mann ihr aus dem Apparat half. Inga lag erschöpft auf dem Bett und seufzte.

»Du darfst uns verlassen, Inga.« Der Mann deutete mit dem Kinn auf die Tür.

»Ja, Meister.«

Inga stand auf, und Elizabeth beobachtete, wie sich der Plug in ihrem Hintern bewegte, als sie zur Tür ging. Dann ließ sich Elizabeth auf das Bett sinken und rang nach Atem.

»Ich bin ein sehr wohlhabender Mann, und du bist eine Frau, die kein großes Erbe zu erwarten hat. Ich begehre dich und du mich. Ich möchte dich besitzen, aber ich bin nicht bereit, dich zu heiraten.«

»Weil ich nicht wohlhabend bin?« Elizabeth spürte auf einmal, wie ihr eiskalt wurde. War das Scham, was da in ihr aufstieg?

»Du würdest hervorragend hier nach Netherfield passen. Viele Männer würden sich nach dir verzehren.«

»Sie verlangen ein großes Opfer von mir«, erwiderte Elizabeth.

»Ist dem so? Würdest du nicht lieber hier in einer leidenschaftlichen Umarmung einen Gatten finden, statt von deiner Mutter eine Ehe arrangieren zu lassen?«

»Darüber muss ich nachdenken. Ich hatte an eine aufregende Spielerei gedacht, aber nicht an mehr. Ihr Angebot übersteigt meine Erwartungen bei Weitem.«

»Ich verstehe«, meinte er und streichelte ihren Arm. »Ich werde hier sein, falls du mich brauchst.«

Elizabeth zog sich an und musterte ihn dabei, wie er sich in seiner ganzen nackten Pracht auf dem Bett rekelte. Würde ihr ein Mann jemals genug sein? »Würden Sie mir eine Frage beantworten, Meister?«

Er sah gedankenverloren zu ihr auf.

»Wenn ich einen Titel besäße, hätten Sie mir dann dasselbe Angebot gemacht?«

Er wandte den Kopf ab und entließ sie, ohne ihr eine Antwort zu geben. Sie wartete noch einen Augenblick und verließ dann den Raum.

Danach eilte der Mann mit der schwarzen Maske die gegenüberliegende Treppe hinauf und zog sich rasch wieder an. Er riss sich die Maske vom Kopf, warf schnell einen Blick in den Spiegel und glättete sein Haar. An der Tür des Salons lauschend hörte er, wie Mr. Bingley Miss Bingley, Caroline und Elizabeth darum bat, ein wenig Musik zu machen. Miss Bingley setzte sich eifrig an das Pianoforte, da sich Elizabeth nach einer höflichen Aufforderung ebenso freundlich, aber bestimmt weigerte zu beginnen.

Er betrat den Raum und begab sich unbemerkt wieder an seinen Schreibtisch. Der Brief, den er an seine Schwester schreiben wollte, war noch unvollendet. Er sank auf den Stuhl und nahm den Stift in die Hand, während er versuchte, wieder ruhig zu atmen und sein noch pochendes Herz sowie seinen unersättlichen Schwanz unter Kontrolle zu bekommen.

Mrs. Hurst sang zusammen mit ihrer Schwester, und während die beiden auf diese Weise beschäftigt waren, konnte sich Elizabeth, die nur ein klein wenig aufgelöst aussah, im Raum umsehen. Sie blätterte in einigen Notenbüchern herum, die auf dem Instrument lagen, und kam nicht umhin zu bemerken, dass Mr. Darcy sie anstarrte. Es kam ihr unvorstellbar vor, dass ihr ein derart hochstehender Mann Interesse entgegenbringen sollte, doch anders war es nicht zu erklären. Er musste einfach der Mann mit der schwarzen Maske sein. Sein nachdenklicher Blick glich dem des Mannes, der ihr gerade eine Lektion in der Kunst der Liebe erteilt hatte, viel zu sehr, als dass es anders hätte sein können.

Doch im Grunde war es ihr egal. Sie empfand viel zu wenig für diesen Mann, um seine Zuneigung zu erstreben. Ihn interessierten bloß Wohlstand und Status. Liebe und Freundschaft hatten in seinem Leben keinen Platz.

Nachdem sie einige italienische Lieder gespielt hatte, riss Miss Bingley die Anwesenden mit einem lebhaften schottischen Volkslied aus ihren Gedanken, und kurz darauf kam Mr. Darcy auf Elizabeth zu und fragte: »Miss Bennet, wären Sie wohl geneigt, die Gelegenheit zu ergreifen und einen schottischen Reel zu tanzen?«

Sie lächelte, antwortete jedoch nicht. Wollte er sie etwa mit einem Tanz besänftigen? Er wiederholte die Frage und schien über ihr Schweigen verblüfft zu sein.

»Oh!«, erwiderte sie schließlich. »Ich habe Sie schon beim ersten Mal gehört, konnte mich jedoch nicht sofort entscheiden, was ich antworten soll. Sie begehren mich.« Sie machte eine wohlüberlegte Pause und sah ihm in die Augen. In diesem Augenblick schien er zu erkennen, dass seine Charade aufgeflogen war. »Ich weiß, dass ich Ja sagen soll, damit Sie sich über mich amüsieren können, aber ich durchkreuze derartige Pläne nur zu gerne, um nicht die Zielscheibe vorsätzlicher Verachtung zu werden. Daher habe ich beschlossen, weder einen Reel noch etwas anderes zu tanzen, selbst wenn Sie mich auch dafür verachten sollten.«

»Das würde ich niemals wagen.«

Elizabeth hatte damit gerechnet, ihn beleidigt zu haben, und war daher erstaunt über seine Galanterie. Doch vielleicht lag es an dieser Mischung aus Liebenswürdigkeit und Schalkhaftigkeit, die ihr eigen war, dass es ihr generell schwerfiel, jemanden zu beleidigen, und außerdem war Darcy so verzaubert von ihr, wie er es noch nie von einer Frau gewesen war. Sie starrten einander noch eine Weile an und erinnerten sich daran, wie sich ihre Körper aneinander gerieben hatten.

Miss Bingley sah und vermutete genug, um eifersüchtig zu werden, und ihr Wunsch, dass ihre gute Freundin Jane genesen möge, wurde nun noch von dem drängenden Verlangen befeuert, Elizabeth möglichst schnell wieder loszuwerden. Darcy wollte sie, Miss Bingley, nicht länger in seinem Kerker sehen. Er hatte aufgehört, sie zu bestrafen, seit Miss Bennet in seinen Kerker getaumelt war.

Miss Bingley versuchte des Öfteren, Darcy zu provozieren, indem sie einen anderen Gast schlechtmachte, von einer möglichen Ehe mit ihm sprach und versuchte, sich Darcys

Glück in einer solchen auszumalen. Dabei wusste sie ganz genau, dass er eher eine Kuh ehelichen würde, als unter seinem Stand zu heiraten.

»Ich hoffe«, sagte sie, als sie am nächsten Tag einen Spaziergang im Garten machten, »dass Sie Ihre zukünftige Schwiegermutter beizeiten wissen lassen, dass sie besser den Mund halten sollte, bis das wünschenswerte Ereignis einer Eheschließung tatsächlich stattfindet. Und wenn Sie schon einmal dabei sind, sollten Sie die jüngeren Mädchen auch davon abhalten, den Offizieren hinterherzulaufen. Und falls ich ein derart delikates Thema ansprechen darf, sollten Sie auch dieses gewisse Etwas Ihrer Auserwählten, das an Arroganz und Impertinenz grenzt, zu zähmen versuchen.«

»Haben Sie sonst noch etwas vorzuschlagen, das meinem häuslichen Glück dienlich sein kann? Ich wüsste sonst einen anderen Nutzen für Ihren Mund.«

»Oh ja!«, rief Miss Bingley. »Aber dazu später. Lassen Sie die Porträts ihres Onkels und ihrer Tante Phillips in der Galerie in Pemberley aufhängen. Am besten neben das Ihres Großonkels, der Richter war. Sie haben schließlich ähnliche Berufe ergriffen und üben sie nur in unterschiedlichen Stellungen aus. Was das Bild Ihrer Elizabeth angeht, so dürfen Sie sie niemals malen lassen, denn welcher Künstler könnte diese wunderschönen Augen schon angemessen darstellen?«

»Es wäre in der Tat nicht einfach, ihren Ausdruck auf die Leinwand zu bannen, aber Farbe und Form sowie die feinen Wimpern ließen sich durchaus wiedergeben.«

Miss Bingley starrte ihn mit offenem Mund an, und in diesem Augenblick stießen Mrs. Hurst und Elizabeth aus einer anderen Richtung zu ihnen.

»Ich wusste nicht, dass du ebenfalls einen Spaziergang

machen wolltest«, meinte Miss Bingley verwirrt und war ein wenig besorgt, dass sie möglicherweise belauscht worden waren.

»Du hast uns entsetzlich hintergangen«, erwiderte Mrs. Hurst, »dass du einfach wegläufst, ohne uns zu sagen, wohin du gehst.«

Daraufhin griff sie nach Mr. Darcys freiem Arm, sodass Elizabeth allein gehen musste. Der Weg bot nur Platz für drei Personen. Mr. Darcy bemerkte diese Unhöflichkeit sofort und sagte: »Dieser Weg ist nicht breit genug für unsere Gruppe. Wir sollten lieber die Allee nehmen.«

Aber Elizabeth hatte nicht die geringste Absicht, die drei zu begleiten. »Nein, nein«, erklärte sie lachend, »bleiben Sie nur, wo Sie sind. Sie haben sich so apart gruppiert, dass der malerische Eindruck durch eine vierte Person nur geschmälert würde. Auf Wiedersehen, und viel Spaß!«, rief sie noch gut gelaunt.

Dann lief sie fröhlich davon, streifte noch ein wenig allein durch den Garten und ergötzte sich an der Vorstellung, in ein oder zwei Tagen wieder zu Hause zu sein. Es ging Jane schon deutlich besser, sodass sie beabsichtigte, an diesem Abend für einige Stunden ihr Zimmer zu verlassen.

11

Als sich die Damen nach dem Essen zurückzogen, lief Elizabeth zu ihrer Schwester, die sich von ihrer Erkältung etwas erholt hatte, und begleitete sie in den Salon.

»Ich bin froh, dass ich endlich das Bett verlassen kann«, meinte Jane. »Dabei kann ich mich nicht beschweren. Sowohl Bingley als auch seine Schwestern waren mir gegenüber sehr aufmerksam.«

»Dir ist hoffentlich klar, dass Bingley nie von dir und seinen Schwestern erfahren darf«, sagte Elizabeth besorgt.

Jane winkte nur ab und blieb stehen, weil sie einen Hustenanfall bekam.

»Vielleicht sollten wir lieber wieder nach oben gehen?«, schlug Elizabeth vor.

»Unsinn, mir geht es gut.«

Im Salon wurde Jane von ihren beiden Freundinnen, die ihr in vielerlei Hinsicht Lust bereitet hatten, begrüßt, und Elizabeth hatte die Schwestern nie so angenehm erlebt wie in dieser Stunde bis zum Erscheinen der Herren. Ihre Kunst der Konversation war beachtlich. Sie konnten eine Unterhaltung sehr genau beschreiben, eine Anekdote äußerst humorvoll nacherzählen und herzlich über ihre Bekannten lachen. Sie schienen sich sehr wohl miteinander zu fühlen, und Elizabeth kam sich vor wie eine Außenseiterin. Am liebsten wäre sie in den Kerker zurückgekehrt, um eine weitere Lektion von dem Mann mit der schwarzen Maske zu erhalten.

Aber als die Herren eintraten, stand Jane nicht mehr im Mittelpunkt des Interesses. Miss Bingleys Blick war vom ersten Augenblick an auf Darcy gerichtet, und sie sprach ihn bereits an, bevor er näher gekommen war. Er wandte sich sogleich an Jane und beglückwünschte sie höflich zu ihrer Genesung. Mr. Hurst verbeugte sich ebenfalls leicht vor ihr und versicherte ihr, wie froh er wäre, aber die überschwänglichste und herzlichste Begrüßung blieb Bingley vorbehalten. Er war aufmerksam und voller Freude. Für eine kurze Weile schien sich die Welt nur noch um sie beide zu drehen. Die erste halbe Stunde verbrachte man Jane zuliebe vor dem Feuer. Bingley setzte sich neben sie und sprach fast ausschließlich mit ihr. Elizabeth, die eine Handarbeit machte, sah ihnen voller Freude zu. Bingley war völlig verzaubert, was man unter anderem daran merkte, dass er Jane liebevoll streichelte, wenn er glaubte, dass es niemandem auffallen würde.

Nach dem Tee erinnerte Mr. Hurst seine Schwägerin an den Kartentisch, doch vergebens. Sie hatte die diskrete Information erhalten, dass Mr. Darcy kein Interesse an einem Kartenspiel hatte, und so stellte Mr. Hurst schnell fest, dass sein Vorschlag auf Ablehnung stieß. Miss Bingley versicherte ihm, dass keiner Lust zum Spielen hatte, und als die ganze Gesellschaft zu diesem Thema schwieg, schien das ihre Behauptung zu bestätigen. Mr. Hurst hatte daher nichts zu tun, streckte sich auf einem der Sofas aus und schlief ein. Darcy nahm ein Buch zur Hand, Miss Bingley tat es ihm gleich, und Mrs. Hurst beschäftigte sich hauptsächlich damit, an ihren Armreifen und Ringen herumzuspielen und hin und wieder etwas zu der Unterhaltung ihres Bruders mit Jane beizusteuern. Elizabeth grübelte darüber nach, wie sie unbemerkt den Salon verlassen und nach unten gehen konnte.

Miss Bingleys Aufmerksamkeit war ebenso darauf gerichtet, Mr. Darcy beim Lesen seines Buches zu beobachten wie in ihres zu blicken, und sie erkundigte sich fortwährend nach irgendetwas oder warf einen Blick auf die Seite, die er gerade las. Sie versuchte, ihn auf sich aufmerksam zu machen, indem sie ihren Ausschnitt herunterzog oder sich räusperte, damit er sie ansah. Aber es gelang ihr nicht, ihn in eine Unterhaltung zu verwickeln, da er ihre Fragen bloß beantwortete und weiterlas. Als sie schon ganz erschöpft davon war, sich mit ihrem Buch zu unterhalten, das sie nur ausgewählt hatte, weil sie den ersten Band bereits kannte, gähnte sie herzhaft und sagte: »Wie angenehm es doch ist, einen Abend auf diese Weise zu verbringen! Ich muss feststellen, dass es keine größere Freude als das Lesen gibt! Wie schnell einem im Vergleich dazu doch alles andere leid wird! Wenn ich mein eigenes Haus habe, muss ich unbedingt für eine gut ausgestattete Bibliothek sorgen.« Und ich brauche einen Salon im Erdgeschoss, in dem ich meine geheimsten Wünsche erfüllen kann, fügte sie im Stillen hinzu.

Niemand erwiderte etwas darauf. Miss Bingley gähnte noch einmal, warf ihr Buch zur Seite und sah sich im Raum um, da sie auf der Suche nach einer Unterhaltung war. Da erspähte sie Miss Elizabeth Bennet, die langsam auf die Tür zustrebte. Miss Bingley befeuchtete sich die Lippen, lächelte und hätte sie abgefangen, wenn Mr. Darcy nicht die Hand ausgestreckt und sie am Handgelenk festgehalten hätte. Ohne dabei den Blick von seinem Buch abzuwenden. Er schüttelte einmal den Kopf. Nein. Enttäuscht darüber, dass sie nicht mit dem neuesten Spielzeug auf Netherfield spielen durfte, hörte sie plötzlich, dass ihr Bruder Jane gegenüber einen Ball erwähnte, und drehte sich langsam um.

»Ach, denkst du tatsächlich darüber nach, einen Ball auf

Netherfield abzuhalten, Charles? Ich würde dir raten, erst die Wünsche der Anwesenden anzuhören, bevor du dich dazu entschließt. Wenn ich mich nicht irre, gibt es unter uns einige, für die ein Ball eher eine Bestrafung als ein Vergnügen darstellt.«

»Einige von uns finden aber auch Vergnügen in Bestrafungen«, warf Elizabeth leise ein. Mr. Darcy stand von seinem Stuhl auf und wollte schon zu ihr gehen, aber Bingleys Lachen bewirkte, dass er sich wieder setzte.

»Falls du Darcy meinst«, sagte Bingley, »dann kann er gern zu Bett gehen, bevor der Ball beginnt, wenn er das vorzieht, oder auch währenddessen, aber von meiner Seite aus steht bereits fest, dass es einen Ball geben wird. Sobald Nicholls genug weiße Suppe gekocht hat, werde ich die Einladungen versenden.«

»Ich dachte, Sie wären ganz versessen auf Bälle, Miss Bingley«, stellte Mr. Darcy trocken fest.

»Mir würden Bälle sehr viel besser gefallen«, erwiderte sie, »wenn sie auf andere Weise abgehalten würden.« Sie sah ihn herausfordernd an und stellte sich so hin, dass sie ihm die Sicht auf Elizabeth versperrte. »Aber der übliche Verlauf dieser Gesellschaften hat etwas sehr Ermüdendes an sich. Es wäre gewiss sehr viel vernünftiger, wenn man sich dort unterhalten würde, anstatt zu tanzen.«

»Sehr viel vernünftiger, meine liebste Caroline, das muss ich zugeben, aber dann wäre es wohl kaum ein richtiger Ball.«

Miss Bingley sagte nichts darauf, und kurz darauf stand sie auf und schlenderte durch den Raum. Sie hatte eine elegante Gestalt und einen vornehmen Gang, aber Darcy, dessen Aufmerksamkeit sie erregen wollte, konzentrierte sich weiterhin auf sein Buch. Dennoch wagte sie einen weiteren Versuch und wandte sich an Elizabeth.

»Miss Eliza Bennet, lassen Sie sich von mir überzeugen und folgen Sie meinem Beispiel, ein wenig durch den Salon zu spazieren. Ich versichere Ihnen, dass das sehr erfrischend ist, wenn man so lange gesessen hat.«

Mr. Darcy warf ihr einen warnenden Blick zu, aber er konnte damit nicht verhindern, dass sich Miss Bingley bei Elizabeth einhakte. Mr. Bingley nutzte die Ablenkung, um Jane auf den Hals zu küssen und ihr sanft über die zarte weiße Haut zu lecken. Daraufhin legte Jane eine Decke über ihre Beine und verbarg dadurch auch ihre Hand, mit der sie ihn durch seine Hose hindurch rieb.

Elizabeth war überrascht, ließ sich auf Miss Bingleys Annäherungsversuch jedoch sofort ein und drückte den Busen an ihren Arm. Zwar mochte sie ihre Herrin nicht besonders, sehnte sich aber nach etwas körperlicher Wärme. Mr. Darcy blickte auf. Ihm kam dieses ungewohnte Interesse ebenso merkwürdig vor wie Elizabeth, und so klappte er unwillkürlich sein Buch zu. Als er eingeladen wurde, sich ihnen anzuschließen, lehnte er es ab und sagte, ihm würden gleich zwei Gründe einfallen, aus denen sie ihren Spaziergang machten, und bei beiden würde er nur stören.

»Was meint er damit?«, fragte Miss Bingley. Wollte er damit etwa andeuten, dass sie ansonsten alle drei zusammen spielen konnten? Sie fragte Elizabeth, ob sie ihn verstand.

»Leider nicht«, lautete die Antwort. »Aber Sie können sich darauf verlassen, dass er uns damit kritisieren wollte, und am sichersten enttäuschen wir ihn, wenn wir ihn nicht danach fragen.« Elizabeth lächelte Mr. Darcy triumphierend an.

Miss Bingley sah sich jedoch nicht in der Lage, Mr. Darcys Erwartungen in irgendeiner Hinsicht nicht zu erfüllen, daher verlangte sie, eine Erklärung zu hören.

»Ich habe überhaupt keine Einwände, es Ihnen zu erklären«, erwiderte er, sobald sie ihn zu Wort kommen ließ. »Sie haben sich für diese Methode des Zeitvertreibs entschieden, weil Sie entweder etwas Vertrauliches zu besprechen haben oder weil Ihnen bewusst ist, dass Ihre Anmut im Gehen am besten zur Geltung kommt. Ersteres würde bedeuten, dass ich Ihnen nur im Wege wäre, während ich Sie bei Zweitem viel besser bewundern kann, wenn ich am Feuer sitzen bleibe.«

»Oh! Wie empörend!«, rief Miss Bingley. »So etwas Gemeines habe ich ja noch nie gehört. Wie sollen wir ihn für diese Worte bestrafen?«

»Das ist ganz einfach, wenn Sie es wirklich wollen«, meinte Elizabeth. »Wir könnten einander alle peinigen und bestrafen. Wir könnten ihn necken und über ihn lachen. Da Sie einander ja sehr gut kennen, wissen Sie vermutlich, wie man das anstellt.« Ihr kamen da Reitgerten und Lederhandschuhe in den Sinn.

»Bei meiner Ehre, das weiß ich nicht. Ich versichere Ihnen, dass unsere Vertrautheit mich das noch nicht gelehrt hat.«

Elizabeth verbarg ihr ungläubiges Schnauben hinter einem Taschentuch.

»Ich hoffe, Sie werden nicht ebenfalls krank«, sagte Mr. Darcy. »Aber falls dem so ist, dürfen Sie sich ebenso wie Ihre Schwester oben in einem der Schlafzimmer erholen.«

Jane zuckte zusammen, als von ihr gesprochen wurde. Bingley atmete schwer, und sie sah ein wenig mitgenommen aus, aber niemand achtete genauer auf die beiden.

»Jemanden necken, der so ruhig und geistesgegenwärtig ist!«, fuhr Miss Bingley fort. »Nein, nein, ich befürchte, er könnte sich dann rächen wollen. Und was das Lachen über ihn angeht, so wollen wir uns auf keinen Fall exponieren und es grundlos tun, möchte ich meinen.«

Elizabeth war ganz flau im Magen. Sie hätte sich nur zu gern exponiert und ganz andere Dinge mit Mr. Darcy angestellt – falls er denn tatsächlich der Mann mit der schwarzen Maske war. »Narreteien und Unsinn, Späße und Ungereimtheiten amüsieren mich, und darüber lache ich, wenn ich kann. Aber genau diese sind es vermutlich, die ich bei Ihnen nie finden werde«, sagte sie dann.

»Wenn Sie meinen«, erwiderte Darcy und zog Miss Bingley energisch zu sich, um mit ihr auf die Tür des Salons zuzugehen. »Aber ich war mein Leben lang bestrebt, Schwächen zu vermeiden, die mich der Lächerlichkeit preisgeben könnten.«

»Wie beispielsweise Eitelkeit und Stolz«, warf Elizabeth ein, deren Herz auf einmal heftig klopfte.

»Ja, Eitelkeit ist in der Tat eine Schwäche. Aber Stolz ... Bei einem wahrlich überlegenen Geist wird der Stolz stets unter Kontrolle gehalten.«

Elizabeth wandte sich ab, um ihr Lächeln zu verbergen.

»Ich schätze, wir kennen Ihre charakterliche Einschätzung von Mr. Darcy nun«, meinte Miss Bingley. »Verraten Sie uns auch, zu welchem Ergebnis Sie gekommen sind?« Sie folgte ihnen dicht auf den Fersen.

»Ich bin überzeugt davon, dass Mr. Darcy keine Fehler hat. Er sagt es ja selbst ganz unverhohlen«, antwortete Elizabeth und drehte sich ein wenig, sodass sein Arm ihre erregten Brustwarzen streifte.

»Nein«, sagte Darcy, »etwas Derartiges habe ich nie behauptet. Ich habe genug Fehler, aber wie ich hoffe nicht in Bezug auf meinen Verstand. Für mein Temperament hingegen würde ich nicht die Hand ins Feuer legen. Es ist recht impulsiv, und ich bin häufig unnachgiebig, wie ich gestehen muss. Ich kann die Torheiten und Mängel anderer nur schwer verzeihen und nicht so schnell, wie ich es tun sollte, ebenso wenig wie ihre Beleidigungen. Meine Gefühle lassen sich nicht ohne Weiteres ändern, und meine Art kann man durchaus als nachtragend bezeichnen. Wenn man meine gute Meinung erst einmal verloren hat, dann ist dies unwiederbringlich.« Er zog Elizabeth mit sich aus dem Salon und schloss die Tür, damit Miss Bingley ihnen nicht folgen konnte.

»Unerbittlichkeit ist in der Tat eine Schwäche!«, erklärte Elizabeth. »Doch Sie haben Ihren Fehler gut gewählt, denn ich kann nicht darüber lachen. Sie sind vor mir sicher.«

»Genug der Spiele. Ich werde Sie nach unten bringen und Ihnen die nächste Lektion erteilen. Es gibt, wie ich glaube, in jedem Charakter den Hang zu etwas Bösem ... eine Art angeborenen Fehler, der sich selbst mit der besten Erziehung nicht beheben lässt.«

»Und Ihr Fehler ist es, jeden zu hassen.«

»Während der Ihre darin besteht, absichtlich andere falsch zu verstehen«, entgegnete er lächelnd.

Langsam spürte er, dass es ihm gefährlich werden konnte, Elizabeth zu viel Aufmerksamkeit zu widmen.

Sie befanden sich in ihrem Lieblingsraum, und er befahl ihr, sich zu entkleiden.

»Das kann ich nicht tun«, protestierte sie.

»Wie Sie meinen«, erwiderte er und wandte sich zum Gehen.

»Warten Sie«, bat sie ihn unsicher.

»Ich kann Sie auch Ihrer Kleidung entledigen.«

»Ja, Meister«, hauchte sie erleichtert und riss dann die Augen auf, als er ein großes Schnitzmesser von einem der Tische nahm.

Er kam näher. Sie blieb stehen. Dann packte er ihr Mieder und zog sie an sich. Sein Mund berührte ihre Lippen und drückte sich so fest auf sie, dass Elizabeth Blut schmeckte. Sie versuchte, sich ihm zu entziehen, aber als sie Stoff reißen hörte und das Messer ihr Kleid zerschnitt, blieb sie notgedrungen stehen, um nicht versehentlich verletzt zu werden. Darcy beendete den strafenden Kuss und zerrte ihr das ruinierte Kleid bis zur Taille herunter.

»Das hat wehgetan«, sagte sie und berührte ihren Mund.

»Du hast dich mir widersetzt. Jetzt zieh dich ganz aus, oder ich muss dich erneut bestrafen.«

Er warf das Messer auf den Tisch und entkleidete sich mit schnellen, geschickten Bewegungen. Dann ging er zur Wand und nahm ein langes Rohr aus einer Halterung, an dem ein kleines Paddle befestigt war.

Elizabeth errötete, als sie ungelenk ihre Unterwäsche auszog.

Darcy konnte den Blick nicht von ihr wenden. »Du bist so wunderschön. So vortrefflich. Warum bist du auf einmal so schüchtern, mein lüsterner Liebling?« Er schlug mit dem Rohr auf seine Handfläche. Elizabeth zuckte zusammen.

»Als die Maske Ihr Gesicht verdeckt hat, konnte ich so tun, als wäre alles nur eine Fantasie. Jetzt, da ich Sie vor mir sehe, geht das nicht mehr.« Sie berührte die Spitze seines bebenden Glieds. »Ich kann Sie berühren, und auf einmal ist alles real.«

»Runter auf die Knie«, sagte Mr. Darcy sanft. »Demonstriere mir, was dein Mund noch tun kann, außer mir zu widersprechen und Unsinn auszuspucken.«

Elizabeth ging in die Knie und leckte vorsichtig einmal an seinem Schaft entlang.

Er schlug ihr auf den nackten Hintern, und sie keuchte auf.

»Nimm ihn in den Mund.«

»Ja, Meister«, sagte sie und öffnete die Lippen für seine harte, große Männlichkeit.

»Gut«, lobte er und griff mit einer Hand in ihr Haar, um ihr Gesicht noch näher an sich zu ziehen. »Mach den Mund weit auf. Nimm ihn ganz in dir auf. So ist es richtig, du kleine Hure.«

Elizabeth wäre an seiner Länge beinahe erstickt, aber seine Bewegungen waren schnell und gestatteten es ihr, dennoch Luft zu holen. Wie sehr er sich doch von Charlottes Bruder unterschied, der sich nach einer Sekunde ergossen hatte und beschämt weggelaufen war! Mr. Darcys Schwanz war hart und prall. Sie war fasziniert, wie der stattliche Mann zitterte, wenn sein beachtliches Glied aus ihrem Mund herausglitt. Dann saugte sie fest daran und spürte, wie er seinen Schaft entschlossen zwischen ihre Lippen schob.

»Elizabeth, oh Elizabeth, was machst du nur mit mir.«

Mr. Darcy ließ sie so lange knien, bis sie ihn dazu gebracht hatte, seinen Samen zu vergießen. Als sie es wagte, für sich selbst ebenfalls einen Höhepunkt zu erbitten, forderte er sie auf, sich auf alle viere zu begeben.

»Soll ich das Pferd spielen?«, wollte sie wissen.

»Ich werde mit meinen Fingern hier anfangen.« Er strich über ihre feuchte Spalte und ließ die Finger dann um ihre hintere Öffnung tanzen.

»Werde ich einen diamantenbesetzten Plug tragen?«, hauchte Elizabeth.

»Nein, noch bist du nicht mein Besitz. Doch solltest du dich entschließen, auf Dauer nach Netherfield zu ziehen, werde ich dir persönlich einen anpassen.«

»Ich habe mich noch nicht entschieden«, gestand sie. In einem Augenblick konnte sie es kaum erwarten, diesen Ort und ihre dunklen Sehnsüchte hinter sich zu lassen, während es sie im nächsten doch wieder in den Kerker zog.

»Dann lass mich dich überzeugen.« Er goss ihr warmes Öl über den Rücken und benetzte sie damit sanft von innen.

Elizabeth schrie auf.

»Du bist es doch gewohnt, mit dem Finger erregt zu werden«, sagte er.

»Nicht dort.« Sie seufzte. »Nur an der anderen Stelle.«

»Hm«, murmelte Darcy, ohne dass sie seinen Tonfall deuten konnte.

»Oh«, keuchte sie, als er dann einen Finger in sie hineinschob.

»Jetzt ganz sachte«, besänftigte er sie, als wäre sie ein wildes Pferd. Das Haar hing ihr in feuchten Locken um das Gesicht, und ihre Augen waren vor Leidenschaft umwölkt. Ihre Lippen waren von der Anstrengung gerötet, als sie unter seiner Berührung erzitterte. »Du bist erstaunlich. Bist du dir sicher, dass ich dich nicht so nehmen kann, wie ein Mann eine Frau nehmen sollte?«

»Ich muss Jungfrau bleiben!«, rief sie, während er sie vorsichtig mit einem weiteren Finger dehnte.

Er trat näher an sie heran, legte ihr eine eingeölte Hand auf die Brust, mit der er sie massierte, um gleichzeitig mit den Fingern in sie einzudringen.

»Aber meine süße Elizabeth, du bist längst keine Jungfrau mehr.«

»Was?« Sie riss den Kopf hoch, und ihre schönen Augen funkelten nervös.

»Beim Liebesspiel mit Charlotte hat sie dich mit den Fingern penetriert.« Darcy ließ die Hand von ihrer Brust zu ihrer feuchten Spalte gleiten, in die er vorsichtig hineintauchte. Sie zuckte zusammen, als wäre sie vom Blitz getroffen worden. »Als sie das hier gemacht hat …« Er drang mit drei Fingern in sie ein. »… hat sie dein Jungfernhäutchen zerrissen.«

Elizabeth presste die Muskeln um seine Finger herum zusammen. Er füllte sie vorn und hinten aus, und sie erschauerte vor Verlangen.

»Auch wenn du noch nie den Schaft eines Mannes in dir gespürt hast«, er bewegte seine Finger schneller, »bist du doch nicht mehr unbefleckt.«

»Oh.« Verzweiflung und Ekstase rangen in ihrem Inneren miteinander. Schließlich bewirkte ihre unbändige Sehnsucht nach Erlösung, dass sie sich seinen Liebkosungen hingab und seufzend zum Höhepunkt kam, wobei es klang, als würde sie schluchzen.

Er küsste ihren Rücken, und sie spürte seinen harten Schaft an ihrem Oberschenkel.

»Du musst über vieles nachdenken, meine Liebe. Überleg dir, ob du meine Sub in Netherfield werden möchtest. Ich werde dich die Lust und den Schmerz lehren. Du wirst kennenlernen, was wahre Macht und Kontrolle bedeuten. Ich garantiere dir, dass du schon bald einen Gatten verhexen wirst, dem deine Jugendsünden völlig gleichgültig sind.«

Er schob seinen Körper über ihren und drückte ihre Beine weiter auseinander. Sie spürte seine pralle Männlichkeit so dicht an ihrem Eingang, dass sie sich verzweifelt danach sehnte, ihn endlich in sich zu spüren. Sie wusste, dass er nur einmal das Becken bewegen musste, um in sie einzudringen. Darcy küsste sie zärtlich und liebevoll. »Es wird für keinen von uns jemand anderen geben, solange ich dich ausbilde. Dafür faszinierst du mich viel zu sehr.«

In Elizabeths Kopf herrschte völliges Chaos, während sich

ihr Körper nach seinem sehnte. Aber es war zu früh. Sie war noch nicht bereit, sich den Verlockungen von Netherfield ganz hinzugeben. Darcy küsste ihren Hals, und als seine Zähne ihr Schlüsselbein streiften, wusste sie, dass sie sich ihm dennoch unterwerfen würde, wenn sie ihn nicht bald stoppen würde.

»Aber du musst aus eigenem Antrieb zu mir kommen. Und du darfst nicht zögern. Ich werde dein Herr und Meister sein, und du wirst mir gehorchen, oder du wirst bestraft.«

Er nahm ihre Brust in den Mund und umkreiste die zarte Spitze mit der Zunge.

»Oh.« Elizabeth hielt sich an seinen breiten Schultern fest. Sie fühlte sich völlig willenlos und verlor sich in ihren Empfindungen, während er ihre Nippel energisch liebkoste.

»Du wirst hier auf Netherfield bleiben und ausgebildet werden wie Inga.«

Sie würde auf den Händen und Knien hocken, während andere sich beim Kartenspiel amüsierten. Elizabeth war sich nicht sicher, ob sie dazu bereit war. Sie wollte seine Küsse und seine Hände auf ihrem Körper spüren. Sie wollte neue Erfahrungen machen, aber sie war nicht bereit, den Preis dafür zu bezahlen. In diesem Augenblick begann ein Teil von ihr, ihn zu hassen.

Sie strich mit den Fingern durch sein lockiges dunkles Haar, als er sie erneut innig küsste. Dann zog sie seinen Kopf nach hinten.

»Jane«, hauchte sie, da sie dieses Signal vor einiger Zeit ausgemacht hatten, damit er aufhörte.

Er erstarrte, und einen schrecklichen Augenblick lang glaubte Elizabeth schon, er würde gleich weitermachen. Es ängstigte und erregte sie, dass ihr die Entscheidung, über das was geschah, abgenommen werden könnte. Sie spreizte die

Beine und hob das Becken, um seinen Schaft in sich aufzunehmen. Doch schon sprang er auf.

Ohne ein weiteres Wort zu sagen, stürmte er aus dem Raum. Elizabeth lag nur da, wobei sie ihn noch immer schmeckte und seine Finger an ihren intimsten Stellen spürte. Doch schon bald wurde es ihr zu kalt, und sie sah sich gezwungen, ihr Bett aufzusuchen. Allein.

12

Die Schwestern waren sich einig, und so schrieb Elizabeth ihrer Mutter am nächsten Morgen einen Brief und bat sie, ihnen im Laufe des Tages die Kutsche zu schicken. Aber Mrs. Bennet, die damit gerechnet hatte, dass ihre Töchter bis zum nächsten Dienstag in Netherfield blieben, womit sich Jane eine ganze Woche dort aufgehalten hätte, war gar nicht erfreut darüber, ihre Töchter jetzt schon wieder zu Hause zu empfangen. Elizabeth hatte jedoch genug von Mr. Darcys spöttischen Worten. Sie wollte mehr sein als eine Sklavin auf Netherfield, aber ihre Mitgift war zu gering, als dass er etwas anderes ernsthaft in Erwägung ziehen würde. Deshalb schmerzte es sie zu sehr, noch länger zu bleiben.

Die Antwort ihrer Mutter fiel nicht günstig aus, zumindest was Elizabeths Wünsche betraf. Mrs. Bennet teilte den Töchtern mit, dass sie die Kutsche unmöglich vor Dienstag haben konnten, und im Postskriptum fügte sie hinzu, dass sie durchaus noch länger bleiben durften, falls Mr. Bingley und seine Schwester sie darum baten.

Elizabeth zweifelte nicht daran, dass ihre Gastgeber das tun würden. Als sie endlich die Kraft fand, ins Schlafzimmer hinaufzugehen, das sie sich mit Jane teilte, musste sie sich verstecken, da Bingley es gerade heimlich verließ und sich dabei die Hose zuknöpfte. Als Elizabeth das Zimmer betrat, schlief Jane bereits, sodass sie sie nicht fragen konnte, was geschehen war.

Doch Elizabeth war fest entschlossen, nicht länger in Netherfield zu bleiben. Aus diesem Grund drängte sie Jane, Mr. Bingley von ihrer geplanten Abfahrt zu berichten und ihn um eine Kutsche zu bitten.

Nachdem Jane diesem Wunsch nachgekommen war, brachten die anderen ihre Sorge zum Ausdruck und überredeten sie, doch wenigstens bis zum nächsten Tag zu bleiben. Somit wurde die Abreise auf den folgenden Tag verschoben. Allerdings bereute Miss Bingley ihren Vorschlag sofort, da ihre Eifersucht und Abneigung gegen die eine Schwester ihre Zuneigung für die andere bei Weitem übertraf, auch wenn Jane ihr fehlen würde.

Der Herr des Hauses war betrübt, dass sie ihn so bald verlassen würden, und er versuchte wiederholt, Miss Jane Bennet zum Bleiben zu überreden, da sie sich noch nicht wieder ganz erholt hätte. Doch Jane war nun ebenfalls fest entschlossen abzufahren. Sie waren schon viel zu lange geblieben und riskierten es, als angenehmes Beiwerk angesehen zu werden, wie die Diener, die beim Kartenspielen als Tische dienten.

Für Mr. Darcy waren dies gute Neuigkeiten. Denn Elizabeth war seiner Ansicht nach lange genug auf Netherfield geblieben. Er fand sie anziehender, als ihm lieb war, und Miss Bingley war deshalb unhöflich zu ihr und behandelte ihn noch spöttischer als gewöhnlich. Elizabeth war aus freien Stücken zu ihm gekommen. Er wusste, dass er sie zwingen, sie sich nehmen und ihre Unschuld ausnutzen konnte. Doch er gab sich die größte Mühe, sich nicht anmerken zu lassen, wie sehr er sich von ihr angezogen fühlte, damit sie sich keine Hoffnungen machte. Allein der Gedanke an eine Ehe zwischen ihnen war lächerlich. Sie würde eine hervorragende Sklavin oder Sub abgeben, möglicherweise sogar auf lange Zeit, aber sie schien mehr zu wollen. Anscheinend strebte sie nach Höherem, und er konnte nicht zulassen, dass sie auch nur hoffte, über ihn gesellschaftlich aufzusteigen. Daher hielt er sich an seinen Vorsatz und sprach den ganzen Sonnabend über keine zehn Worte mit ihr, und obwohl sie bei einer Gelegenheit sogar fast eine halbe Stunde allein waren, vertiefte er sich gewissenhaft in sein Buch und würdigte sie keines Blickes. Nicht einmal dann, als ihr Blick so süß auf ihm lag, wie ihr Mund es getan hatte.

Am Sonntag nach dem morgendlichen Gottesdienst kam dann der Augenblick des Abschieds. Miss Bingley war auf einmal ungemein höflich zu Elizabeth und überschüttete Jane mit Freundschaftsbekundungen, wobei sie ihr versicherte, dass sie sich darauf freute, sie in Longbourn oder Netherfield wiederzusehen. Sie umarmte Jane sehr zärtlich, während sie Elizabeth immerhin die Hand reichte.

Elizabeth verließ die Gesellschaft besten Mutes. Sie freute sich darauf, bald wieder zu Hause zu sein und alle sinnliche Versuchungen hinter sich zu lassen. Der Alltag würde schon dafür sorgen, dass sie wieder einen klaren Kopf bekam. Mr. Darcy musste sich in Bezug auf ihre Jungfräulichkeit geirrt haben. Sie hatte bei keinem Mann gelegen. Was machte es da also schon, dass dieses dünne Jungfernhäutchen möglicherweise nicht mehr existierte?

Zu Hause wurden die Schwestern wenig herzlich von ihrer Mutter begrüßt. Mrs. Bennet staunte über ihr Kommen und tadelte sie dafür, solche Umstände bereitet zu haben, überdies war sie davon überzeugt, dass sich Jane auf der Fahrt gewiss erneut erkältet hatte. Aber ihr Vater schien doch froh zu sein, sie zu sehen, nachdem er sie sehr vermisst hatte. Die abendliche Runde, bei der sie alle zusammensaßen und sich unterhielten, hatte durch Janes und Elizabeths Abwesenheit viel von ihrer Lebendigkeit verloren.

Jane und Elizabeth trafen Mary wie üblich tief versunken in die Studie des Generalbasses und der menschlichen Natur an.

Catherine und Lydia hielten Neuigkeiten von ganz anderer Art bereit. Seit dem vergangenen Mittwoch war im Regiment viel geschehen und gesagt worden: Mehrere Offiziere hatten kürzlich mit ihrem Onkel gespeist, ein Soldat war ausgepeitscht worden, und es gab tatsächlich eindeutige Hinweise darauf, dass Colonel Forster bald ein weiteres Mal heiraten würde. Elizabeth merkte bei der Erwähnung des Auspeitschens auf und rutschte auf ihrem Stuhl hin und her, als sie sich an die schnellen Schläge mit dem Paddle auf ihren Hintern erinnerte, während sie Mr. Darcys Schaft tief in ihrem Mund gehabt hatte.

13

»Ich hoffe, meine Liebe«, sagte Mr. Bennet zu seiner Frau, als sie am nächsten Morgen beim Frühstück saßen, »dass du für heute ein gutes Essen geplant hast, da ich Grund zu der Annahme habe, dass sich Besuch einstellen wird.«

»Was meinst du damit, mein Lieber? Ich wüsste nicht, dass wir jemanden erwarten, es sei denn, Charlotte Lucas käme zufällig vorbei, und ich will doch hoffen, dass meine Speisen für sie gut genug sind. Ich bezweifle, dass sie zu Hause etwas ähnlich Delikates auf dem Teller hat.«

Elizabeth hoffte sehr, dass Charlotte zu Besuch kommen würde. Sie konnte es kaum erwarten, ihrer Freundin von Netherfield zu berichten und ihre Meinung über den Vorschlag zu hören, eine Sub zu werden.

»Die Person, von der ich spreche, ist ein Gentleman und überdies ein Fremder.«

Mrs. Bennets Augen funkelten. »Ein Gentleman und ein Fremder? Dann ist es gewiss Mr. Bingley! Oh, ich würde mich sehr freuen, Mr. Bingley zu sehen! Aber ... Großer Gott! Was für ein Unglück! Wir haben heute nicht einmal Fisch eingeplant. Lydia, meine Liebe, läute rasch, ich muss sofort mit Hill sprechen.«

Jane blickte lächelnd auf ihren Teller, während ihr Herz wie wild klopfte und sie diese besondere Hitze zwischen den Beinen spürte. Die Leidenschaft, die sie und Mr. Bingley in der Nacht vor ihrer Abreise füreinander empfunden hatten, stand ihr noch deutlich vor Augen, und sie konnte sich kaum auf ihr Frühstück konzentrieren. Seine Hände waren so sicher gewesen und seine Lippen so zärtlich.

»Es ist nicht Mr. Bingley«, erwiderte Mr. Bennet, »sondern eine Person, die ich mein Lebtag noch nicht gesehen habe.«

Diese Worte riefen allgemeines Erstaunen hervor, und sofort wurde er von seinen fünf Töchtern und seiner Gattin mit Fragen bestürmt.

Catherine und Lydia flüsterten miteinander, welcher Offizier wohl zu Besuch kommen würde. Ob es derjenige war, der gerne Damenunterwäsche trug? Oder der, der sich mit Halsband und Leine durch ein Zimmer führen ließ?

Nachdem er sich eine Weile über ihre Neugier amüsiert hatte, ließ sich Mr. Bennet zu einer Erklärung herab. »Vor etwa einem Monat habe ich diesen Brief erhalten, und vor zwei Wochen habe ich ihn beantwortet, da ich der Ansicht war, dass es sich um eine heikle Angelegenheit handelt, um die ich mich kümmern muss. Der Brief kam von meinem Cousin Mr. Collins, der euch nach meinem Ableben alle aus diesem Haus werfen lassen kann, wenn es ihm beliebt.«

Mary dachte, dass es ganz angenehm sein könnte, aus diesem Haus geworfen zu werden. Vielleicht konnte sie dann endlich frei sein, wenn sie ihre erdrückende Mutter und ihre Schwestern, die entweder über jeden Tadel erhaben oder kreischende Furien zu sein schienen, endlich los war. Sie schniefte leise und widmete sich dann wieder ihren Frühstückseiern.

»Oh mein Lieber!«, rief Mrs. Bennet, »ich kann es kaum ertragen, das zu hören. Bitte sprich nicht über diesen abscheulichen Mann. Es ist wirklich eine äußerst unangenehme Situation, dass deine Kinder dein Erbe nicht antreten dürfen, und wenn ich an deiner Stelle wäre, hätte ich schon vor langer Zeit versucht, etwas deswegen zu unternehmen.«

Jane und Elizabeth versuchten, ihr zu erklären, was unveräußerliche Hinterlassenschaften bedeuteten. Das hatten sie schon häufiger versucht, aber bei diesem Thema wollte Mrs. Bennet einfach keine Vernunft walten lassen, und sie jammerte bitterlich über die Grausamkeit, dass man einer Familie mit fünf Töchtern alles wegnahm, um es einem Mann zu geben, der niemandem etwas bedeutete.

»Das ist natürlich äußerst ungerecht«, stimmte ihr Mr. Bennet zu, »und doch ändert es nichts daran, dass Mr. Collins einmal Longbourn erben wird.«

»Ich halte es für äußerst impertinent von ihm, dir überhaupt zu schreiben, und für ausgesprochen heuchlerisch noch dazu. Ich hasse falsche Freunde. Warum konnte er sich nicht weiter mit dir streiten, so wie es sein Vater vor ihm getan hat?«

Mr. Bennet las der Familie den Brief vor und betonte, dass Mr. Collins als einfacher Geistlicher das Glück hatte, die Unterstützung der ehrenwerten Lady Catherine de Bourgh zu erhalten, der Witwe von Sir Lewis de Bourgh, deren Großzügigkeit und Wohltätigkeit für die Gemeinde wohlbekannt waren.

»Daher dürfen wir um vier Uhr mit diesem auf Frieden besonnenen Herrn rechnen«, fuhr Mr. Bennet fort und faltete den Brief wieder zusammen. »Er scheint ein sehr gewissenhafter und höflicher junger Mann zu sein, und ich hege keinen Zweifel daran, dass er ein wertvoller Bekannter sein wird, falls Lady Catherine so nachsichtig sein sollte, weitere Besuche bei uns zu erlauben.«

»Falls er etwas gutmachen möchte, bin ich die Letzte, die ihn davon abbringen wird.«

»Aber es fällt mir schwer«, meinte Jane, »mir vorzustellen, wie er sich die uns zustehende Wiedergutmachung vorstellt, die er sich zweifellos zu wünschen scheint.«

Elizabeth war kurz irritiert über Mr. Collins außergewöhnlich große Hochachtung für Lady Catherine. War er möglicherweise eine Zeit lang ihr Sub gewesen? Vielleicht war er es ja noch immer. Wäre sie ein Mann gewesen, dann hätte sie ihn danach gefragt. Möglicherweise wusste ihr Vater ja mehr darüber und würde einige Anspielungen machen.

»Er scheint ein sonderbarer Kauz zu sein«, sagte sie. »Ich werde aus ihm nicht schlau. Sein Stil wirkt auf gewisse Weise hochtrabend. Und was meint er damit, dass er sich bei den ihm in der Erbfolge Nachkommenden entschuldigen möchte? Wir sollten nicht davon ausgehen, dass er uns helfen wird, selbst wenn er es könnte. Könnte er tatsächlich ein Sub... ein vernünftiger Mensch sein, Sir?«

»Nein, meine Liebe, das glaube ich nicht. Ich hoffe vielmehr, dass sich das genaue Gegenteil herausstellt. Aus diesem Brief spricht eine Mischung aus Unterwürfigkeit und Selbstgefälligkeit, die ich recht vielversprechend in Hinblick auf unsere Belange finde. Ich kann es kaum erwarten, ihn zu sehen.«

»Was die Komposition angeht«, warf Mary ein, »scheint dieser Brief keine Fehler zu enthalten. Der Gedanke des Ölzweigs ist zwar nicht neu, aber er hat ihn meiner Ansicht nach sehr gut in Worte gefasst.«

Für Catherine und Lydia waren weder der Brief noch dessen Verfasser von Interesse. Es war so gut wie ausgeschlossen, dass ihr Cousin in einem scharlachroten Rock erscheinen würde, und sie hatten nun schon mehrere Wochen ohne die Zuwendungen eines Mannes in welchem Rock auch immer ausharren müssen. Ihre Mutter hatte ihren Groll größtenteils abgelegt und war bereit, den Gast einigermaßen gefasst zu empfangen, was ihren Gatten und ihre Töchter erstaunte.

Mrs. Bennet hatte entschieden, dass es nur einen Weg gab, wie sie dafür sorgen konnte, dass ihre Töchter und sie nicht auf die Straße gesetzt wurden, wenn das Undenkbare geschah und der gute Mr. Bennet das Zeitliche segnete.

Mr. Collins war überaus pünktlich und wurde von der ganzen Familie sehr höflich empfangen. Mr. Bennet sagte nur wenig, aber die Damen machten sein Schweigen mehr als wett, und Mr. Collins schien nicht zum Reden ermutigt werden zu müssen.

Er war ein großer, schwerfällig wirkender Mann von fünfundzwanzig Jahren mit einem ernsten, aber eindrucksvollen Auftreten. Kaum hatte er Platz genommen, beglückwünschte er Mrs. Bennet dazu, eine so vortreffliche Familie zu haben und Töchter, von deren Schönheit er bereits viel gehört hätte. Er fügte noch hinzu, dass er keinen Zweifel hegte, dass die Mädchen zu gegebener Zeit alle gut verheiratet werden konnten.

Mit dieser Galanterie traf er zwar nicht den Geschmack aller seiner Zuhörer, aber Mrs. Bennet, die immer gern Komplimente hörte, ging bereitwillig darauf ein und krempelte innerlich die Ärmel hoch, als wollte sie einen Brotteig ausrollen. »Sie sind sehr freundlich, und ich wünsche mir von ganzem Herzen, dass es auch so kommt, da sie ansonsten eines Tages mittellos wären. Diese ganze Angelegenheit ist ja auf so seltsame Weise geregelt.«

»Sie spielen damit gewiss auf die Erbfolge für dieses Anwesen an.«

»Ah! In der Tat, Sir. Das ist für meine armen, lieben Mädchen eine höchst unglückliche Geschichte, wie Sie zugeben müssen. Was nicht heißen soll, dass Sie irgendeine Schuld daran tragen, denn ich weiß ganz genau, dass derartige Dinge nun einmal der Lauf der Welt sind. Man kann nie wissen, wem ein Besitz letztendlich zufällt.«

»Ich habe das vollste Verständnis für die schwierige Lage meiner holden Cousinen, Madam, und könnte darüber gewiss noch viele Worte verlieren, doch ich scheue mich davor, vorschnell und überstürzt zu sprechen. Ich kann den jungen Damen allerdings versichern, dass ihnen meine Bewunderung gewiss ist. Im Augenblick möchte ich es dabei belassen, aber vielleicht, wenn wir einander besser kennengelernt haben …«

Er wurde unterbrochen, als sie zum Essen gerufen wurden, und die Mädchen lächelten einander an. Wie sie schnell feststellten, waren nicht sie allein es, denen Mr. Collins Bewunderung entgegenbrachte. Die Halle sowie das Esszimmer mit allen Möbeln wurden begutachtet und gelobt, und seine gute Meinung hätte Mrs. Bennets Herz erweicht, wäre da nicht die erschreckende Erkenntnis gewesen, dass er all das als seinen zukünftigen Besitz ansah. Auch das Essen fand seine Zustimmung, und er fragte, welche seiner schönen Cousinen über derart überragende Kochkünste verfügte. Daraufhin versicherte ihm Mrs. Bennet mit einiger Schärfe in der Stimme, dass sie es sich durchaus leisten konnten, eine gute Köchin zu halten, und dass ihre Töchter in der Küche nicht mithelfen mussten. Er entschuldigte sich dafür, sie gekränkt zu haben. Besänftigt erwiderte sie, dass er sie nicht verstimmt habe, dennoch bat er noch eine gute Viertelstunde lang um Verzeihung.

Elizabeth musterte ihn irritiert. Sie glaubte sogar, ihn irgendwann dabei ertappt zu haben, dass er ihre Mutter »Herrin« genannt hatte.

14

Während des Essens brach Mr. Bennet sein Schweigen nur selten, aber als sich die Diener zurückgezogen hatten, war es seiner Meinung nach an der Zeit für eine Unterhaltung mit seinem Gast. Dazu wählte er ein Thema, bei dem dieser glänzen konnte, und meinte, dass er mit seiner Gönnerin großes Glück gehabt hatte.

Lady Catherine de Bourgh schien sehr auf die Erfüllung seiner Wünsche bedacht und um seinen Komfort besorgt zu sein, was bemerkenswert war. Und Mr. Collins lobte sie sehr wortgewandt und wirkte dabei noch feierlicher und förmlicher als sonst. Er beteuerte, dass ihm in seinem ganzen Leben noch kein derartiges Verhalten bei einer Person von Rang begegnet war und ihm Lady Catherine mit außergewöhnlicher Güte und wohlwollender Freundlichkeit begegnete. Sie war von den beiden Predigten, die er vor ihr hatte halten dürfen, sehr angetan gewesen, hatte ihn sogar schon zweimal zum Essen nach Rosings eingeladen und sogar am vergangenen Sonntag nach ihm geschickt, um die Quadrille-Runde zu vervollständigen.

Elizabeth fragte sich, ob es auch auf Rosings wie auf Netherfield einen Kerker gab und ob die Tänzer bei der Quadrille vollständig angezogen gewesen waren. Falls Lady Catherines Ruf ebenso berüchtigt war wie der von Netherfield, konnte sie sich bildlich vorstellen, was dabei von Mr. Collins erwartet worden war.

Lady Catherine wurde von vielen Menschen, die Mr. Collins kannte, als stolz bezeichnet, aber ihm war sie bisher nur mit Liebenswürdigkeit begegnet, wie er berichtete. Sie hatte mit ihm stets wie mit einem echten Gentleman gesprochen und weder Einwände gehabt, dass er am gesellschaftlichen Leben teilnahm, noch dass er seine Gemeinde hin und wieder für ein oder zwei Wochen verließ, um seine Verwandten zu besuchen. Überdies hatte sie ihm sogar geraten, so bald wie möglich zu heiraten, dabei aber seine Wahl mit Sorgfalt zu treffen. Und sie hatte ihn einmal in seinem bescheidenen Pfarrhaus besucht, wo sie persönlich alle Änderungen, die er vorgenommen hatte, guthieß und sogar noch einige weitere vorschlug, wie etwa weitere Bretter im Schrank im ersten Stock anzubringen.

Elizabeth hätte bei diesen Besuchen gern Mäuschen gespielt, und sie lächelte Jane verschwörerisch zu.

»Das ist gewiss alles sehr anständig und liebenswürdig«, sagte Mrs. Bennet, »und ich wage zu behaupten, dass sie eine sehr umgängliche Dame ist, wenngleich in einigen Belangen vielleicht verschrien. Es ist wirklich ein Jammer, dass ihr die vornehmen Damen im Umgang nicht ähneln, sondern eher herablassend sind. Lebt sie in Ihrer Nähe, Sir?«

»Der Garten hinter meinem bescheidenen Haus ist nur durch einen Weg von Rosings Park getrennt, dem Anwesen von Lady Catherine.«

»Sagten Sie nicht, sie wäre verwitwet? Hat sie noch Familie?«

»Sie hat nur eine Tochter, die Erbin von Rosings und eines sehr beachtlichen Vermögens.«

»Ah!«, rief Mrs. Bennet und schüttelte den Kopf. »Dann ist sie besser dran als viele andere Mädchen. Und was ist sie für eine junge Dame? Ist sie hübsch?«

»Sie ist in der Tat eine sehr charmante junge Dame. Unglücklicherweise hat sie eine kränkliche Konstitution, was sie davon abhält, Fortschritte in vielen Bereichen zu machen, in denen sie sich ansonsten gewiss auszeichnen würde, wie mir die Dame mitteilte, der ihre Erziehung obliegt und die noch immer bei ihnen lebt. Aber die junge Frau ist äußerst liebenswürdig und erweist mir häufig die Ehre, in ihrem kleinen Ponywagen an meinem bescheidenen Haus vorbeizufahren.«

»Wurde sie schon bei Hofe eingeführt? Ich erinnere mich nicht daran, ihren Namen unter den Damen bei Hofe gehört zu haben.«

»Ihre angeschlagene Gesundheit verhindert unglücklicherweise, dass sie in die Stadt kommt, und wie ich Lady Catherine letztens versichert habe, entgeht dem britischen Hof dadurch ein strahlendes Schmuckstück. Lady Catherine schien dieser Gedanke zu gefallen, und Sie können sich vorstellen, dass ich ihr bei jeder Gelegenheit derart kleine Komplimente mache, die den Damen Freude bereiten.«

Elizabeth unterdrückte ein Kichern, als sie sah, wie Jane die Augen verdrehte, und beschloss, ihre Schwester nicht wieder anzusehen, damit sie nicht wie Lydia und Catherine vor ihrem Gast zu lachen anfing.

»Ich habe mehr als einmal Lady Catherine gegenüber erwähnt, dass ihre charmante Tochter den Anschein macht, als wäre sie zur Duchess geboren worden«, fuhr Mr. Collins fort. »Und dass sie diesem hohen Rang nicht etwa Unehre machen, sondern ihm Glanz verleihen würde. Es sind diese kleinen Dinge, die Lady Catherine erfreuen, daher fühle ich mich verpflichtet, ihr diese Aufmerksamkeit angedeihen zu lassen.«

»Das ist ein kluger Entschluss«, meinte Mr. Bennet. »Und

Sie haben das Glück, dass Sie solche Schmeicheleien derart taktvoll vorbringen können. Darf ich fragen, ob diese Bemerkungen dem Impuls des Augenblicks entspringen oder ob sie das Resultat längerer Überlegungen sind?«

»Sie ergeben sich im Allgemeinen aus der Situation, auch wenn ich bisweilen im Voraus kleine Komplimente ersinne, die zu vielerlei Begebenheiten passend sind, und versuche, sie dann so ungezwungen wie möglich anzubringen.«

Mr. Bennets Erwartungen wurden voll und ganz erfüllt. Sein Cousin war ein ebenso lächerlicher Mann, wie er gehofft hatte, und er lauschte ihm mit dem größten Vergnügen. Gleichzeitig war er um eine gelassene Haltung bemüht und warf nur hin und wieder einen Blick zu Elizabeth hinüber, die ebenso amüsiert war wie er selbst.

15

Mr. Collins war kein sehr intelligenter Mann, und dieser Umstand hatte weder durch seine Erziehung noch durch gesellschaftlichen Einfluss entscheidend korrigiert werden können. Er hatte den Großteil seines Lebens unter einem ungebildeten, geizigen Vater gelitten, und obwohl er auf der Universität gewesen war, hatte er dort gerade mal die nötigsten Vorlesungen besucht und auch keine nützlichen Bekanntschaften geschlossen.

Er selbst war in einfachen Verhältnisse aufgewachsen. Durch eine glückliche Fügung war er dann Lady Catherine de Bourgh empfohlen worden, als die Pfarrstelle in Hunsford frei wurde, und der Respekt für sie als seine Gönnerin zusammen mit einer viel zu hohen Meinung von sich selbst, seiner Autorität als Geistlichem und seinen Rechten als Pfarrer ergaben eine krude Mischung aus Stolz und Unterwürfigkeit, Selbstüberschätzung und Bescheidenheit.

Dann hatte ihn Lady Catherine, die ehemalige Domina, bei sich aufgenommen, und ihre Methoden waren deutlich strenger, als er es von seinem Vater kannte. Doch Mr. Collins fühlte sich recht wohl, wenn er nackt, an einer Leine und auf allen vieren durch die mit Marmor verkleideten Ballsäle geführt wurde. Insbesondere, wenn er als Belohnung auch noch die glänzenden schwarzen Stiefel seiner Herrin ablecken durfte. Lady Catherine belohnte ihn sehr großzügig für seine

Unterwürfigkeit, die ihm echte Lust bereitete. Er lebte für ihre strengen Worte und die harsche Bestrafung durch die Peitsche.

Da er nun ein gutes Heim und ein mehr als ausreichendes Einkommen besaß, beabsichtigte Mr. Collins zu heiraten, und dazu würde er sich als Wiedergutmachung eines der Bennet-Mädchen erwählen. Vorausgesetzt, sie waren tatsächlich so hübsch und liebenswert, wie es hieß. Es war eine versöhnliche Geste, weil er das Anwesen ihres Vaters erben würde, und er fand seinen Plan vorzüglich, praktisch und noch dazu großzügig und selbstlos.

Nachdem er die Mädchen gesehen hatte, wollte er seinen Plan erst recht in die Tat umsetzen. Miss Jane Bennets hübsches Gesicht gefiel ihm ausnehmend gut, außerdem war sie die älteste der Schwestern und sollte zuerst heiraten. Daher war sie am ersten Abend seine Favoritin. Am nächsten Morgen musste er allerdings umdenken, denn als er sich vor dem Frühstück eine Viertelstunde lang mit Mrs. Bennet unterhielt, riet sie ihm entschieden von seiner Wahl ab.

»Was meine jüngeren Töchter angeht, so weiß ich von keinen entsprechenden Bindungen, doch in Bezug auf meine älteste Tochter sollte ich erwähnen, und ich empfinde es als meine Pflicht, es zumindest anzudeuten, dass sie sich aller Wahrscheinlichkeit nach bald verloben wird«, sagte Mrs. Bennet und versuchte, möglichst höflich zu bleiben, um ihn nicht zu verärgern.

So musste Mr. Collins von Jane auf Elizabeth umschwenken, was er alsbald, und noch bevor Mrs. Bennet das Feuer schüren konnte, tat. Elizabeth folgte Jane in Alter und Schönheit und war somit die nächste Wahl.

Mrs. Bennet konnte nun darauf hoffe, möglicherweise bald zwei Töchter zu verheiraten, und der Mann, mit dem sie am

Vortag am liebsten kein Wort gewechselt hätte, stieg noch weiter in ihrer Gunst.

Lydia brachte ihren Wunsch zum Ausdruck, nach Meryton zu gehen, und bis auf Mary wollten ihre Schwestern sie dorthin begleiten. Auf Bitte von Mr. Bennet, der den Mann loswerden und seine Bibliothek für sich allein haben wollte, schloss sich ihnen auch Mr. Collins an. In der Bibliothek fand Mr. Bennet normalerweise Entspannung und Ruhe, und er hatte Elizabeth einmal anvertraut, dass er zwar erwartete, in jedem anderen Raum des Hauses auf Torheit und Selbstgefälligkeit zu stoßen, hier jedoch seine Ruhe davor haben wollte. Aus diesem Grund bat er Mr. Collins ausgesprochen höflich, sich seinen Töchtern bei doch dem Spaziergang anzuschließen, und Mr. Collins, der lieber einen Fuß vor den anderen setzte, als zu lesen, klappte nur zu gern das große Buch zu und folgte seinen Cousinen.

Mit hochtrabenden Nichtigkeiten von seiner Seite und höflichen Erwiderungen seiner Cousinen verging die Zeit, bis sie Meryton erreichten. Die Aufmerksamkeit der Jüngeren hatte er im gleichen Moment verloren. Lydias und Catherines Blicke schweiften fortan auf der Suche nach den Offizieren umher, und nur ein auffälliger Hut oder ein neuer Musselin in einer Geschäftsauslage konnten sie von diesem Unterfangen ablenken.

Dann stach allen Damen ein junger Mann ins Auge, den sie noch nie zuvor gesehen hatten. Er trat wie ein Gentleman auf und ging an der Seite eines Offiziers. Der Offizier verbeugte sich, als die Gruppe vorbeischlenderte. Aller Augen richteten sich auf den Fremden, und man fragte sich, wer er wohl sein mochte. Kitty und Lydia beschlossen, es herauszufinden, und überquerten die Straße unter dem Vorwand, etwas in einem Laden auf der anderen Seite erwerben zu wollen. Sie hatten das Glück, in genau dem Augenblick vor dem Geschäft zu stehen, in dem die beiden Herren, die umgekehrt waren, dieselbe Stelle erreichten.

Mr. Denny sprach sie direkt an und erhielt die Erlaubnis, seinen Freund, Mr. Wickham, vorzustellen, der zusammen mit ihm am Vortag in die Stadt zurückgekehrt war und ihnen strahlend mitteilte, dass er in das Regiment aufgenommen worden war. Es war genau das, was er sich gewünscht hatte, denn der junge Mann strebte danach, seine Ausstrahlung durch das Tragen einer Uniform noch zu erhöhen.

Sein Erscheinungsbild war äußerst ansprechend, denn sein Aussehen, seine Haltung und seine Manieren waren tadellos. Nachdem sie einander vorgestellt worden waren, begann er sofort ein Gespräch, ohne dabei übereifrig oder unschicklich vorzugehen. Die Gruppe stand noch immer da und unterhielt sich angeregt, als näher kommende Pferde zu hören waren. Einen Augenblick später ritten Darcy und Bingley die Straße entlang.

Elizabeth spürte Darcys Blick, und sie musste ihre ganze Selbstbeherrschung aufbringen, um nicht zu ihm zu gehen, sich vor sein Pferd zu knien und zu flehen: »Bitte, Meister, lehren Sie mich alles.«

Als sie die Damen erkannten, kamen die beiden Herren direkt auf sie zu, und es kam zum üblichen Austausch von Höflichkeiten. Bingley sagte dabei am meisten und unterhielt sich hauptsächlich mit Miss Jane Bennet. Er sagte, er wäre gerade auf dem Weg nach Longbourn, da er sich nach ihrem Befinden erkundigen wollte.

Jane war ebenso fasziniert von Mr. Bingley wie er von ihr. Sie schenkte ihm ihr schönstes Lächeln und benetzte ihre Lippen mit der Zunge. Mr. Bingley geriet daraufhin ins Stottern, und sie starrten einander sehnsüchtig an, waren sich jedoch den Zwängen der Gesellschaft nur zu bewusst. Dabei wünschte sich Jane nichts weiter, als wieder in seinem Gästezimmer zu sein und von seinen sanften Händen entkleidet zu werden.

Mr. Darcy war entschlossen, Elizabeth nicht länger anzusehen, daher schaute er sich um, und sein Blick fiel auf den Fremden. Zufällig bemerkte Elizabeth, wie sich auf den Mienen beider Männer Erstaunen abzeichnete, als sie einander erblickten. Ihre Gesichter veränderten die Farbe, der eine erbleichte, und der andere wurde rot. Nach wenigen Augenblicken berührte Mr. Wickham seinen Hut, aber Mr. Darcy ließ sich nicht dazu herab, den Gruß zu erwidern. Was hatte das zu bedeuten? Elizabeth hatte nicht die geringste Ahnung, musste es aber unbedingt in Erfahrung bringen. Hatte sich Mr. Wickham vielleicht bei Mr. Darcy im Kerker von Netherfield in die Lehre begeben? Elizabeth presste die Hände auf ihre Wangen, die plötzlich zu glühen schienen. Sie fing schon an, überall Subs und Doms zu sehen.

Nach einer weiteren Minute verabschiedete sich Mr. Bingley, der den Vorfall offenbar nicht bemerkt hatte, und ritt zusammen mit seinem Freund davon.

Jane machte einen Schritt nach vorn, als wollte sie ihnen folgen.

Mr. Denny und Mr. Wickham begleiteten die jungen Damen bis an die Tür von Mr. Phillips Haus und verbeugten sich dann zum Abschied, auch wenn Miss Lydia darauf beharrte, dass sie doch hereinkommen sollten, und Mrs. Phillips das Fenster des Salons aufriss und die Einladung wortreich unterstützte.

»Denny, bringen Sie Ihren neuen Freund mit. Ich würde zu gern wissen, was ich von ihm zu halten habe.«

»Vielleicht später, Mrs. Phillips«, sagte Denny und verbeugte sich.

Sie sah ihn mit zusammengekniffenen Augen an, und ihr Blick verriet, dass er ihre Verärgerung später zu spüren bekommen würde. Es machte ganz den Anschein, als würde sich Denny bereits darauf freuen.

Mrs. Phillips bekam immer gern Besuch von ihren Nichten, und die beiden ältesten, die einige Zeit nicht da gewesen waren, wurden besonders herzlich willkommen geheißen. Sie drückte ihr Erstaunen über die plötzliche Heimkehr der zwei aus, doch dann sah sie sich genötigt, sich Mr. Collins zuzuwenden, den Jane ihr vorstellte.

Sie begrüßte ihn ausgesprochen höflich, was er auf dieselbe Weise erwiderte, und er entschuldigte sich für sein Erscheinen, da sie einander schließlich nicht kannten. Allerdings wies er darauf hin, dass sein Besuch dank seiner Verwandtschaft zu den jungen Damen durchaus eine gewisse Berechtigung hätte. Mrs. Phillips war recht beeindruckt von einer derart guten Erziehung bei einem so unterwürfigen jungen Mann, aber sie konnte nicht länger über den Fremden nachdenken, da sie von allen Seiten mit Ausrufen und Fragen über den hinreißenden Mr. Wickham bestürmt wurde. Aber sie konnte ihren Nichten nur das sagen, was sie längst wussten, nämlich, dass Mr. Denny ihn aus London mitgebracht hatte und dass er in den Rang eines Lieutenants erhoben werden sollte.

Sie sagte, sie hätte ihn in der letzten Stunde beobachtet, als er die Straße auf und ab gegangen war. Kitty und Lydia hätten es ihr gewiss gern gleichgetan, aber zu ihrem Pech kam niemand außer einigen Offizieren vorbei, die im Vergleich zu dem Fremden als »dumme, unsympathische Zeitgenossen« eingestuft wurden.

Einige von ihnen sollten am nächsten Tag mit den Phillips speisen, und ihre Tante versprach, dass ihr Gatte Mr. Wickham aufsuchen und ebenfalls einladen würde, wenn die Familie an diesem Abend aus Longbourn herüberkommen würde. Kitty und Lydia waren begeistert bei der Aussicht, den neuen Lieutenant in Augenschein nehmen zu dürfen. Alle stimmten zu, und Mrs. Phillips erklärte, dass sie eine lustige, ausgelassene Partie Lotto spielen und danach einige warme Speisen zu sich nehmen würden. In Erwartung dieser Freuden waren alle bestens gelaunt und verabschiedeten sich wohlgemut. Mr. Collins bat beim Verlassen des Raums erneut um Verzeihung, und ihm wurde mit ausgesuchter Höflichkeit versichert, dass dies nicht nötig wäre. Dann nahm ihn Mrs. Phillips beiseite.

»Gebt uns einen Augenblick, meine Lieben«, sagte sie und schickte Jane und Elizabeth zu ihren jüngeren Schwestern, damit sie ebenfalls die Offiziere auf der Straße beobachten konnten.

»Madame?«, fragte Mr. Collins.

Mrs. Phillips schlug ihn mit ihrem Handschuh auf die Wange. »Es heißt Herrin, wie du sehr wohl weißt.«

Mr. Collins errötete vor Freude und Dankbarkeit und sank vor ihr auf die Knie. »Verzeihen Sie mir, Herrin.«

»Du bist wirklich gut darin, dich zu entschuldigen. Ich bin ein klein wenig enttäuscht, dass wir nur so wenig Zeit haben, bevor meine Nichten dich vermissen werden.«

»Es tut mir so leid, Herrin. Ich bin Ihrer Aufmerksamkeit nicht würdig.«

»Ja, das stimmt. Aber du darfst meine Schuhe küssen.«

»Oh, vielen Dank, gütige Herrin«, sagte er und bedeckte ihre Schuhe und Fußknöchel mit hingebungsvollen Küssen.

»Du bist ein ganz Eifriger, was?«, flüsterte Mrs. Phillips. »Was wir mit einer Gerte und Klemmen wohl alles anstellen könnten?«

Mr. Collins erschauerte sichtlich.

»Steh auf«, befahl sie.

»Ja, Herrin.«

»Wenn du meine Lippen ebenso leidenschaftlich küsst wie meine Schuhe, dann werde ich dich morgen Abend mit ein paar schönen Schlägen belohnen.«

Mr. Collins nahm sie in die Arme und küsste sie, bis sie beide außer Atem waren.

»Ich werde dich nackt unter meiner Peitsche haben«, versprach ihm Mrs. Phillips und griff ihm grob in den Schritt.

»Ich gehöre Ihnen«, schwor er und genoss die Berührung.

»Jetzt geh zurück zu meinen Nichten und sorge dafür, dass sie sicher nach Hause kommen.« Sie schlug ihn noch einmal und so fest, dass sein Kopf zur Seite flog.

Mr. Collins leckte sich einen Blutstropfen aus dem Mundwinkel. »Wie meine Herrin befiehlt.« Er verbeugte sich und ging die Bennet-Schwestern suchen.

Als sie auf dem Heimweg waren, berichtete Elizabeth Jane, was sie bei Mr. Wickhams und Mr. Darcys Begegnung beobachtet hatte. Doch selbst wenn Jane einen der Männer oder gar beide verteidigt hätte, konnte sie sich deren Verhalten genauso wenig erklären wie ihre Schwester.

Bei seiner Rückkehr teilte Mr. Collins Mrs. Bennet mit, dass er Mrs. Phillips höfliches Auftreten sehr bewundere. Er sagte, er habe mit Ausnahme von Lady Catherine und ihrer Tochter noch keine elegantere Frau gesehen, und sie habe ihn nicht nur ausgesucht zuvorkommend empfangen, sondern direkt in die Einladung für den kommenden Abend mit eingeschlossen, obwohl sie ihn doch gerade erst kennengelernt hatte. Das mochte seiner Verwandtschaft zu ihnen zuzuschreiben sein, vermutete er, und doch wäre ihm in seinem ganzen Leben noch nie so viel Aufmerksamkeit zuteilgeworden.

16

Da es keine Einwände gegen die Verabredung der jungen Leute mit ihrer Tante gab und Mr. Collins Sorge, Mr. und Mrs. Bennet an einem Abend während seines Besuches allein zu lassen, beschwichtigt wurde, brachte die Kutsche ihn und seine fünf Cousinen zur entsprechenden Stunde nach Meryton. Beim Betreten des Salons hörten die jungen Damen voller Freude, dass Mr. Wickham die Einladung ihres Onkels angenommen hatte und sich bereits im Haus aufhielt.

Kitty und Lydia konnten kaum noch an sich halten, als sie wussten, dass sich nun all die Offiziere ganz in der Nähe aufhielten. Sie wirbelten im Zimmer herum und waren zu nervös, um sich hinzusetzen. Lydia lauschte gelegentlich an den Türen, ob die Herren bereits näher kamen. Kitty suchte sich derweil den Platz im Raum, an dem sie sich im vorteilhaftesten Licht bewundern lassen konnte.

Mr. Collins sah sich in Ruhe um und bewunderte alles. Er war derart begeistert von der Größe und der Möblierung des Raumes, dass er erklärte, er habe fast das Gefühl, sich im kleinen Sommersalon auf Rosings zu befinden. Dieser Vergleich fand zuerst keinen großen Anklang, aber nachdem er Mrs. Phillips erklärt hatte, was Rosings war und wem es gehörte, und nachdem sie sich die Beschreibung sämtlicher Salons von Lady Catherine angehört und herausgefunden hatte, dass allein der Kaminsims achthundert Pfund gekostet hatte, wurde ihr das Ausmaß seines Kompliments erst richtig bewusst, und sie hätte jetzt selbst einen Vergleich mit der Hauswirtschaftskammer als schmeichelhaft empfunden.

»Kommen Sie, Mr. Collins, ich werde Ihnen den Rest des Hauses zeigen. Ich habe bereits von Lady Catherine gehört. Es gab eine Zeit, in der wir in denselben Kreisen verkehrten, auch wenn wir uns nie begegnet sind.«

»Es wäre mir eine große Freude, mehr von ihr zu erzählen«, sagte er und schlug pflichtschuldig die Augen nieder.

Indem er ihr Lady Catherine und Rosings in all seiner Pracht beschrieb und hin und wieder abschweifte, um sein eigenes bescheidenes Heim zu loben sowie die Verbesserungen, die er daran vorgenommen hatte, war er auf für ihn angenehme Weise beschäftigt. Dabei fand er in Mrs. Phillips eine aufmerksame Zuhörerin, deren Meinung über ihn mit jedem Wort, das sie hörte, weiter stieg.

Sie ließen die Mädchen auf den Sofas sitzend zurück, wo sie auf die Herren warteten.

»Die Treppe hinauf«, befahl Mrs. Phillips und legte Mr. Collins energisch die Hand auf den Rücken.

Sie betraten ihr Schlafzimmer, und Mr. Collins bemerkte, dass Lady Catherine die Einrichtung gefallen hätte.

»Ausziehen«, sagte sie, entrollte die Peitsche und schlug damit gegen das Tischbein. Er entledigte sich schnell seiner Kleidung und gestattete ihr widerstandslos, ihn zu fesseln. Sie legte ihm einen Harnisch an, der mit einem Seilzug verbunden war, fesselte seine Hände und legte ihm ein breites Lederhalsband an, von dem schwarze Lederriemen abgingen, die sich über seinen Körper zogen. Dann zog sie an den Seilen, und er hing, nicht weit von der Decke entfernt, in der Luft. »Nehmen Sie häufig an derartigen sexuellen Tête-à-Têtes teil?«

»Ich weiß ein wenig über dieses Spiel«, antwortete er,

»aber ich bin begierig, mich zu verbessern, denn in meiner jetzigen Lage ...« Mrs. Phillips war sehr froh über seine Unterwürfigkeit, wollte seine genauen Beweggründe jedoch gar nicht hören.

Nachdem sie die Seile befestigt hatte, drehte sie ihn im Kreis. Mr. Collins legte den Kopf in den Nacken, und seine Erektion drängte dick und prall gegen seinen Bauch.

Sie hielt Wort und setzte die Peitsche erst an seinen Waden ein, um sich dann zu seinen angespannten Pobacken vorzuarbeiten.

»Danke, verehrte Herrin. Ich habe die Bestrafung verdient.«

»Ja, du schrecklicher Mann.« Mrs. Phillips trat näher und packte seinen zuckenden Schaft. Sie streichelte ihn schnell und brachte Mr. Collins bis kurz vor den Höhepunkt, bis ein Liebestropfen zu sehen war, um ihm dann fünf Peitschenhiebe auf den Rücken zu geben.

»Oh.« Er erschauerte. »Danke, Herrin.«

»Du bist sehr gut ausgebildet«, stellte Mrs. Phillips fest. »Ich muss Lady Catherine dafür loben.«

Sie näherte sich erneut seinem Schwanz, nahm ihn dieses Mal tief in den Mund und saugte daran.

»Ah!«, rief Mr. Collins. »Darf ich kommen, Herrin?«

Mrs. Phillips schüttelte den Kopf, während sie gnadenlos weitersaugte und dann schnell ihre Finger unterhalb der Eichel zusammendrückte, bis er wimmerte.

»Noch nicht«, erwiderte sie. »Zuerst muss ich wissen, wie talentiert deine Zunge wirklich ist.« Sie ließ ihn auf den Boden herab, bis er auf seinen zittrigen Knien hockte. Dann öffnete sie ihren Rock, der eine Spezialanfertigung war, mit drei schnellen Bewegungen. Darunter war sie nackt. Sie ging auf Mr. Collins zu, legte ihm ein Bein über die Schulter und presste ihm ihren Schritt ins Gesicht.

Mr. Collins leckte sie begierig.

»Schneller«, befahl sie und schwang die Peitsche, sodass sie seinen Rücken und sein Gesäß traf.

Er stöhnte und drückte sich an sie, um sie mit dem Mund zu liebkosen. Als er ihre geschwollene Klitoris leckte, stieß Mrs. Phillips ein kehliges Geräusch aus und schlug ihm in dem Rhythmus, den seine Zunge vorgab. Er atmete schwer, und sein Rücken und sein Hintern waren feuerrot von ihren Schlägen.

Mrs. Phillips rieb sich an seinem Gesicht und drückte ihn nach hinten, bis seine gefesselten Hände auf dem Boden lagen. Mr. Collins schenkte ihr Lust, bis sie über ihm keuchte. In dem Moment, in dem sie zum Höhepunkt kam, rutschte sie nach unten und setzte sich auf seinen Schaft.

»Danke, Herrin. Ihr schmeckt wie Honig und Sonnenschein.«

Mrs. Phillips benutzte seinen harten, jungen Körper, um sich zu einem weiteren schnellen Orgasmus zu bringen.

»Jetzt darfst du kommen, Sklave«, sagte sie und ließ zu, dass er sich unter ihr aufbäumte.

Sie legte ihm ihre behandschuhte Hand an die Kehle und drückte zu. »Du bist wertlos. Ich könnte das Leben aus dir herauspressen.«

»Ja, Herrin. Ich lebe allein, um Euch Freude zu bereiten.«

Mrs. Phillips spürte, wie sich der nächste Höhepunkt in ihr aufbaute, und sie ritt Mr. Collins weiter. Als sie fester zudrückte, bäumte er sich so heftig unter ihr auf, dass sie seinen Hals schließlich mit beiden Händen umklammerte. Er rang nach Atem, während er seinen Samen in sie hineinpumpte. Sie keuchte und ließ die Hände sinken, damit er nicht bewusstlos wurde. Dann bewegte sie sich auf ihm hin und her, bis sie ein weiteres Mal kam.

»Mr. Collins, Sie sind ein Wunder.« Sie zeigte ihm ihre Freude, indem sie ihn innig küsste.

Den Mädchen, die inzwischen nicht derart abgelenkt waren und nichts zu tun hatten, außer die mittelmäßigen Porzellanimitationen auf dem Kaminsims zu bewundern, kam die Wartezeit ausgesprochen lang vor. Aber irgendwann war sie endlich vorbei.

Die Herren betraten das Zimmer, und als Mr. Wickham hereinkam, versuchte Elizabeth, so zu tun, als hätte sie ihn weder jemals gesehen noch mit gewisser Bewunderung an ihn gedacht. Die Offiziere waren alle sehr angesehene Gentlemen, und die besten von ihnen waren an diesem Tag anwesend. Doch Mr. Wickham übertraf sie alle in Aussehen, Haltung und Auftreten, wie die anderen ihrerseits dem breitgesichtigen, schwerfälligen Mr. Phillips überlegen waren, der ihnen nach Portwein riechend folgte.

Mr. Wickham war der Glückliche, den so gut wie jede Frau augenblicklich anstarrte, und Elizabeth konnte sich glücklich schätzen, dass er sich schließlich neben sie setzte. Die liebenswürdige Art, mit der er ein Gespräch über das regnerische Wetter begann, gab ihr das Gefühl, dass selbst das alltäglichste und langweiligste Thema aus dem Mund des richtigen Sprechers interessant sein konnte.

Elizabeth wurde bewusst, wie sehr er sich von Mr. Darcy unterschied. Er war angenehm, brütete nicht vor sich hin und hatte eine lockere Art, die sie zum Flirten verleitete. Sie verspürte nicht dieses dunkle Verlangen, sich vor ihm auf die Knie zu werfen, und weigerte sich zuzugeben, dass sie darüber auch ein klein wenig enttäuscht war.

Bei derart vielen Rivalen um die Gunst der Damen, wie Mr. Wickham und die Offiziere sie darstellten, ging Mr. Collins beinahe unter, als er leicht humpelnd zurückkehrte. Die jungen Damen ignorierten ihn, nur Mrs. Phillips lauschte ihm hin und wieder aufmerksam und versorgte ihn mit Kaffee und Törtchen. Und wenn niemand hinsah, tätschelte sie ihn wie einen geliebten Hund. Als die Kartentische aufgestellt wurden, setzten sich die Gäste, um Whist zu spielen.

Mr. Wickham spielte nicht und wurde dafür am anderen Tisch von Elizabeth und Lydia freudig begrüßt. Zuerst sah es so aus, als würde Lydia ihn ganz in Anspruch nehmen, da sie das Gespräch entschlossen an sich riss, aber da sie ebenso interessiert an der Lotterie war, interessierte sie sich bald ebenso sehr für das Spiel und war zu begierig, zu setzen und Gewinne einzustreichen, als auf irgendjemand im Besonderen zu achten.

So stand es Mr. Wickham frei, sich mit Elizabeth zu unterhalten, die ihm nur zu gern zuhörte, auch wenn sie sich wünschte, er würde ihr erzählen, was er ihr gewiss nicht anvertrauen würde: Woher er Mr. Darcy kannte. Dennoch hoffte sie darauf, den Namen des Mannes zu hören, den sie nicht mehr aus dem Kopf bekam. Und schließlich wurde ihre Neugier doch noch gestillt, als Mr. Wickham von selbst auf dieses Thema kam. Er fragte sie, wie weit Netherfield von Meryton entfernt wäre, und nachdem sie ihm geantwortet hatte, wollte er wissen, wie lange Mr. Darcy dort zu bleiben gedachte.

»Etwa einen Monat«, erklärte Elizabeth, und da sie das Thema noch nicht fallen lassen wollte, fügte sie hinzu: »Er besitzt ein großes Anwesen in Derbyshire, habe ich gehört.« Und auch einige andere große Dinge, fügte sie in Gedanken hinzu.

»Ja«, erwiderte Mr. Wickham. »Sein Einkommen ist beachtlich. Glatte zehntausend Pfund im Jahr. Sie hätten keinen besseren Menschen als mich finden können, der Ihnen Auskunft über ihn geben kann, da ich seit meiner Kindheit auf besondere Weise mit seiner Familie verbunden bin.«

Elizabeth starrte ihn überrascht an. »Sind Sie sehr gut mit ihm bekannt?«, wagte sie zu fragen.

»Ihr Erstaunen ist nicht verwunderlich, Miss Bennet, nachdem Sie seine kühle Begrüßung gestern vermutlich gesehen haben. Sind Sie denn gut mit Mr. Darcy bekannt?«

»Gut genug, um es dabei bewenden zu lassen«, antwortete Elizabeth. »Ich habe vier Tage mit ihm im gleichen Haus verbracht und fand ihn äußerst unangenehm.« *Und begehrenswert und viel zu gefährlich für meine Tugend.*

»Ich habe nicht das Recht, ihn für unangenehm zu halten. Das steht mir nicht zu«, fuhr Wickham fort. »Ich kenne ihn einfach schon viel zu lange und viel zu gut, um auch wirklich beurteilen zu können, ob er das ist oder nicht. Es würde mir schwerfallen, unparteiisch zu sein. Aber ich denke, dass Sie meine Meinung über ihn verwunderlich finden würden – und Sie selbst würden sich vermutlich auch nicht so deutlich ausdrücken, wenn Sie nicht hier im sicheren Kreis Ihrer Familie wären.«

»Auf mein Wort, ich sage hier nicht mehr, als ich in jedem anderen Haus in der Nachbarschaft, mit Ausnahme von Netherfield, sagen würde. Mr. Darcy ist hier in Hertfordshire nicht gerade beliebt. Man ist empört über seinen Stolz, und Sie werden kaum jemanden finden, der ein freundliches Wort über ihn zu verlieren hat.« Darcy wurde gefürchtet und bewundert, aber nicht gemocht. Elizabeth verspürte bei dem Gedanken daran beinahe Mitgefühl. Doch schließlich hatte er sich seinen Hochmut selbst zuzuschreiben.

»Die Welt wird von seinem Vermögen und seiner Stellung geblendet oder von seiner hochmütigen, herablassenden Art abgeschreckt«, sagte Wickham, nachdem sie kurz unterbrochen worden waren. »Deshalb sehen ihn die Menschen wohl vor allem so, wie er gesehen werden will.«

Elizabeth nickte mitfühlend. »Selbst nach derart kurzer Bekanntschaft halte ich ihn für einen übellaunigen Menschen, der daran gewöhnt ist, immer seinen Willen zu bekommen und stets recht zu haben.«

Wickham schüttelte nur den Kopf. »Ich frage mich, ob er noch lange Zeit in dieser Gegend bleiben wird.«

»Das weiß ich nicht, aber als ich auf Netherfield war, habe ich nicht gehört, dass er bald abzureisen gedenkt. Ich hoffe aber doch, Ihre eigenen Pläne werden nicht dadurch beeinflusst, dass er sich hier aufhält.«

»Oh nein, es ist nicht so, als würde mich Mr. Darcy vertreiben. Wenn er mich nicht sehen will, dann muss er schon selbst verschwinden. Wir stehen nicht auf freundschaftlichem Fuß, und es schmerzt mich jedes Mal, ihn zu sehen. Doch ich habe keinen Grund, ihm aus dem Weg zu gehen, außer dem einen, den ich aller Welt kundtun kann: dass er mir übel mitgespielt hat und ich fast schmerzlich bedauere, wie er ist.«

Elizabeth atmete tief aus. »Was bedauern Sie genau?« Sie sah sich um, aber niemand schien ihrer Unterhaltung zu lauschen.

»Sein Vater, Miss Bennet, der verblichene Mr. Darcy, war einer der besten Menschen, die je gelebt haben, und der treueste Freund, den ich hatte. Ich kann dem jungen Mr. Darcy bis heute nicht begegnen, ohne dass mich eintausend schmerzliche Erinnerungen einholen. Sein Verhalten mir gegenüber war skandalös, aber das ist nebensächlich. Ich könnte ihm alles vergeben, nur nicht, dass er die Hoffnungen seines Vaters enttäuscht und sein Andenken entehrt hat.«

Elizabeths Interesse an dieser Unterhaltung wurde immer

größer, und sie lauschte angespannt. Doch die Angelegenheit war derart heikel, dass sie es nicht wagte, genauer nachzufragen.

Mr. Wickham wandte sich nun allgemeineren Themen zu: Meryton, der Gegend, der Gesellschaft und dem Umstand, dass er sehr angetan war von allem, was er bisher gesehen hatte. Dabei sprach er von allem galant und voller Sanftmut.

»Es war die Aussicht auf eine gewachsene und gute Gesellschaft«, fügte er hinzu, »die mich hauptsächlich bewogen hat hierherzukommen. Ich wusste, dass mich ein angesehenes und angenehmes Regiment erwartet, und mein Freund Denny hat mich noch mehr gelockt, als er mir das Quartier und die Aufmerksamkeit, die ihm hier zuteilwurde, sowie die Bekanntschaften, die er in Meryton gemacht hat, beschrieb. Der gesellschaftliche Umgang ist mir sehr wichtig. Ich habe Enttäuschungen erlebt, und doch ertrage ich die Einsamkeit nicht. Ein Leben beim Militär war eigentlich nicht mein Ziel, aber die Umstände haben dazu geführt, dass ich es dennoch gewählt habe. Die Kirche hätte eigentlich meine Berufung sein sollen .... Ich wurde für die Kirche erzogen und hätte jetzt im Besitz beachtlicher Pfründe sein sollen, wenn es dem Herrn, von dem wir eben sprachen, nicht anders gefallen hätte.«

»Was Sie nicht sagen!«, meinte Elizabeth. Hatte Mr. Darcy einen Mann der Kirche verführt? Bei dieser Vorstellung wurde ihr ganz schwindlig. Vor ihrem inneren Auge sah sie zwei nackte, vor Öl glänzende Männer vor sich. Mr. Darcy, wie er Mr. Wickham penetrierte.

»Ja. Der verstorbene Mr. Darcy hat mir in seinem Testament die besten Pfründe hinterlassen. Er war mein Pate und mir sehr zugetan. Ich kann seine Güte gar nicht genug loben. Er wollte mich bestens versorgt wissen und glaubte, das auch erreicht zu haben, aber als die Pfründe schließlich frei wurden, wurden sie anderweitig vergeben.«

»Großer Gott!«, rief Elizabeth, der bewusst wurde, dass sie gar nicht richtig zugehört hatte und jetzt ganz feucht und erregt war. Sie zwang sich, der Unterhaltung zu folgen und Mr. Wickhams Worten zu lauschen. »Aber wie kann das sein? Wie konnte man sich über das Testament hinwegsetzen? Warum haben Sie nicht versucht, rechtlich dagegen vorzugehen?«

»Es gab da eine ungenaue Formulierung in diesem Letzten Willen, die mich davon abhielt, den Rechtsweg einzuschlagen. Ein Mann von Ehre hätte die Absichten des Verblichenen nicht in Zweifel gezogen, aber Mr. Darcy tat es dennoch – oder sah den Wunsch des Verstorbenen vielmehr als bloße Empfehlung an und behauptete, ich hätte jeglichen Anspruch darauf durch meine Extravaganz und meinen Leichtsinn verloren, sodass ich schließlich mit leeren Händen dastand. Tatsache ist, dass die Pfründe vor zwei Jahren frei wurden, genau zu der Zeit, als ich das richtige Alter erreicht hatte, um das entsprechende Amt zu bekleiden, das dann einem anderen Mann zufiel. Ebenso steht fest, dass ich wirklich nichts getan habe, um dieses Schicksal zu verdienen. Ich habe eine warmherzige, offene Art, und möglicherweise habe ich zu offen meine Meinung gesagt oder zu freimütig zu ihm gesprochen. Doch ich kann mich an keinen schlimmen Vorfall erinnern. Aber wir sind nun mal sehr unterschiedliche Menschen, und er hasst mich.«

»Das ist ja schockierend! Er hat es verdient, dafür öffentlich zur Rechenschaft gezogen zu werden.« Hatte er das getan, weil Mr. Wickham seinen Annäherungsversuchen ablehnend gegenübergestanden hatte? Würde er versuchen, sie auf ähnliche Weise zu ruinieren, wenn sie nicht zustimmte, seine Sub zu werden?

»Früher oder später wird das auch geschehen, aber nicht durch mich. Solange die Erinnerung an seinen Vater in mir lebt, werde ich mich dem Sohn weder widersetzen noch ihn bloßstellen.«

Elizabeth fand Mr. Wickhams Einstellung bewundernswert und hielt ihn deshalb für noch anziehender. Für einen kurzen Augenblick sah sie sich in Gedanken zwischen ihm und Mr. Darcy, während die Münder der Männer über ihre nackte Haut glitten.

»Aber welchen Grund kann er dafür gehabt haben?«, fragte sie nach einer kurzen Pause, in der sie schwer schlucken musste. Sie hatte einen ganz trockenen Mund, nachdem sie sich mit diesen leidenschaftlichen Bildern gequält hatte. »Wie konnte er nur so grausam sein?«

»Er verabscheut mich von ganzem Herzen, was ich nur auf ein gewisses Maß an Eifersucht zurückführen kann. Hätte der verstorbene Mr. Darcy mich weniger gemocht, wäre sein Sohn nun vielleicht freundlicher zu mir, aber die ungewöhnliche Zuneigung seines Vaters für mich hat ihn schon sehr früh geärgert, wie ich vermute. Er konnte diese Art der Konkurrenz, die zwischen uns bestand, nicht ertragen, vor allem, da mir häufig der Vorzug gegeben wurde.«

»Ich hätte nicht gedacht, dass Mr. Darcy so ein schlechter Mensch ist. Auch wenn ich ihn nie gemocht habe, hätte ich das nicht für möglich gehalten. Ich dachte, er würde die Menschen im Allgemeinen verachten, aber ich wusste nicht, dass er sich zu einer derart gemeinen Rache, zu einer solchen Ungerechtigkeit herablassen würde.« Elizabeth runzelte die Stirn. Erst vor Kurzem hatte sie darüber nachgedacht, ihre ganze Zukunft von Mr. Darcy bestimmen zu lassen. Doch sie durfte keinesfalls zulassen, dass er ihr noch tiefer unter die Haut ging, wenn er zu einer solchen Niedertracht fähig war.

Nachdem sie einige Minuten darüber nachgedacht hatte, sprach sie weiter. »Ich erinnere mich daran, dass er an einem Tag in Netherfield damit geprahlt hat, dass er unversöhnlich und unerbittlich sei. Er muss einen abscheulichen Charakter haben.« Sie erschauerte, als sie darüber nachdachte, wie es wäre, wenn Mr. Darcy seine Hände anstatt der Peitsche bei ihr einsetzen würde. Unruhig rutschte sie auf ihrem Sitz herum. Wo war Charlotte, wenn sie sie brauchte? Betreten biss sie sich auf die Unterlippe und dachte darüber nach, ob sie sich kurz entschuldigen und selbst um ihre unerfüllte Lust kümmern sollte, die ihr einfach keine Ruhe ließ.

»Ich möchte dazu lieber nichts sagen«, meinte Wickham. »Es würde sich nicht gehören.«

Elizabeth war erneut tief in Gedanken versunken. Nach einiger Zeit sagte sie: »Dass er den Patensohn, den Freund, den Liebling seines Vaters so behandelt!« Fast hätte sie hinzugefügt: »Noch dazu einen jungen Mann wie Sie, dessen Gesicht schon für seine Liebenswürdigkeit bürgt ...« Aber sie begnügte sich mit: »Und noch dazu jemanden, der seit seiner Kindheit sein Gefährte und eng mit ihm verbunden war, wie Sie sagen.«

Ich bin besessen von Mr. Darcy, dachte sie. Ich will immer mehr über ihn in Erfahrung bringen, auch wenn er sich mit jeder neuen Enthüllung als noch unheilvoller und verschlagener entpuppt.

»Wir wurden in derselben Gemeinde geboren und haben den Großteil unserer Jugend zusammen verbracht. Wir wohnten im gleichen Haus, spielten die gleichen Spiele, erhielten dieselbe elterliche Fürsorge. Mein Vater übte anfangs denselben Beruf aus, dem Ihr Onkel, Mr. Phillips, anscheinend mit großem Erfolg nachgeht. Aber dann gab er alles auf, um dem verstorbenen Mr. Darcy dienen zu können, und widmete seine ganze Kraft der Pflege des Pemberley-Anwesens. Der alte Mr. Darcy hat ihn sehr geschätzt, und er war ihm ein enger, treuer Freund. Mr. Darcy hat oft gesagt, dass er meinem Vater vieles zu verdanken habe, und kurz vor dem Tod meines Vaters versprach ihm Mr. Darcy aus freien Stücken, für mich zu sorgen, daher bin ich davon überzeugt, dass er diese Zusage ebenso aus Dankbarkeit ihm gegenüber als auch aus Zuneigung zu mir gegeben hat.«

»Wie seltsam«, murmelte Elizabeth. »Wie abscheulich! Ich frage mich, wieso nicht wenigstens Mr. Darcys Stolz dafür gesorgt hat, dass er Sie gerecht behandelt. Wenn schon aus keinem besseren Motiv, dann hätte er zumindest zu stolz sein müssen, um derart ehrlos zu sein.«

Im Kerker hatte sie geglaubt, das wahre Wesen dieses Mannes erkennen zu können. Aber das war vermutlich nur eine weitere Maske gewesen, die er benutzt hatte, um sie zu verführen.

»Es ist mir selbst unerklärlich«, erwiderte Wickham, »denn so gut wie all seine Taten lassen sich durch seinen Stolz erklären. Und dieser Stolz ist häufig sein bester Freund gewesen. Er hat Darcy der Tugend nähergebracht, als es jedes andere Gefühl vermocht hätte. Aber wir verfangen uns alle hin und wieder in Widersprüchen, und sein Verhalten mir gegenüber beruht offenbar auf einem stärkeren Gefühl als Stolz.«

»Kann ein derartig ausgeprägter Stolz denn je etwas Gutes bewirken?« Sie dachte an den Augenblick, an dem er beinahe in sie eingedrungen war. Während sie die Fingernägel in ihre Handflächen bohrte, fragte sich Elizabeth, warum er sie nicht genommen hatte, obwohl sie Janes Namen ausgesprochen und es ihm somit verboten hatte. Wenn sie wirklich ruiniert und er ein solcher Schuft war, warum hatte er seine Lust dann nicht befriedigt?

»Ja, denn sein Stolz hat häufig dazu geführt, dass er offen und großzügig auftrat, dass er sein Geld freigiebig gab, sich gastfreundlich zeigte, seinen Angestellten half oder die Armen unterstützte. Familienstolz und auch Sohnesstolz, denn er ist sehr stolz auf das, was sein Vater war, haben all das bewirkt. Er will seine Familie nicht entehren, seinen hohen Rang nicht verlieren und auch nicht den Einfluss von Pemberley House, und das ist ein starker Antrieb. Außerdem besitzt er Bruderstolz, was ihn neben seiner brüderlichen Zuneigung zu einem sehr gütigen und liebevollen Beschützer seiner Schwester macht, und man wird von ihm nie anders als von einem höchst aufmerksamen und guten Bruder sprechen.«

»Was für ein Mädchen ist Miss Darcy?« Elizabeth erinnerte sich daran, dass Miss Bingley von ihr gesprochen hatte.

Er schüttelte den Kopf. »Ich würde sie zu gern als liebenswert bezeichnen, und es schmerzt mich, schlecht von einer Darcy zu sprechen. Aber leider ist sie ihrem Bruder viel zu ähnlich und sehr, sehr stolz. Als Kind war sie zuneigungsvoll und angenehm und mir sehr zugetan. Ich habe ihr Stunde um Stunde gewidmet. Aber so ist sie jetzt nicht mehr. Sie ist ein hübsches Mädchen von fünfzehn oder sechzehn Jahren und, soweit ich gehört habe, sehr gebildet. Seit dem Tod ihres Vaters lebt sie in London bei einer Dame, die für ihre Erziehung verantwortlich ist.«

Nach einigen Pausen und mehreren Versuchen, über ein anderes Thema zu sprechen, musste Elizabeth doch wieder zu diesem zurückkommen.

»Ich bin erstaunt, dass Mr. Darcy so gut mit Mr. Bingley befreundet ist! Wie kann Mr. Bingley, der stets guter Laune und liebenswert ist, mit einem solchen Mann verkehren? Wie passen die beiden zueinander? Kennen Sie Mr. Bingley?«

Waren die beiden Liebhaber? Spürte Mr. Darcy gerade in diesem Augenblick Mr. Bingleys Mund an seinem wunderbaren Schaft? Elizabeth leckte sich über die Lippen und versuchte, sich darauf zu konzentrieren, ihn zu hassen, weil er das Testament seines Vaters missachtet hatte und dem guten und hinreißenden Mr. Wickham sein Erbe vorenthielt.

»Leider nicht.«

»Er ist ein reizender, freundlicher, charmanter Mann und kann unmöglich wissen, wie Mr. Darcy wirklich ist.«

»Vermutlich nicht, aber Mr. Darcy kann ja auch freundlich sein, wenn ihm danach ist. Er kann ein unterhaltsamer Begleiter sein, wenn er sich die Mühe macht. Unter seinesgleichen gibt er sich ganz anders als bei Menschen, denen er sich überlegen fühlt. Sein Stolz verlässt ihn nie, aber den Wohlhabenden zeigt er sich aufrichtig, vernünftig, ehrenwert und vielleicht sogar freundlich – je nach Vermögen und Stellung seines Gegenübers.«

Elizabeth dachte über das Gesagte nach und hielt es für sehr wahrscheinlich.

Kurz darauf war die Partie Whist beendet, und die Spieler versammelten sich um den anderen Tisch. Mr. Collins nahm zwischen Elizabeth und Jane Platz. Niemandem fiel auf, dass er ein wenig derangiert wirkte oder dass ihre Tante ein sehr zufriedenes Lächeln auf den Lippen hatte. Mr. Collins spielte nicht sehr gut Karten und verlor jedes Spiel, aber als Mrs. Phillips diesbezüglich ihre Sorge kundtat, versicherte er ihr mit ernster Miene, dass ihm das nichts ausmachen würde, da ihm Geld nichts bedeute, und er bat sie, sich deswegen keine Gedanken zu machen.«

»Ich bin mir sehr wohl bewusst, Herr ... Ich meine, Madam«, sagte er, »dass sich Menschen, die sich an einen Kartentisch setzen, ihr Glück versuchen, und zum Glück erlauben es mir meine Umstände, einen Verlust von fünf Schilling zu verkraften. Es gibt zweifellos viele, die so etwas nicht von sich behaupten können, aber dank Lady Catherine de Bourgh brauche ich mich um derartige Kleinigkeiten nicht zu sorgen.«

Mit diesen Worten erregte er Mr. Wickhams Aufmerksamkeit, der Mr. Collins einige Augenblicke lang beobachtete, um Elizabeth dann leise zu fragen, wie die Verbindung mit der Familie de Bourgh zustande gekommen sei.

»Lady Catherine de Bourgh«, erwiderte sie, »hat ihm vor einiger Zeit einige Pfründe verschafft. Mir ist nicht bekannt, wie Mr. Collins ihr vorgestellt wurde, aber er hat sie zuvor gewiss noch nicht lange gekannt. Ihr Ruf eilt ihr allerdings voraus. Es kann gut sein, dass meine Tante sie besser kennt.«

»Sie wissen sicherlich, dass Lady Catherine de Bourgh und Lady Anne Darcy Schwestern waren, womit Lady Catherine die Tante des jetzigen Mr. Darcy ist.«

Elizabeth zuckte zusammen. Mr. Darcy war der Neffe der berüchtigtsten Domina von England? »Nein, das wusste ich nicht. Ich weiß eigentlich gar nichts über Lady Catherines Verwandtschaft. Bis vorgestern hatte ich nicht einmal etwas von ihr gehört.« Aber so langsam ergab alles einen Sinn.

»Ihre Tochter, Miss de Bourgh, wird ein stattliches Vermögen erben, und es heißt, dass sie und ihr Cousin die beiden Besitztümer vereinigen werden.«

Bei dieser Information musste Elizabeth lächeln, da sie an die arme Miss Bingley dachte. Ihre Bemühungen wären somit vergebens. Es sah ganz danach aus, als würden sie ihn beide nicht bekommen.

»Mr. Collins hat von Lady Catherine und ihrer Tochter nur Gutes zu berichten«, fuhr sie fort, »aber in einigen Belangen vermute ich, dass er von seiner Dankbarkeit geleitet wird und dass sie trotz ihrer Großzügigkeit ihm gegenüber eine arrogante, selbstgefällige Frau ist.«

»Ich schätze, dass in gewissem Maße beides zutrifft«, bemerkte Wickham. »Ich habe sie seit vielen Jahren nicht mehr gesehen, aber ich weiß noch genau, dass ich sie nie gemocht habe und dass sie immer sehr herrisch und anmaßend gewesen ist. Sie hat den Ruf, einfühlsam und klug zu sein, aber ich vermute eher, dass sie diese Einschätzung vor allem ihrer Stellung und ihrem Vermögen zu verdanken hat sowie ihrem Neffen, der der Ansicht ist, dass seine Verwandten etwas Besseres sind, und das auch offen kundtut.«

Elizabeth gab zu, dass Mr. Wickham die Sache sehr vernünftig betrachtete, und sie sprachen weiter miteinander, zur Freude des jeweils anderen, bis das Essen aufgetragen und das Kartenspiel somit beendet wurde. Danach widmete Mr. Wickham den anderen Damen seine Aufmerksamkeit. Was immer er sagte, kam wohlfeil aus seinem Mund, und was immer er tat, geschah stilvoll. Er war wie eine frische Brise und doch gleichzeitig ganz Gentleman.

Auf der Heimfahrt musste Elizabeth ständig an ihn denken. Sie hatte nur noch Mr. Wickham im Kopf und das, was er ihr erzählt hatte, aber sie bekam nicht ein einziges Mal die Gelegenheit, seinen Namen zu erwähnen, da weder Lydias noch Mr. Collins' Redefluss versiegten. Lydia sprach ständig von der Lotterie, was sie verloren und was sie gewonnen hatte, und Mr. Collins lobte Mr. Phillips Zuvorkommenheit, beteuerte, dass er seine Verluste nicht im Geringsten bedauerte, zählte die Gerichte auf, die beim Abendessen aufgetragen worden waren, und wiederholte mehrmals seine Befürchtung, er würde seine Cousinen in der engen Kutsche zu sehr bedrängen. Und so verstummte er nicht, bis die Kutsche endlich vor Longbourn House hielt.

Elizabeth rannte schleunigst auf ihr Zimmer, um sich mit flinken Fingern zu befriedigen, bevor ihre Schwestern sie dabei stören konnten. Sie versuchte, sich einzureden, dass sie dabei an den adretten Mr. Wickham dachte, aber es war der Mann mit der schwarzen Maske, der ihre intimsten Stellen berührte, bis sie erschauerte und seinen Namen rief.

»Darcy!«

17

Am nächsten Tag vertraute Elizabeth Jane an, über was sie sich mit Mr. Wickham unterhalten hatte. Jane hörte ihr erstaunt und besorgt zu. Sie fragte sich, wie Mr. Darcy Mr. Bingleys Freundschaft würdig sein konnte, dennoch war es nicht ihre Art, die Entscheidungen eines derart einnehmenden jungen Mannes wie Wickham infrage zu stellen.

Elizabeth erzählte ihrer Schwester alles, was während ihrer Anwesenheit auf Netherfield vorgefallen war, und anstatt schockiert zu sein, lächelte Jane nur vielsagend.

»Du hast großes Glück«, sagte sie. »Ich wünschte, ich wäre gesund gewesen und hätte aktiv an allem teilnehmen können. Aber die Bingleys wollten nicht, dass ich mich überanstrenge.«

»Was ist zwischen euch dreien vorgefallen?«, wollte Elizabeth wissen.

»Wir haben uns separat miteinander amüsiert. Ich bedauere Mrs. Hurst, die gute Louisa, deren Mann nahezu nutzlos ist, es sei denn, man drückt ihm ein Kartenspiel in die Hand. Wir haben uns geküsst und liebkost, und sie ist sehr zärtlich uns sanft.«

»Ganz anders als Miss Bingley«, meinte Elizabeth trocken.

»Sie hat ein sehr feuriges Temperament«, stimmte ihr Jane zu. »Sie ist ein bisschen zu grob und zu wütend, aber wir hatten Freude daran, einander zu kosten. Gleichzeitig.«

Elizabeth zog die Augenbrauen hoch. »Das klingt ja

herrlich. Vielleicht probiere ich das auch mal mit Charlotte aus.«

Jane lächelte sie an. »Aber so angenehm die Frauen auch waren, so hat nur Bingley mein Herz schneller klopfen lassen.«

»Hat er sich dir aufgedrängt?«

»Nein.« Jane schmollte. »Ich habe gebettelt und gefleht, aber er war entschlossen, meine Tugend zu bewahren. Ich fühlte mich von ihm geschätzt und bewundert. Gleichzeitig habe ich mich so sehr nach einem Höhepunkt gesehnt, aber zum Glück waren seine Schwestern unersättlich. Entschuldige, dass ich sie mit Beschlag belegt habe.«

»Ich war voll und ganz mit Mr. Darcy beschäftigt.«

»Er scheint dich ja sehr zu faszinieren«, meinte Jane lächelnd.

»Ich frage mich nur, ob es Wickham und Bingley genauso geht«, sagte Elizabeth. »Diese Frage will mir einfach nicht mehr aus dem Kopf. Dominiert und kontrolliert er sie auf irgendeine Weise durch seine bestimmende Persönlichkeit und Sexualität?«

»Sie wurden beide auf die eine oder andere Weise hintergangen«, erwiderte Jane, »auch wenn ich nicht weiß, was sich genau zugetragen hat. Möglicherweise haben sie das Interesse des jeweils anderen falsch eingeschätzt. Wir werden die genauen Ursachen und Umstände jedenfalls nicht ergründen können, die dazu geführt haben, dass sie sich derart entfremdet haben. Deshalb können wir auch weder dem einen noch dem anderen die Schuld dafür anhängen.«

»Da hast du allerdings recht. Und nun, liebste Jane, würde ich gern wissen, was du zu den anderen Personen zu sagen hast, die vermutlich in diese Sache verwickelt sind. Möchtest du sie ebenfalls reinwaschen, oder sollen wir schlecht von einem der Beteiligten denken?«

»Du kannst lachen, soviel du willst, aber dadurch wirst du mich nicht von meiner Meinung abbringen. Liebste Lizzy, denk doch nur einmal daran, in welch beschämendem Licht Mr. Darcy nun dasteht, weil er den Liebling seines Vaters auf diese Weise behandelt und den väterlichen Wunsch, Mr. Wickham versorgt zu wissen, einfach ignoriert hat. Das ist unmöglich. Kein Mensch mit normalen menschlichen Empfindungen und einer Spur von Charakter könnte zu so etwas in der Lage sein. Können sich seine engsten Freunde denn derart in ihm täuschen? Oh nein.«

»Er begehrt mich. Ich gebe zu, dass ich ihn als Ablenkung gewollt habe. Aber er wird mich nicht heiraten. Zumal er mir versichert hat, dass ich durch meine Liebesspiele mit Charlotte bereits meine Jungfräulichkeit verloren habe.«

»Du bist anscheinend lüsterner als ich. Hat es geschmerzt, als er seine Finger in dich hineingeschoben hat?«

»Ein wenig, aber es war eher ein Gefühl, als würde ich ganz ausgefüllt. Und es war sehr schnell vorüber.«

»Liebste Lizzy, du suchst doch nur nach einer Ausrede, um ihn zu hassen«, stellte Jane fest.

»Wenn Mr. Wickham die Wahrheit gesagt hat, dann ist Mr. Darcy ein verabscheuungswürdiger Mensch. Du hast ihn doch selbst gesehen. Er ist so stolz und überheblich. Wie kann ich ihm oder meinen Gefühlen in seiner Gegenwart trauen? Ich habe so viele Fragen! Bist du nicht neugierig, was ihn und Mr. Bingley betrifft?«

»Ich würde mich nicht verrückt machen, indem ich mir die beiden zusammen vorstelle. Es fällt mir leichter, mir auszumalen, dass Mr. Bingley bedrängt wird, als dass Mr. Wickham eine derartige Geschichte erfindet, wie er sie mir gestern Abend erzählt hat. Wenn dem nicht so ist, soll Mr. Darcy es bestreiten. Außerdem sah Mr. Wickham aus, als würde er die Wahrheit sagen.«

»Die ganze Sache ist in der Tat recht verstörend. Man weiß wirklich nicht, was man denken soll.«

»Da muss ich dir widersprechen, denn ich weiß genau, was ich denken soll.«

Jane war sich in einem Punkt sicher: Wenn man Mr. Bingley tatsächlich bedrängt hatte, dann würde er noch viel mehr zu leiden haben, sobald die Angelegenheit allseits bekannt wurde.

Die beiden jungen Damen wurden aus dem Garten hineingerufen, da genau die Personen, über die sie gerade gesprochen hatten, eingetroffen waren. Mr. Bingley und seine Schwestern waren zu Besuch gekommen, um zu dem lange erwarteten Ball auf Netherfield einzuladen, der am kommenden Dienstag stattfinden sollte.

Erfreut begrüßten die Bingley-Schwestern ihre liebe Freundin und sagten, es wäre eine Ewigkeit her, dass sie sich zuletzt gesehen hätten. Sie fragten wieder und wieder, wie es Jane seit ihrer Trennung ergangen wäre. Dem Rest der Familie schenkten sie nur wenig Beachtung. Sie vermieden Mrs. Bennet, soweit es möglich war, sagten nur das Notwendigste zu Elizabeth und überhaupt nichts zu den anderen.

Jane küsste die beiden auf die Wange und hielt sich damit länger als nötig auf. Elizabeth wandte den Blick ab, als die Frauen einander flüchtig über die Brüste streichelten.

Kurz darauf waren sie auch schon wieder fort. Sie erhoben sich derart abrupt, dass es ihren Bruder überraschte, und brachen schnell auf, um Mrs. Bennets Höflichkeitsfloskeln zu entgehen.

Die weiblichen Mitglieder der Familie Bennet sahen dem Ball in Netherfield erfreut entgegen. Mrs. Bennet betrachtete es als Kompliment für ihre älteste Tochter und war besonders geschmeichelt, da Mr. Bingley sie persönlich eingeladen hatte, anstatt nur eine förmliche Karte zu schicken.

Jane malte sich einen amüsanten Abend in Gesellschaft ihrer beiden Freundinnen aus, an dem sie die Aufmerksamkeiten von Mr. Bingley genießen würde. Nach ihrer Genesung war sie entschlossen, ebenso wie ihre Schwester zuvor, die Kerker und Spielzimmer zu erkunden.

Elizabeth freute sich vor allem darauf, mit Mr. Wickham zu tanzen und all das, was er gesagt hatte, in Mr. Darcys Blick und Verhalten bestätigt zu sehen. Sie würde ihre Tugend nicht aufgeben, um Darcys Sub zu werden, aber das bedeutete noch lange nicht, dass sie auf alle Vergnügungen verzichten musste.

Das von Catherine und Lydia erträumte Glück bezog sich weniger auf das Fest oder auf eine bestimmte Person. Doch ebenso wie Elizabeth hatten die beiden vor, den halben Abend mit Mr. Wickham zu tanzen, er jedoch bei Weitem nicht der einzige Partner war, der sie zufriedenstellen konnte, denn ein Ball war nun mal ein Ball. Selbst Mary konnte ihrer Familie versichern, dass sie sich darauf freute.

»Wenn ich die Vormittage für mich haben kann, so reicht mir das aus«, sagte sie. »Ich halte es für kein allzu großes Opfer, hin und wieder an Abendunterhaltungen teilzunehmen. Die Gesellschaft stellt Ansprüche an uns alle, und ich gehöre zu den Menschen, die Intervalle der Entspannung und Erheiterung als wünschenswert betrachten.«

Elizabeth war derart guter Laune, da sie beschlossen hatte, sich dem Vergnügen hinzugeben und dabei gleichzeitig den Schein der Tugend zu wahren, dass sie gar nicht anders konnte, als Mr. Collins zu fragen, ob er auch Mr. Bingleys Einladung anzunehmen gedachte. Und falls er es tat, würde er es dann für schicklich halten, sich dem abendlichen Vergnügen anzuschließen? Sie war recht überrascht, dass er keine diesbezüglichen Skrupel zu haben schien und weit davon entfernt war, einen Tadel vom Erzbischof oder Lady Catherine de Bourgh zu fürchten, nur weil er es wagte zu tanzen.

»Ich bin ganz gewiss nicht der Meinung, dass ein Ball dieser Art, der von einem jungen Mann mit Charakter für angesehene Persönlichkeiten gegeben wird, etwas Böses in sich birgt, das kann ich Ihnen versichern«, sagte er. »Und ich habe auch nicht die geringste Absicht, mich vom Tanz fernzuhalten. Daher hoffe ich sehr, dass ich die Ehre haben werde, mich im Laufe des Abends mit all meinen schönen Cousinen auf dem Parkett zu drehen, und ich werde diese Gelegenheit nutzen, um Sie, Miss Elizabeth, um die ersten beiden Tänze zu bitten, wobei ich hoffe, dass meine Cousine Jane mir diesen Vorzug verzeiht und sich versichern lässt, dass dies nicht aus Respektlosigkeit ihr gegenüber geschieht.«

Er wäre beinahe vor ihr auf die Knie gegangen, besann sich jedoch im letzten Augenblick anders.

Elizabeth hatte das Gefühl, dass ihr die Freude völlig vergällt worden war. Sie hatte vorgehabt, genau diese Tänze mit Mr. Wickham zu tanzen, und nun musste sie das stattdessen mit Mr. Collins tun! Ihre Freundlichkeit ihm gegenüber hätte zu keiner anderen Zeit zu einem schlechteren Ergebnis führen können. Doch daran ließ sich jetzt nichts mehr ändern. Mr. Wickhams Glück und ihr eigenes mussten wohl noch etwas länger warten, und so nahm sie Mr. Collins' Aufforderung mit so viel Anstand an, wie sie nur aufbringen konnte.

»Vielen Dank, Mr. ... lieber Cousin.«

Seine Galanterie erfreute sie umso weniger, als ihr aufging, dass noch etwas anderes dahinterstecken konnte. Erst jetzt kam ihr der Gedanke, dass sie unter den Schwestern auserkoren sein sollte, die Herrin des Pfarrhauses von Hunsford zu werden und den Quadrille-Tisch auf Rosings zu vervollständigen, falls keine passenderen Personen verfügbar waren.

Diese Idee wurde kurz darauf zur Gewissheit, als sie Mr. Collins zunehmende Liebenswürdigkeit ihr gegenüber nicht leugnen konnte, ebenso wie seine ständigen Versuche, ihren Verstand sowie ihre Lebhaftigkeit zu loben. Sie selbst schien diese Folge ihres Charmes eher zu erstaunen als zu freuen. Es dauerte auch nicht lange, bis ihr ihre Mutter zu verstehen gab, dass ihr die Aussicht auf eine solche Heirat sehr zusagte. Zwar war Elizabeth gewillt, die Freuden der Sinneslust erneut zu erleben, aber sie konnte sich Mr. Collins in ihren Fantasien dabei einfach nicht vorstellen. Er war zu unterwürfig und genau so, wie sie insgeheim befürchtete, selbst zu werden, wenn Mr. Darcy erst einmal mit ihrer Ausbildung begann. Elizabeth zweifelte nicht daran, dass Mr. Collins jede ihrer Aufforderungen befolgen würde, ohne Fragen zu stellen oder Gefühle zu zeigen, selbst wenn sie ihn bat, ihre Brüste zu berühren und daran zu saugen. Vermutlich würde er nur »Ja, Herrin«, sagen.

Elizabeth beschloss deshalb, nicht auf die Andeutungen bezüglich einer Heirat einzugehen, da ihr bewusst war, dass jede Antwort nur einen ernsthaften Streit nach sich ziehen würde. Mr. Collins machte ihr möglicherweise nie einen Antrag, und deshalb war es unnütz, sich deswegen zu streiten.

Wenn es keinen Ball in Netherfield gegeben hätte, auf den sie sich vorbereiten und über den sie reden mussten, dann wären die jüngeren Miss Bennets während dieser Zeit zu bedauern gewesen, da es seit dem Tag der Einladung bis zu dem Tag, an dem der Ball stattfand, unablässig regnete, sodass sie nicht einmal nach Meryton spazieren konnten. Keine Tante, keine Offiziere und auch keine Neuigkeiten, die es herauszufinden galt. Selbst die Schuhrosen für den Ball musste man bringen lassen. Elizabeths Geduld wurde durch dieses Wetter auf eine harte Probe gestellt. Sie verbrachte sehr viel Zeit mit den Fingern zwischen ihren Liebeslippen und brachte sich zur Ekstase, während sie versuchte, nicht an die Verlockungen in den Kerkern von Netherfield zu denken. Sie würde auf den Ball gehen. Doch sie würde nicht zusammen mit den anderen nach unten schleichen. Stattdessen würde sie mit Mr. Wickham tanzen und fröhlich sein und den dunklen, unheilvollen Mr. Darcy vergessen.

18

Bis Elizabeth den Salon in Netherfield betrat und vergeblich unter den roten Röcken nach Mr. Wickham Ausschau hielt, hatte sie nicht im Geringsten daran gezweifelt, dass er anwesend sein würde. Es war unvorstellbar für sie, dass das Objekt ihrer lebhaften Fantasie sich dazu entschieden haben könnte, an diesem wichtigen Abend nicht zu erscheinen. Die Gewissheit, ihn zu sehen, war durch keinen noch so kleinen Hinweis infrage gestellt worden, der sie hätte vorwarnen können. Sie hatte sich mit größerer Sorgfalt als sonst gekleidet und sich bestens gelaunt auf die Eroberung dessen eingerichtet, was in seinem Herzen noch ungezähmt war. Wobei sie darauf vertraut hatte, dass es nicht mehr wäre, als sich im Laufe eines Abends gewinnen ließe.

Aber dann kam ihr plötzlich der schreckliche Verdacht, dass er absichtlich und Mr. Darcy zuliebe in Bingleys Einladung an die Offiziere ausgelassen worden war. Und auch wenn dies nicht ganz den Tatsachen entsprach, so verkündete sein Freund Denny, mit dem sich Lydia begeistert unterhielt, dass Wickham tatsächlich gezwungen gewesen war, am Tag zuvor in die Stadt zu fahren, und noch nicht zurückgekehrt war. Mit einem vielsagenden Lächeln fügte er hinzu: »Ich kann mir nicht vorstellen, dass ihn seine Pflichten ausgerechnet jetzt so sehr fordern würden, wäre da nicht auch das Bestreben, einem gewissen Gentleman aus dem Weg zu gehen.«

Elizabeth konnte das nachvollziehen, da sie sich alle Mühe gab, den finsteren Blicken von Mr. Darcy auszuweichen.

Lydia hörte nicht, was Denny sagte, im Gegensatz zu Elizabeth, und diese war davon überzeugt, dass Darcy nicht weniger für Wickhams Abwesenheit verantwortlich war, als wenn sich ihr erster Verdacht bestätigt hätte. Ihr Unmut Darcy gegenüber wurde noch verstärkt durch ihre Enttäuschung, sodass sie auf die höflichen Fragen, die er kurz darauf an sie richtete, nur mit dem nötigsten Anstand antwortete.

Elizabeth sah zahlreiche Paare über die Treppe aus dem Ballsaal nach unten entschwinden. Sie versuchte, nicht an das zu denken, was sie selbst dort erlebt hatte. Sahen diese Menschen nur zu oder nahmen sie aktiv an dem sinnlichen Treiben teil? Unwillkürlich hielt sie Ausschau nach Mr. Darcy, da sie sich fragte, ob er sich inzwischen auch dort unten aufhielt.

Jede Aufmerksamkeit, Nachsicht oder Geduld, die sie Darcy entgegenbringen würde, wäre eine Beleidigung für Wickham gewesen. Deshalb war sie entschlossen, jegliche Konversation mit Darcy zu unterbinden, und wandte sich schlecht gelaunt ab, wobei sie sich nicht einmal überwinden konnte, sich mit Mr. Bingley zu unterhalten, dessen blindes Vertrauen in Darcy sie nur noch mehr ärgerte.

Doch Elizabeth war von Natur aus nicht dafür gemacht, lange schlechte Laune zu haben, und auch wenn sich ihre Erwartungen in diesen Abend nicht erfüllt hatten, belastete sie das dennoch nicht sehr lange. Und nachdem sie Charlotte Lucas, die sie seit einer Woche nicht gesehen hatte, alles anvertraut hatte, kam sie kurz darauf auf die Eigenarten ihres Cousins zu sprechen und machte ihre Freundin auf ihn aufmerksam. Die ersten beiden Tänze ließen ihren Kummer dann wieder aufleben und waren nahezu demütigend. Mr. Collins war ungelenk und steif, entschuldigte sich ständig, anstatt aufzupassen, und machte Fehler, ohne es zu merken, sodass Elizabeth den ganzen Kummer und das Elend spürte, die einem ein unangenehmer Tanzpartner bescheren konnte. Der Augenblick, in dem sie von ihm erlöst wurde, war eine wahre Freude.

Als sie sah, wie Jane und Mr. Bingley Arm in Arm die geschwungene Treppe hinuntergingen, blickte sie sich um, da sie wissen wollte, ob ihre Eltern oder ihre Schwestern es bemerkt hatten. Mr. und Mrs. Bennet waren nirgendwo zu sehen, und ihre Schwestern hatten genug mit den Soldaten zu tun, um irgendetwas anderes mitzubekommen. Elizabeth wollte den beiden schon folgen, zögerte dann jedoch. Die Luft im Ballsaal schien auf einmal erdrückend zu sein. Bevor sie auch nur ein paar Schritte machen konnte, wurde sie erneut zum Tanz aufgefordert. Über die Schulter des Mannes hinweg sah sie den blonden Schopf ihrer Schwester, die über etwas lachte, was Mr. Bingley gerade gesagt hatte.

Elizabeth tanzte mit einem Offizier und genoss das Vergnügen, über Mr. Wickham sprechen zu können und zu erfahren, dass er bei allen sehr beliebt war. Als der Tanz beendet war, kehrte sie zu Charlotte Lucas zurück und unterhielt sich mit ihr, bis sie unvermittelt von Mr. Darcy angesprochen wurde, der sie derart mit seiner Aufforderung zum Tanz überraschte, dass sie zustimmte, ohne richtig darüber nachzudenken. Danach entfernte sich Mr. Darcy sofort wieder, sodass sie sogleich Gelegenheit hatte, sich über ihre mangelnde Geistesgegenwart zu ärgern. Charlotte versuchte, sie zu besänftigen.

»Ich könnte mir vorstellen, dass du ihn als sehr liebenswürdig erleben wirst.«

»Um Himmels willen! Das wäre ein großes Unglück! Einen Mann als liebenswürdig zu erachten, den man doch eigentlich zu hassen gedenkt! Wünsch mir nicht so etwas Schlimmes! Er wird mich nur wieder überreden wollen, seine Sub zu werden.«

»Und, bist du versucht, es zu tun?« Charlotte sah sie fragend an, als Elizabeth nicht reagierte.

Doch als der Tanz erneut begann und Darcy herüberkam, um ihre Hand zu nehmen, konnte Charlotte nicht anders, als ihr zuzuraunen, sie solle keine Närrin sein und sich nur wegen ihrer Vorliebe für Wickham einem Mann, der zehnmal mehr Bedeutung hatte als dieser, unvorteilhaft präsentieren.

Elizabeth sagte nichts dazu und nahm ihren Platz auf der Tanzfläche ein, wobei sie über die Würde staunte, die sie plötzlich zu besitzen schien, nur weil sie Mr. Darcy gegenüberstand. Und sie erkannte dasselbe Erstaunen auch in den Augen ihrer Nachbarn. Darcy und sie standen einige Zeit da, ohne ein Wort zu sagen. Seine Augen waren auch ohne die Maske unwiderstehlich. Die Form seines Mundes zeugte von Entschlossenheit, und seine Lippen wirkten sinnlich. Sie fragte sich schon, ob ihr Schweigen die beiden Tänze andauern und sie sich nur am anderen sattsehen würden. Zuerst war Elizabeth entschlossen, nicht als Erste das Wort zu ergreifen, bis ihr auf einmal einfiel, dass es eine weitaus größere Bestrafung für ihren Partner wäre, wenn sie ihn zum Reden zwang. Schließlich konnte er ja nicht offen über sein abscheuliches Angebot sprechen. Elizabeth machte einige Bemerkungen über den Tanz, auf die er knapp einging, um dann wieder zu schweigen. Nach einer längeren Pause sprach sie ihn ein weiteres Mal an. »Nun ist es an Ihnen, etwas zu sagen, Mr. Darcy. Ich habe über den Tanz gesprochen, und Sie müssen jetzt eine Bemerkung über die Größe des Raumes oder die Anzahl der Tanzpaare machen.«

Er lächelte und versicherte ihr, dass er sagen würde, was immer sie wünschte.

Elizabeth wären so einige Dinge eingefallen, die sie gern aus seinem Mund gehört hätte. Angefangen damit, dass er sich in Bezug auf ihre Jungfräulichkeit geirrt hatte. Und dass ihm ihr fehlendes Vermögen nichts ausmachte. Dass er sie penetrieren würde, bis sie seinen Namen schrie. »Ähm«, sie räusperte sich und spürte, wie sie errötete. »Sehr schön. Diese Antwort reicht für den Anfang. Möglicherweise werde ich in Bälde bemerken, dass private Bälle weitaus schöner sind als öffentliche.« Sie sah ihn fragend an und wurde mit einem leisen Lächeln belohnt, das seine Lippen umspielte. »Aber nun können wir schweigen.«

»Dann unterhalten Sie sich im Allgemeinen, während Sie … tanzen?« Er betonte das letzte Wort auf eine Art und Weise, dass sie sich unwillkürlich in den Kerker zurückversetzt fühlte, mit gefesselten Armen.

»Hin und wieder. Man muss sich schon ein wenig austauschen. Es würde doch seltsam aussehen, wenn man eine halbe Stunde zusammen verbringt und kein Wort sagt. Aber dennoch sollte die Unterhaltung so angelegt sein, dass man nicht viel sagen muss, wenn einem nicht danach ist.«

»Spielen Sie damit auf Ihre Vorlieben an, oder gehen Sie davon aus, dass Sie mir damit entgegenkommen?«

Ihre Hände hätten sich beinahe berührt, als sie einander umkreisten, und sie spürte die Wärme, die von ihm ausging. Wie unglaublich leicht es wäre, sich ihm zu unterwerfen.

»Beides«, antwortete Elizabeth spitz, »da ich stets der Ansicht war, dass wir in ähnlichen Bahnen denken. Wir neigen beide zu ungeselligem, wortkargem Verhalten und sprechen nicht gern, es sei denn, wir haben etwas zu sagen, das den ganzen Raum in Erstaunen versetzen würde und der Nachwelt in Form eines geflügelten Wortes erhalten bliebe.« Mit ihm zu tanzen und sich auf diese Weise zu unterhalten war noch aufregender, als es Charlottes Küsse waren, die im Vergleich zu den hitzigen Liebkosungen seines Mundes fast schon in Vergessenheit geraten waren. Sie leckte sich die Lippen und konnte ihn fast schon schmecken.

»Dieses Bild entspricht Ihrem Charakter nicht im Geringsten, würde ich behaupten«, meinte er. »Wie nahe es meinem kommt, kann ich nicht beurteilen. Doch Sie halten es zweifellos für wahrheitsgetreu.« Sein Körper streifte den ihren, als sie aneinander vorbeitanzten. Erneut wurde ihr ein wenig schwindelig.

»Sonst hätte ich es nicht gesagt.« Elizabeth kniff sich, damit sie sich wieder konzentrieren konnte. Mr. Darcy musterte die gerötete Stelle.

Sie schwiegen erneut, bis sie die anderen Paare passiert hatten. Dann fragte er sie, ob sie und ihre Schwestern häufig nach Meryton spazierten. Sie gab ihm eine ausweichende Antwort, konnte jedoch der Versuchung nicht widerstehen hinzuzufügen: »Als wir uns neulich begegnet sind, hatten wir gerade eine neue Bekanntschaft gemacht.«

Er nahm die Nachricht nicht unbeteiligt auf. Sein Gesicht wirkte auf einmal noch hochmütiger, aber er sagte kein Wort, und Elizabeth, die sich wegen ihrer Schwäche schalt, konnte nicht weiterreden. Sie unterdrückte ein Zittern und rechnete schon fast damit, dass er eine Reitgerte aus dem Ärmel ziehen und sie bestrafen würde. Da erst wurde ihr bewusst, wie sehr sie sich nach dem stechenden Schmerz der Gerte sehnte.

Endlich sagte Darcy in angespanntem Tonfall: »Mr. Wickham ist mit derart angenehmen Umgangsformen gesegnet, dass er schnell Freundschaften schließt. Allerdings ist es fraglich, ob er auch in der Lage ist, diese zu pflegen.«

»Er hatte das Pech, Ihre Freundschaft zu verlieren«, erwiderte Elizabeth bestimmt, »und das auf eine Art, unter der er den Rest seines Lebens leiden wird.« Sie sah ihn herausfordernd an. Das war seine Gelegenheit, ihr seine Version der Geschichte zu erzählen. Ihre Augen flehten ihn förmlich an, es zu tun.

Aber Darcy entgegnete nichts und schien gewillt, das Thema zu wechseln. In diesem Augenblick näherte sich Sir William Lucas, der durch die Tanzpaare hindurch auf die andere Seite des Raumes gelangen wollte. Doch als er Mr. Darcy erblickte, blieb er stehen, verbeugte sich höflich und machte ihm ein Kompliment zu seinen Tanzkünsten und seiner Tanzpartnerin.

»Ich bin in der Tat hocherfreut, mein werter Herr. Solch überragende Tanzkunst bekommt man nur selten zu Gesicht. Es ist offensichtlich, dass Sie in den besten Kreisen verkehren. Aber erlauben Sie mir zu sagen, dass Ihnen Ihre schöne Partnerin keine Schande macht, und ich hoffe darauf, dass ich dies noch häufiger sagen werde, insbesondere wenn ein bestimmtes wünschenswertes Ereignis eintritt, liebste Eliza.« Er warf einen Blick zu ihrer Schwester und Bingley hinüber, die wieder von unten heraufgekommen waren. »Aber lassen Sie sich von mir nicht stören, Sir. Sie werden es mir wohl kaum danken, wen ich Sie von der bezaubernden Unterhaltung mit dieser jungen Dame abhalte, deren strahlende Augen mich soeben vorwurfsvoll anblicken.«

Mr. Darcy sah mit ernster Miene zu Bingley und Jane hinüber, die jetzt miteinander tanzten. Auf Mr. Bingleys Stirn standen kleine Schweißperlen, und oberhalb von Janes Mieder war eine gerötete Stelle zu erkennen.

Doch Mr. Darcy hatte sich schnell wieder gefangen und wandte sich Elizabeth zu. »Die Unterbrechung durch Sir William hat dazu geführt, dass ich den Faden verloren habe.«

»Ich glaube, wir haben überhaupt nicht richtig miteinander gesprochen, und Sir William kann keine zwei Menschen unterbrechen, die einander nichts zu sagen haben. Wir haben es bereits erfolglos mit einigen Themen versucht, und nun wüsste ich nicht, worüber wir noch reden sollten.«

»Was halten Sie von Büchern?«, schlug er lächelnd vor.

»Bücher! Oh nein. Ich bin mir gewiss, dass wir nicht die gleichen gelesen haben, und falls doch, sind wir ganz bestimmt unterschiedlicher Meinung über sie.«

»Wir könnten über Gefühle reden«, meinte er.

»Haben Sie denn welche?«

»Ich habe sogar sehr tiefe Gefühle.«

»Das bezweifle ich«, erwiderte sie und versuchte, ihre Bitterkeit mit einem fröhlichen Lachen zu überspielen.

»Ich bedauere es zutiefst, dass Sie so über uns denken, aber wenn dem tatsächlich so ist, dann sollte es uns zumindest nie an Gesprächsstoff mangeln. Wir könnten unsere unterschiedlichen Meinungen vergleichen.«

»Nein, ich kann in einem Ballsaal nicht über Bücher reden, da ich hier andere Dinge im Kopf habe.« Sie wandte den Blick von ihm ab und sah zur Treppe hinüber.

»Sie sind bei solchen Ereignissen nie nur halb bei der Sache, nicht wahr?«, meinte er und sah sie herausfordernd an. »Sind Sie sich der Wege, die Sie eingeschlagen haben, derart sicher?«

»Ja, immer«, antwortete sie, ohne darüber nachgedacht zu haben, da ihre Gedanken schon wieder vom Thema abschweiften. Und plötzlich sagte sie: »Ich erinnere mich, dass Sie einmal gesagt haben, Sie würden so gut wie nie verzeihen und dass Ihre Abneigung endgültig wäre, wenn Sie sich ihrer einmal sicher wären, Mr. Darcy. Dann sind Sie vermutlich sehr vorsichtig, ein Urteil zu fällen, damit es gar nicht erst so weit kommt.«

»Das bin ich«, versicherte er ihr mit fester Stimme.

»Und Sie glauben nicht, dass auch Sie einmal von Vorurteilen in die Irre geleitet werden könnten?« Sie flehte ihn förmlich an, das Gespräch auf Mr. Wickham zu bringen.

»Eigentlich nicht. Aber darf ich erfahren, worauf diese Fragen abzielen?«, wollte er wissen und war verärgert, dass sie ihm nicht einfach die Hand reichte, damit er sie nach unten und in ihre neue Zukunft führen konnte. Er würde dafür sorgen, dass sie gut behandelt und nur mit der Hand bestraft wurde. Er würde sie nicht einmal mit anderen teilen. Konnte sie denn nicht erkennen, dass er all seine Regeln brach, nur damit sie mit ihm kam?

»Sie zielen vor allem darauf ab, Ihren Charakter besser kennenzulernen«, erwiderte sie und versuchte, nicht zu ernst zu klingen. »Ich versuche, ihn zu ergründen.«

»Und wie gut gelingt Ihnen das?«

Sie schüttelte den Kopf. »Ich verstehe Sie einfach nicht. Überdies höre ich derart unterschiedliche Geschichten über Sie, dass ich immer ratloser werde.«

»Ich kann mir durchaus vorstellen«, meinte er ernst, »dass sich diese Berichte dadurch unterscheiden, wie groß der Respekt für mich ist, und ich wünschte mir, dass Sie nicht versuchen würden, sich ausgerechnet in diesem Augenblick ein Bild von meinem Charakter zu machen, da es Grund zu der Annahme gibt, dass dies für keinen von uns zu einem vorteilhaften Ergebnis führen würde. Sie müssen mir vertrauen. Denn ohne Vertrauen ist auch keine echte, wahre Intimität möglich.«

»Aber wenn ich es jetzt nicht tue, bekomme ich vielleicht nie wieder die Gelegenheit dazu.«

»Es wird immer eine Gelegenheit dazu geben. Sollen wir einen Spaziergang nach unten machen und einige Dinge erforschen?«

Elizabeth presste die Lippen aufeinander, bevor sie Ja sagen konnte, und die Welt schien auf einmal nur noch aus ihnen beiden zu bestehen. Als sie endlich glaubte, ihre Zunge wieder unter Kontrolle zu haben, sprach sie aus, was ihr durch den Kopf ging. »Ich könnte kein Vergnügen empfinden, ohne daran denken zu müssen, dass Sie Mr. Wickham derart schlecht behandelt haben.«

»Und ich möchte Ihr Vergnügen um keinen Preis trüben«, erwiderte er kalt. »Doch ich erkläre mich nicht.«

Sie sagte nichts mehr, und sie beendeten den Tanz und trennten sich schweigend, wobei beide Seiten unzufrieden waren, jedoch nicht in gleichem Maße. Denn in Darcys Brust gab es ein recht starkes Gefühl für sie, sodass er ihr rasch verzieh und seinen Unmut gegen einen anderen richtete.

Sie hatten sich noch nicht lange getrennt, als Miss Bingley auf Elizabeth zukam und sie mit höflicher Geringschätzung ansprach: »So, Miss Eliza, ich hörte, Sie wären recht angetan von George Wickham!« Miss Bingley warf verächtlich den Kopf in den Nacken. »Ihre Schwester hat mit mir über ihn gesprochen und mir eintausend Fragen gestellt, und ich musste feststellen, dass der junge Mann trotz seiner vielen Worte vergessen hat, Ihnen mitzuteilen, dass er der Sohn des alten Wickham ist, der dem verstorbenen Mr. Darcy als Butler gedient hat. Dennoch möchte ich Ihnen den freundschaftlichen Rat geben, nicht all seinen Behauptungen Glauben zu schenken, da es nicht der Wahrheit entspricht, dass Mr. Darcy ihm übel mitgespielt hat. Vielmehr war das Gegenteil der Fall, und Mr. Darcy war bemerkenswert gütig zu ihm, aber George Wickham hat ihm auf höchst schändliche Weise mitgespielt. Ich kenne keine Einzelheiten, aber ich weiß sehr gut, dass Mr. Darcy nicht die geringste Schuld trifft und dass er es deshalb nicht ertragen kann, wenn George Wickhams Name auch nur erwähnt wird. Ich bedauere Sie, Miss Eliza, dass die Schuld Ihres Favoriten somit aufgedeckt wäre, aber wenn man seine Herkunft bedenkt, hätte man eigentlich mit nichts Besserem rechnen dürfen.«

Elizabeth fand, dass sie an diesem Abend recht grell und nervös wirkte. Jane achtete nicht weiter auf sie, da sie Mr. Bingley anhimmelte, als wäre der Mond in seinen Augen zu finden. Mr. Darcy starrte mit finsterer Miene zu ihnen herüber und schien nicht geneigt, Zeit in Miss Bingleys Nähe zu verbringen.

»Mr. Wickhams Schuld und seine Herkunft scheinen Ihrer Ansicht nach dasselbe zu sein«, erwiderte Elizabeth wütend, »denn ich habe nicht gehört, dass Sie ihn eines Schlimmeren bezichtigt hätten, als der Sohn von Mr. Darcys Butler zu sein, und ich kann Ihnen versichern, dass er mich darüber selbst informiert hat.«

»Ich bitte um Verzeihung«, meinte Miss Bingley spitz und wandte sich schnaubend ab. »Entschuldigen Sie meine Einmischung. Sie war nur gut gemeint.«

Unverschämtes Frauenzimmer!, dachte Elizabeth. Du irrst dich, wenn du glaubst, du könntest mich mit einem derart armseligen Versuch beeinflussen. Ich erkenne darin nichts weiter als deine vorsätzliche Ignoranz und Mr. Darcys Heimtücke. Dann dachte sie an ihre ältere Schwester, die es auf sich genommen hatte, Bingley zu eben jenem Thema zu befragen.

Jane sah mit einem so lieben, zufriedenen Lächeln zu ihr

herüber und wirkte so glücklich, dass sie mit dem Fortgang des Abends nur zufrieden sein konnte. Als Elizabeth dies sah, wurde ihre Sorge um Wickham und ihre Abneigung gegen seine Feinde von der Hoffnung abgelöst, dass Jane auf dem besten Wege war, glücklich zu werden.

»Ich würde gern wissen«, sagte Elizabeth mit einer Miene, die ebenso freundlich war wie die ihrer Schwester, »was du in Bezug auf Mr. Wickham in Erfahrung bringen konntest. Aber möglicherweise warst du ja zu beschäftigt, um an einen Dritten zu denken, und in diesem Fall sei dir meine Vergebung sicher.«

»Nein«, erwiderte Jane, »ich habe ihn nicht vergessen, aber ich kann dir dennoch nichts Befriedigendes mitteilen. Mr. Bingley kennt nicht die ganze Geschichte und ebenso wenig die Umstände, die Mr. Darcy in erster Linie verärgert haben, aber er hat sich für das gute Benehmen, die Rechtschaffenheit und die Ehre seines Freundes ausgesprochen. Er ist überzeugt davon, dass Mr. Wickham weit weniger Aufmerksamkeit von Mr. Darcy verdient hat, als er bekommen hat, und seinen und den Worten seiner Schwester zufolge ist Mr. Wickham keineswegs ein angesehener junger Mann. Ich befürchte, dass er unklug gehandelt und sich somit zu Recht Mr. Darcys Missfallen zugezogen hat.«

»Mr. Bingley kennt Mr. Wickham nicht persönlich?«, bedrängte Elizabeth sie.

»Nein, er hat ihn neulich vormittags in Meryton zum ersten Mal gesehen.«

»Ich bezweifle nicht, dass Mr. Bingley aufrichtig zu dir gewesen ist«, sagte Elizabeth aufgebracht, »aber du musst entschuldigen, dass mich diese Versicherungen allein nicht überzeugen können. Mr. Bingley hat seinen Freund würdig verteidigt, würde ich behaupten, aber da er Teile der Geschichte gar nicht kennt und den Rest von seinem Freund erfahren hat, behalte ich es mir vor, von den beiden Herren dasselbe zu denken wie zuvor.«

»Wie du willst, liebste Lizzy.« Jane sah sie mit gerunzelter Stirn an. »Aber bist du dir wirklich sicher, dass du Mr. Darcy als Schurken darstellen willst, nur weil er dir einige wahre Dinge über dich gesagt hat, die du nicht hören wolltest?«

Als Elizabeth den Kopf senkte und ihre Fingernägel anstarrte, wechselte Jane das Thema und sprach über etwas Erfreulicheres, bei dem sie gleicher Meinung waren. Elizabeth hörte voller Freude von den glücklichen, wenngleich maßvollen Hoffnungen, die Jane in Mr. Bingleys Zuneigung setzte, und versprach, alles in ihrer Macht Stehende zu tun, um ihre Zuversicht zu stärken.

Als Mr. Bingley sich ihnen anschloss, ging Elizabeth zu Miss Lucas hinüber. Als diese sie nach der Liebenswürdigkeit ihres letzten Tanzpartners fragte, antwortete sie nur wortkarg. Dann schloss sich ihnen Mr. Collins an und berichtete ausufernd darüber, dass er gerade eine sehr wichtige Entdeckung gemacht habe.

»Ich habe herausgefunden«, setzte er an, »und zwar durch einen glücklichen Zufall, dass sich hier im Raum ein Verwandter meiner Gönnerin aufhält. Ich hörte zufällig, wie der Gentleman es selbst der jungen Dame gegenüber erwähnte, die diesem Hause vorsteht, dass seine Cousine Miss de Bourgh und ihre Mutter Lady Catherine wären.«

»Sie wollen sich doch nicht etwa selbst bei Mr. Darcy vorstellen?«, rief Elizabeth auf.

»Das habe ich in der Tat vor. Ich werde mich dafür entschuldigen, dass ich es nicht schon viel früher getan habe. Ich vermute, dass es sich bei ihm um Lady Catherines Neffen handelt. So kann ich ihm versichern, dass sich Ihre Ladyschaft gestern noch bester Gesundheit erfreut hat.«

Elizabeth versuchte, ihn von diesem Vorhaben abzubringen, und sie versicherte ihm, dass Mr. Darcy es als impertinente Dreistigkeit ansehen würde, wenn er ihn ansprach, ohne dass sie einander vorher vorgestellt worden wären.

Aber Mr. Collins wollte nichts davon hören, und so verließ er sie nach einer tiefen Verbeugung, um zu Mr. Darcy hinüberzugehen. Gespannt beobachtete Elizabeth, wie Mr. Darcy auf diesen Annäherungsversuch reagierte. Sein Erstaunen darüber war nicht zu übersehen.

Ihr Cousin begann das Gespräch mit einer feierlichen Verbeugung, und obwohl sie kein Wort verstehen konnte, sah sie an der Bewegung seiner Lippen, dass er die Worte »Entschuldigung«, »Hunsford«, »Lady Catherine de Bourgh« und »Meister« aussprach. Es ärgerte sie, dass er sich vor einem solchen Mann derart bloßstellte. Mr. Darcy beäugte ihn mit unverhohlenem Erstaunen, und als Mr. Collins ihn endlich zu Wort kommen ließ, antwortete er mit distanzierter Höflichkeit. Mr. Collins ließ sich jedoch nicht entmutigen und sprach weiter. Mr. Darcys Verachtung schien mit jedem Wort größer zu werden, bis er sich schließlich leicht verbeugte und abwandte.

Elizabeth sah ihm nach, weil sie wissen wollte, ob er nach unten ging, um sich mit Inga oder jemand anderem zu amüsieren. Was würde sie tun, wenn er die Hand nach Miss Bingley ausstreckte und sie zu ihm gelaufen kam?

»Nicht die Fäuste ballen«, flüsterte ihr Charlotte ins Ohr.

»Das tue ich doch gar nicht«, erwiderte sie hitzig, auch wenn sie es sehr wohl getan hatte.

Charlotte fing Mr. Collins bei seiner Rückkehr ab, der über seinen vermeintlichen Sieg strahlte, da er mit dem Neffen seiner Gönnerin gesprochen hatte.

»Sei gesegnet, Charlotte«, raunte ihr Elizabeth zu. Sie hätte die Aufgeblasenheit ihres Cousins keinen Augenblick länger ertragen können.

Da Elizabeth keine eigenen Interessen mehr zu verfolgen hatte, wandte sie ihre Aufmerksamkeit fast vollständig ihrer Schwester und Mr. Bingley zu, und die wundervollen Gedanken, die sie dabei hatte, machten sie fast ebenso glücklich wie Jane. Sie sah die Schwester vor ihrem inneren Auge als Herrin dieses Hauses und so glücklich, wie man es in einer Ehe, die auf wahrer Zuneigung beruhte, nur sein konnte, und sie glaubte, unter diesen Umständen sogar Bingleys Schwestern ertragen zu können.

Kurz darauf wurde sie Zeuge, wie die Gedanken ihrer Mutter offenbar in dieselbe Richtung zu gehen schienen. Mrs. Bennet unterhielt sich mit Lady Lucas frei und offen über nichts anderes als ihre Erwartung, dass Jane Mr. Bingley schon bald heiraten würde.

Elizabeth versuchte, ihrer Mutter Einhalt zu gebieten und zu einem anderen Thema zu wechseln, aber Mrs. Bennet war unermüdlich darin zu versichern, welche Vorteile diese Verbindung hätte. Bingley war ein so charmanter junger Mann, und so reich, und er lebte nur drei Meilen von ihnen entfernt, was die ersten drei Punkte waren, zu denen sie sich selbst gratulierte. Überdies war es ihr ein großer Trost, dass seine Schwestern Jane derart zugetan waren, und sie war sich sicher, dass diese die Verbindung ebenso herbeisehnten wie sie.

Ihre Mutter redete immer weiter und kam nicht umhin zu erwähnen, dass diese Verbindung auch ein großes Glück für ihre jüngeren Töchter wäre, da sie sich anderen reichen Männern empfahlen, indem Jane eine derart gute Partie machte. Elizabeth wäre am liebsten im Boden versunken.

Sie sah zu dem Tisch hinüber, an dem sich Kitty und Lydia so benahmen, als würden sie selbst gern einmal die Freuden des Kerkers kennenlernen. Ihr Vater hätte gewiss etwas deswegen unternommen, aber er war nirgendwo zu sehen.

Endlich schloss Mrs. Bennet mit vielen guten Wünschen, dass Lady Lucas in Bälde ein ähnliches Glück erleben würde, auch wenn man ihrer triumphierenden Miene ansah, dass sie nicht wirklich daran glaubte.

Vergeblich versuchte Elizabeth, den Redefluss ihrer Mutter zu bremsen oder sie wenigstens davon zu überzeugen, ihr Glück weniger lautstark kundzutun.

Aber nichts, was sie sagte, zeigte irgendeine Wirkung. Ihre Mutter sprach über ihre Ansichten weiter in derselben gut verständlichen Tonhöhe. Elizabeth wurde immer wieder rot vor Scham und Ärger und sah zu Mr. Darcy, denn obwohl er ihre Mutter nicht fortwährend ansah, war sie überzeugt davon, dass er Mrs. Bennet seine ganze Aufmerksamkeit widmete.

Sein Gesichtsausdruck wechselte allmählich von offenem Missfallen zu einem ruhigen, gefassten Ernst.

Sie hätte ihm am liebsten erklärt, dass ihre Mutter nun einmal so war und dass sie nichts Böses bezweckte, aber die Worte blieben ihr im Halse stecken.

Irgendwann hatte Mrs. Bennet nichts mehr zu sagen, und Elizabeths Anspannung löste sich ein wenig. Doch die Ruhe hielt nicht lange an, da nach dem Essen vorgeschlagen wurde zu singen. Erschrocken stellte Elizabeth fest, dass Mary sich nicht lange bitten ließ und sich bereit erklärte, die Gesellschaft zu unterhalten.

Mit vielsagenden Blicken und durch schweigendes Flehen versuchte Elizabeth, dies zu verhindern, aber es war vergeblich. Mary wollte sie nicht verstehen, da sie sich über die

Gelegenheit freute, sich zu präsentieren, und so begann sie zu singen. Doch Marys Talent war für einen derartigen Auftritt nicht geeignet, da ihre Stimme schwach war und ihre Haltung affektiert.

Elizabeth litt stumme Schmerzen. Sie warf Jane einen Blick zu, um herauszufinden, wie sie das Schauspiel ertrug, aber Jane unterhielt sich angeregt mit Bingley. Seine beiden Schwestern gaben einander spöttische Zeichen, und Darcy trug weiterhin seine undurchdringlich ernste Miene zur Schau. Dann sah sie zu ihrem Vater hinüber, um ihn anzuflehen, er möge eingreifen und verhindern, dass Mary womöglich noch länger sang. Er verstand den Hinweis, und als Mary das zweite Lied beendet hatte, sagte er laut: »Das genügt vollkommen, Kind. Du hast uns lange genug unterhalten. Gib den anderen jungen Damen nun auch die Gelegenheit, sich zu präsentieren.«

Mary tat so, als hätte sie ihn nicht gehört, auch wenn sie ein wenig konsterniert wirkte, und Elizabeth, die ihre Schwester bedauerte und der die Worte ihres Vaters nun doch leidtaten, befürchtete, dass ihr Einschreiten zu nichts Gutem geführt hatte.

Elizabeth kam es so vor, als hätte ihre Familie beschlossen, sich im Laufe des Abends so gut es ging bloßzustellen, und sie war froh darüber, dass Bingley und Jane einen Teil des Dilemmas nicht mitbekommen hatten und Bingleys Gefühle darüber hinaus stark genug waren, um sich nicht von den Torheiten erschüttern zu lassen, derer er ansichtig geworden war. Es war schon schlimm genug, dass seine Schwestern und Darcy Gelegenheit bekommen hatten, sich über ihre Verwandten lustig zu machen, und sie konnte sich nicht entschließen, ob die schweigende Verachtung des Gentlemans oder das unverschämte Lächeln der Damen schwerer zu ertragen war.

Als sie bereits am Ende ihrer Kräfte war, begriff Elizabeth, dass es nichts gab, was ihre Familie nun noch in einem besseren Licht dastehen lassen könnte. Somit konnte auch sie sich ruhig amüsieren. Sie ging zur Treppe, wich Soldaten aus und nickte anderen Gästen zu. Eine Hand an ihrem Arm hielt sie zurück, als sie gerade den Fuß auf die erste Stufe setzen wollte. Mr. Darcys Finger bohrten sich so fest in ihr Fleisch, dass sie am nächsten Tag blaue Flecke davon zurückbehalten würde.

»Da unten gibt es nichts für Sie.«

»Das sehe ich anders, Sir.«

»Meister«, flüsterte er. »Bedeutet das, dass du mein bist?«

Sie schüttelte den Kopf. »Ich bin über jegliche Demütigung erhaben, und diese Nacht ist die wohl schlimmste meines Lebens. Ich suche Linderung meiner Pein.«

Mr. Darcy sah sie fragend an. »Komm mit mir in die Bibliothek«, sagte er dann.

»Ich sagte doch, dass ich nicht mit Ihnen über Bücher diskutieren möchte.«

»Möglicherweise habe ich mich nicht klar ausgedrückt, als ich sagte, dass kein anderer Mann dich berühren wird.«

Elizabeth stockte der Atem. »Werden Sie mich berühren?«

Er sah sie mit hochgezogener Augenbraue an.

»Meister«, flüsterte sie.

»Geh«, befahl er, und sie schlenderten zusammen zur Bibliothek. Dort schob er sie schon fast in den Raum und verriegelte dann die Tür von innen.

»Ich bin ruiniert, wenn man uns sieht.«

»In Netherfield achtet man nicht auf solche Dinge«, erwiderte er.

»Ich verabscheue Sie«, erklärte sie.

»Gut«, sagte er gleichgültig. »Ich bin versucht, dafür zu sorgen, dass du mich noch viel weniger magst.«

»Ich wüsste nicht, wie das möglich sein sollte … Oh!« Sie schrie leise auf, als er das Zimmer mit der Schnelligkeit eines Panthers durchquerte. Er verdrehte ihr grausam den Arm, schob sie zur Lesecouch hin und legte sie sich dort übers Knie.

»Was tun Sie denn?«, fragte sie, als er ihr die Röcke über den Kopf zog.

»Wie tugendhaft Sie sind«, spottete er, »auf Netherfield Unterkleider zu tragen.« Er riss ihr die Wäsche herunter, wobei diese zerfetzt wurde. »Du wirst ohne wieder nach Hause gehen müssen.«

»Sie sind eine Bestie!«, tobte sie, während ihre Erregung immer größer wurde.

»Wundervoll«, murmelte Mr. Darcy mit belegter Stimme. »Du treibst mich in den Wahnsinn. Immer wenn ich glaube, dass ich deine Familie nicht noch mehr verachten kann, sorgt der Klang deiner Stimme dafür, dass ich alles wieder vergesse.« Er schlug ihr mit seiner großen Hand auf die weißen Pobacken.

»Oh.« Sie hickste in den roten Samt der Couch.

»Das«, er schlug sie wieder, »ist für dein unerträgliches Benehmen während des Tanzes.« Ein weiterer Schlag. »Das ist, weil du den unseligen Wickham erwähnt hast.« Noch ein Schlag.

»Bitte«, schluchzte Elizabeth. Ihr Hintern brannte, und sie wurde immer feuchter.

Noch ein Schlag. »Bitte was?«

»Bitte, Meister, aufhören.«

Wieder ein Schlag. »Du hast hier keine Forderungen zu stellen.«

»Was?«, fragte sie.

Ein weiterer Schlag. »Das ist für deine Mutter.«

»Bitte, Meister, noch einen.«

»Sehr wohl.« Er schlug sie dreimal schnell hintereinander.

»Danke, Meister«, flüsterte sie. Ihr Gesäß fühlte sich heiß und wund an, aber sie spürte auch, wie sich die Scham über das Benehmen ihrer Familie langsam verflüchtigte.

Wieder ein Schlag.

Sie zuckte zusammen.

»Das war für das schreckliche Klavierspiel deiner Schwester.«

Elizabeth unterdrückte ein Kichern, während ihr eine Träne über die Wange lief. »Meister, bitte.« Liebe mich, hätte sie beinahe gesagt, aber sie schluckte die Worte schnell herunter, bevor sie sie aussprechen konnte.

Noch ein Schlag.

»Das war für deinen törichten Cousin, der es gewagt hat, mich auf derart vertrauliche Weise anzusprechen.«

Zwei schnelle Schläge.

»Die waren für deine jüngeren Schwestern, deren Benehmen wahrlich ungehörig ist.«

»Danke, Meister«, sagte sie.

Er rieb mit der Hand über ihre brennende Haut. Sie spürte seine Erektion hart an ihrem Bauch.

Der nächste Schlag war der bislang heftigste, und sie kreischte vor Schmerz auf.

»Der war dafür, dass ich an nichts anderes als an deinen wundervollen Körper mehr denken kann. Wirst du jetzt zulassen, dass ich dich nehme?«

»Nein, Meister«, antwortete sie und wappnete sich für den nächsten Schlag. Aber er rieb ihr nur über den Hintern, um sie ein wenig zu beruhigen.

»Dein Mund sagt Nein«, sagte er und schob sie von sich herunter, sodass sie einfach zu Boden fiel, wo sich ihre Röcke um ihre Taille bauschten. »Aber dein Körper bettelt um mehr.«

Schon lag er zwischen ihren Beinen und presste den Mund auf ihre intimen Lippen, die so empfindsam waren. Elizabeth wand sich und versuchte, an Charlotte oder den verdammungswürdigen Mr. Wickham zu denken oder gar an Miss Bingley, und doch gab es niemanden außer Mr. Darcy für sie. Er leckte sie ausgiebig und widmete auch ihrer geschwollenen, gierigen Klitoris die nötige Aufmerksamkeit, bis ihr Becken zuckte.

»Darcy«, stöhnte sie und glaube schon, in eintausend Stücke zu zerspringen, während er ihr weiter mit den Fingern und der Zunge Lust bereitete. »Warum kann ich Sie bloß nicht hassen?«

»Jeder Tag könnte so sein«, erwiderte er. »Du bist die Einzige, die das verhindert.«

»Ich …«, stammelte sie hilflos.

»Genug der Worte.« Er knöpfte seine Hose auf und führte ihren Kopf in seinen Schritt.

Elizabeth stürzte sich so wild auf ihn, dass sie beide beinahe das Gleichgewicht verloren hätten.

»Ja«, stieß er hervor, als sie heftig an ihm saugte.

Sie wollte ihn aus der Fassung bringen, dafür sorgen, dass er die Kontrolle über sich verlor.

Er schob die Finger in ihr Haar und krallte sich in ihre Locken. Sie schlug die Augen auf und sah zu ihm auf, während er sie fasziniert betrachtete.

»Du bereitest mir große Freude, süße Elizabeth«, sagte er mit leiser, überraschter Stimme.

Elizabeth ließ seinen Schaft immer wieder in ihren Mund gleiten und genoss das Gefühl, ihn tief in sich aufzunehmen, während sie ihn mit der Zunge liebkoste.

»Ich will dich nackt und mit Öl bedeckt sehen.«

Sie bewegte den Kopf schneller und genoss den Klang seines schnellen Atmens.

»Die Hände über deinem Kopf gefesselt.«

Schmatzende Geräusche hallten durch das Zimmer.

»Ich würde so tief in dich eindringen, dass es für dich nichts anderes als meine Berührung mehr gibt«, stieß er hervor. Dann spannte er seinen Körper an, und Elizabeth schlang die Arme um seine Hüften und hielt ihn fest, während er sich in ihren Mund ergoss.

»Oh, süße Elizabeth. Meine. Nur meine«, stöhnte er.

Dann drückte er ihren Kopf nach hinten und küsste sie innig und leidenschaftlich. Sie hatte das Gefühl, als würde sie ertrinken.

»Du musst gehen oder dich mir unterwerfen«, sagte er.

»Das kann ich nicht«, protestierte sie. »Ich bin eine erbärmliche Kreatur, ebenso wie Sie.«

Er half ihr aufzustehen und hielt sie fest, bis sie wieder sicher auf den Füßen stand. Dann glättete er die Röcke über ihrem noch immer schmerzenden Hintern und küsste sie, wobei sie sich auf seinen Lippen schmeckte.

»Denk über mein Angebot nach. Deine Familie macht dir keine Ehre.«

Sie rückte von ihm ab. »Ich liebe meine Familie und bin doch mehr als nur die Summe ihrer Persönlichkeiten.«

Er blickte ihr nachdenklich hinterher, als sie die Bibliothek verließ.

Der Rest des Abends war für Elizabeth wenig erfreulich. Doch wenigstens war sie nicht mehr entrüstet, wenn sie Mr. Darcy erblickte. Er hielt sich ganz bewusst in ihrer Nähe auf und wirkte recht gelöst, aber er sprach sie kein weiteres Mal an.

Die Familie aus Longbourn verließ den Ball zuletzt, und aufgrund einer List von Mrs. Bennet mussten sie noch eine Viertelstunde auf ihre Kutsche warten, nachdem alle anderen Gäste bereits nach Hause gegangen waren. Dabei wurde deutlich, wie sehnlichst einige ihrer Gastgeber ihre Abreise wünschten.

Darcy sagte kein weiteres Wort mehr. Mr. Bennet schwieg ebenfalls und genoss die Situation. Mr. Bingley und Jane standen ein wenig abseits zusammen und hatten nur Augen füreinander.

19

Am folgenden Tag bat Mr. Collins in Longbourn in aller Form um Elizabeths Hand.

»Darf ich darauf hoffen, Madam, dass Sie Ihren Einfluss bei Ihrer schönen Tochter Elizabeth für mich verwenden, wenn ich diese im Laufe dieses Vormittags um ein privates Treffen bitte?«

Bevor Elizabeth überhaupt Zeit hatte, überrascht zu erröten, antwortete Mrs. Bennet auch schon. »Oh ja, natürlich! Ich bin mir sicher, dass Lizzy sich sehr darüber freuen und dass sie keine Einwände haben wird. Komm, Kitty, du wirst oben gebraucht.« Die Herrin des Hauses raffte hastig ihre Handarbeit zusammen und wollte schon davonstürzen, als Elizabeth ausrief: »Geh nicht, Mama, ich flehe dich an. Mr. Collins muss mich entschuldigen. Es gibt nichts, was er mir sagen könnte, das nicht jeder mit anhören kann. Ich werde jetzt selbst gehen.«

Obwohl sie an diesem Vormittag nicht richtig sitzen konnte, ohne schmerzhaft an Mr. Darcy erinnert zu werden, konnte sie den Antrag ihres Cousins einfach nicht annehmen.

»Nein, nein, Unsinn, Lizzy. Ich möchte, dass du bleibst.« Als Elizabeth ihr einen äußerst verärgerten und peinlich berührten Blick zuwarf, fügte sie hinzu: »Lizzy, ich bestehe darauf, dass du hierbleibst und Mr. Collins anhörst.«

Elizabeth konnte sich dieser deutlichen Aufforderung nicht widersetzen, und nachdem sie kurz darüber nachgedacht hatte, kam sie zu dem Schluss, dass es am vernünftigsten wäre, es so schnell und ruhig wie möglich hinter sich zu bringen. Also setzte sie sich wieder hin und zuckte vor Schmerz zusammen, da Mr. Darcy sie erneut zu berühren schien. Sie versuchte, sich ihre Gefühle nicht anmerken zu lassen, die zwischen Qual und Belustigung schwankten. Mrs. Bennet und Kitty verließen den Raum, und sobald sie gegangen waren, hob Mr. Collins zu seiner Rede an.

»Glauben Sie mir, meine liebe Miss Elizabeth, dass Ihre Bescheidenheit Ihnen wahrhaft zur Ehre gereicht und Sie noch tugendhafter macht. Doch ich habe die Erlaubnis Ihrer verehrten Frau Mama für diese Unterredung. Sie werden vermutlich längst ahnen, worauf ich hinauswill, auch wenn Ihnen Ihre angeborene Sittsamkeit womöglich verbietet, es sich anmerken zu lassen, aber meine Aufmerksamkeiten waren einfach zu deutlich, als dass sie von Ihnen missverstanden werden konnten. Schon kurz nachdem ich das Haus betreten hatte, habe ich in Ihnen die Gefährtin für mein weiteres Leben erkannt.«

Elizabeth konnte es kaum glauben. Er wollte ihr tatsächlich die Ehe antragen. Es war die einmalige Gelegenheit, Mr. Darcy zu beweisen, dass sie heiraten konnte, ohne vorher seine Sub zu werden. Sie wusste, dass es Mr. Collins nicht interessieren würde, ob sie noch Jungfrau war, und dass er es vermutlich nicht einmal merken würde. Ihr schossen eine ganze Reihe recht angenehmer Gedanken durch den Kopf, bis sie sich zwang, sich auf das zu konzentrieren, was ihr Cousin ihr zu sagen hatte.

»Aber bevor meine Gefühle mit mir durchgehen, sollte ich Ihnen wohl die Gründe darlegen, aus denen ich zu ehelichen wünsche. Außerdem will ich Ihnen sagen, weshalb ich nach Hertfordshire gekommen bin, um mir eine Gattin zu erwählen, was mir nun auch gelungen scheint.«

Die Vorstellung, dass Mr. Collins seinen Gefühlen freien Lauf lassen würde, wo er doch sonst immer so ernst und gesetzt war, hätte Elizabeth beinahe laut auflachen lassen. Stattdessen nutzte sie die kurze Pause, die seiner Einleitung folgte, und verfiel erneut in Tagträume, die sie auch weiterspann, als er dann mit wohlfeilen Worten von Lady de Bourgh sprach.

Vielleicht soll er mich ja heiraten, dachte Elizabeth mitfühlend. Lady de Bourgh und auch ihre Tochter würden seinen Antrag nie annehmen, ebenso wie Mr. Darcy ihre eigene klägliche Position in der Gesellschaft nicht übersehen konnte.

Wenn sie Mr. Collins heiratete, dann würde sie sich nicht nur ihrem Gatten, sondern auch der Domina unterwerfen. Zwar hätte sie das vor einiger Zeit noch aufregend gefunden, aber nun begehrte Elizabeth nur noch Darcy. Und sie wollte, dass er ihr die Ehe antrug und nicht etwa Mr. Collins. Sie versuchte, ihrem Cousin einen freundlichen Blick zu schenken. Sie gab sich Mühe, über seinen Antrag zumindest nachzudenken. Aber es war einfach zu lächerlich. Er war zu verschroben, und die Tatsache, dass er unterwürfiger war als einige der Sexsklaven auf Netherfield, machte die ganze Angelegenheit nur noch schlimmer. Zwischen ihnen würde nie eine große Leidenschaft erwachsen.

»Tatsache ist«, fuhr Mr. Collins fort und riss Elizabeth aus ihren Gedanken, »dass ich nach dem Tod Ihres verehrten Vaters, der noch viele Jahre leben möge, nun einmal diesen Besitz erben werde. Daher erschien es mir nur vernünftig, mir eine Gattin unter seinen Töchtern zu suchen, damit der Verlust des Familienoberhauptes für Sie alle so gering wie möglich ist, wenn es zu diesem traurigen Ereignis kommt. Das waren meine Gedanken, schöne Cousine, und ich schmeichle mir damit, dass sie mich in Ihrer Wertschätzung nicht herabsetzen werden.«

Nun wurde es dringend erforderlich, ihn zu unterbrechen.

»Sie sind zu voreilig, mein Herr«, protestierte sie. »Sie vergessen, dass ich Ihnen noch keine Antwort gegeben habe. Ich bin Ihnen sehr dankbar für das Kompliment, das Sie mir auf diese Weise machen. Es ist mir durchaus bewusst, dass Ihr Antrag eine Ehre für mich ist, aber dennoch ist es mir unmöglich, etwas anderes zu tun, als ihn abzulehnen.«

»Mir ist durchaus bewusst«, erwiderte Mr. Collins und machte eine förmliche Handbewegung, »dass es bei den jungen Damen üblich ist, das Werben eines Mannes, das sie insgeheim erhoffen, zuerst einmal abzulehnen, und dass sie an dieser Haltung zuweilen sogar beim zweiten oder dritten Antrag festhalten. Aus diesem Grund bin ich durch Ihre Worte keinesfalls entmutigt und hoffe weiterhin, Sie zum Altar führen zu dürfen.«

Elizabeth starrte ihn fassungslos an.

»Auf mein Wort, werter Herr«, sagte sie, »Ihre Hoffnung ist nach meiner Erklärung wahrlich verwunderlich. Ich versichere Ihnen, dass ich keine dieser Damen bin – falls es sie denn tatsächlich geben sollte –, die derart wagemutig sind, ihr Glück aufs Spiel zu setzen in der Hoffnung, ein zweites Mal um ihre Hand gebeten zu werden. Mit meiner Ablehnung ist es mir vollkommen ernst. Sie können mich nicht glücklich machen, und ich bin überzeugt davon, dass ich auch nicht die richtige Frau bin, um Sie glücklich zu machen. Daher ist jede weitere Schmeichelei aus Ihrem Mund unnötig, Mr. Collins. Ich bitte Sie, meinen Worten Glauben zu schenken. Und ich wünsche Ihnen Glück und Wohlstand, und indem ich Ihre Hand zurückweise, tue ich alles in meiner Macht Stehende, damit es Ihnen gelingen möge, beides dauerhaft zu erlangen. Indem Sie mir einen Antrag gemacht haben, sollte Ihrem Ehrgefühl in Hinblick auf meine Familie Genüge getan sein, und Sie können Longbourn eines Tages in Besitz nehmen, ohne sich Vorwürfe machen zu müssen. Daher sollten wir die ganze Angelegenheit hiermit als erledigt betrachten.«

Sie war noch während des Sprechens aufgestanden und wollte gerade den Raum verlassen, als Mr. Collins noch einmal das Wort an sie richtete.

»Wenn ich mir erlaube, Sie das nächste Mal in dieser Angelegenheit anzusprechen, dann hoffe ich auf eine erfreulichere Antwort, als ich sie jetzt bekommen habe.«

»Also wirklich, Mr. Collins, Sie verwirren mich«, erwiderte Elizabeth aufgebracht. »Wenn Sie meine Worte ermutigt haben sollten, mit Ihrem Werben fortzufahren, dann weiß ich nicht, wie ich meine Ablehnung noch in Worte fassen soll, damit Sie mir Glauben schenken.«

»Darf ich Sie bitte daran erinnern, schöne Cousine, dass es trotz Ihrer zahlreichen Vorzüge keinesfalls sicher ist, dass Sie jemals wieder einen Heiratsantrag erhalten werden.«

Elizabeth zuckte zurück, als wäre sie geschlagen worden. Wenn so das Werben eines Bräutigams aussah, dann würde sie nur zu gern als alte Jungfer sterben.

»Ihr Erbteil ist unglücklicherweise so klein, dass dieser Umstand höchstwahrscheinlich mehr Gewicht haben wird als Ihr Liebreiz und andere gewinnende Eigenschaften von Ihnen.«

Seine Worte, die Mr. Darcys auf erschreckende Weise ähnelten, hatten eine Wirkung wie eine rote Flagge auf einen Stier.

»Ich versichere Ihnen, Sir«, erwiderte sie mit zittriger Stimme, da sie ihre Wut kaum noch im Zaum halten konnte, »dass ich keinerlei Ambitionen habe, einen angesehenen Mann zu quälen – es sei denn, mit einer Reitgerte.«

Nun war es an Mr. Collins zusammenzuzucken. Sein lodernder Blick überraschte sie, und sie machte einen Schritt zurück. »Ich bitte Sie freundlich, mir zu glauben. Und ich danke Ihnen noch einmal für die Ehre, die Sie mir mit Ihrem Antrag erwiesen haben, auch wenn es mir völlig unmöglich ist, ihn anzunehmen. Meine Gefühle verbieten es in jeder Hinsicht. Kann ich es noch deutlicher sagen? Sehen Sie in mir bitte keine elegante Dame, die darauf aus ist, Sie zu quälen, sondern einen vernünftigen Menschen, der von ganzem Herzen glaubt, was er sagt.«

»Was gleichermaßen charmant ist!«, erklärte er mit seltsamer Galanterie. »Und doch bin ich überzeugt, dass mein Antrag auf keinen Fall von Ihnen abgelehnt wird, wenn ihn denn Ihre überaus freundlichen Eltern billigen.«

Angesichts dieser Beharrlichkeit fiel Elizabeth keine Erwiderung mehr ein, und so zog sie sich schweigend zurück und war entschlossen, an ihren Vater zu appellieren, falls Mr. Collins darauf beharrte, ihre wiederholte Ablehnung auch zukünftig als kokettes Spiel zu betrachten.

Elizabeth verließ das Zimmer, so schnell es ihr geschundenes Gesäß gestattete. Jedes Mal, wenn der Schmerz aufloderte, hatte sie das Gefühl, als würde Mr. Darcy sie verspotten.

20

Mr. Collins blieb nicht viel Zeit zum Nachdenken. Denn kaum dass Mrs. Bennet, die das Ende der Unterhaltung abgewartet hatte, sah, wie Elizabeth die Tür öffnete und schnellen Schrittes an ihr vorbei zur Treppe eilte, ging sie ins Frühstückszimmer, um sowohl ihm als auch sich selbst mit warmen Worten zu der wundervollen Aussicht zu gratulieren, bald noch näher miteinander verwandt zu sein.

»Ich habe das Gefühl, als hätte ich einen Sohn bekommen«, erklärte sie.

Mr. Collins nahm die Glückwünsche ebenso freudig entgegen und erwiderte sie, um dann genauer auf das stattgefundene Gespräch einzugehen und damit zu schließen, dass er seiner Meinung nach rundum zufrieden sein konnte, da die Ablehnung, die seine Cousine ihm so entschlossen mitgeteilt hatte, sich ganz gewiss mit ihrer schamhaften Sittsamkeit und der wahrhaftigen Zartheit ihres Charakters erklärte.

Auch wenn es im Widerspruch zu diesen Eigenschaften zu stehen schien, war Mr. Collins fasziniert von dem Feuer, das er bei der Erwähnung der Reitgerte in Elizabeths Augen gesehen hatte. Er musste gestehen, dass er nichts mehr liebte, als sich mit dominanten Frauen zu vergnügen, aber sein Leben mit einer solchen zu verbringen, wäre schon sehr anstrengend. Doch bevor auch diese Vorliebe zur Gewohnheit wurde, würde ihn natürlich sehr viel Lustvolles erwarten.

Mrs. Bennet erschreckte sein Bericht jedoch, da sie gern

ebenso hoffnungsvoll wie Mr. Collins gewesen wäre, was eine bevorstehende Vermählung betraf, jedoch ihre Zweifel daran hatte, dass ihre Tochter seinen Antrag nur aus Sittsamkeit abgelehnt hatte. Sie konnte nicht anders, als ihre Vorbehalte auch laut auszusprechen.

»Aber verlassen Sie sich darauf, Mr. Collins, dass Lizzy zur Vernunft kommen wird«, fügte sie hinzu. »Ich werde sofort mit ihr reden. Sie ist ein sehr halsstarriges und törichtes Mädchen und weiß nicht, was gut für sie ist, aber ich werde es ihr schon erklären können.«

»Verzeihen Sie, dass ich Sie unterbreche, Madam«, sagte Mr. Collins. »Aber wenn sie tatsächlich so halsstarrig und töricht ist, dann weiß ich nicht, ob sie für einen Mann in meiner Situation überhaupt eine sehr begehrenswerte Gattin abgeben würde. Wenn sie daher tatsächlich darauf beharrt, meinen Antrag abzulehnen, dann wäre es vielleicht besser, sie nicht zu zwingen, ihn anzunehmen. Wenn sie zu derartiger Charakterschwäche neigt, wäre sie meinem Glück wohl nicht sehr zuträglich.«

Elizabeth war hinreißend, aber er wollte auch ein gewisses Maß Frieden in seinem Haus haben. Inzwischen zweifelte er deshalb nicht nur daran, dass sein Antrag möglicherweise unklug gewesen war, sondern überlegte bereits, wer noch als Braut für ihn infrage käme. Möglichst eine Frau, die nicht derart ... temperamentvoll war.

»Sie missverstehen mich völlig, mein Herr«, entgegnete Mrs. Bennet alarmiert. »Lizzy ist nur in derartigen Angelegenheiten starrsinnig. In allen anderen Dingen ist sie das gutmütigste Mädchen der Welt. Ich werde sofort zu Mr. Bennet gehen, und gemeinsam können wir sie gewiss zur Räson bringen.«

Sie gab ihm keine Zeit, um etwas darauf zu erwidern, sondern lief sofort zu ihrem Gatten und rief, noch während sie die Bibliothek betrat: »Oh! Mr. Bennet, du wirst augenblicklich gebraucht. Wir sind alle in höchstem Aufruhr. Du musst sofort kommen und Lizzy dazu bringen, Mr. Collins zu heiraten, da sie sagt, dass sie ihn nicht will, und wenn du dich nicht beeilst, wird er seine Meinung noch ändern und sie nicht mehr haben wollen.«

Mr. Bennet hob den Blick von seinem Buch, als sie hereinkam, und sah ihr ruhig und unbesorgt ins Gesicht. Sie hatten einander den Großteil der vergangenen Nacht mit einem Enthusiasmus geliebt wie seit vielen Jahren nicht mehr. Der Ball in Netherfield hatte eine Leidenschaft und eine Lust auf Experimente in ihm geweckt, die ihn selbst überraschten. Er legte das Buch beiseite, bei dem es sich um einen Katalog mit Spielzeugen handelte, die beim Liebesspiel eingesetzt werden konnten. Sie würden noch genug Zeit haben, ihn gemeinsam durchzugehen, wenn sich die augenblickliche Aufregung erst wieder gelegt hatte.

»Ich kann dir leider nicht folgen«, erklärte er. »Was redest du da?« Eigentlich hatte er nur ihren wundervollen Busen dabei beobachtet, wie er sich hob und senkte.

»Von Mr. Collins und Lizzy. Lizzy sagt, dass sie Mr. Collins nicht haben will, und Mr. Collins deutet nun ebenfalls an, dass er Lizzy unter diesen Umständen auch nicht will.«

»Und was soll ich diesbezüglich tun?« Er wollte sein Buch schon wieder in die Hand nehmen, aber seine Gattin war noch nicht fertig.

»Sprich mit Lizzy darüber. Sag ihr, du bestehst darauf, dass sie ihn heiratet.«

Er seufzte und wusste, dass er keinen Frieden finden würde, solange diese Angelegenheit nicht geregelt war. »Lass sie rufen. Ich werde mit ihr reden.«

Mrs. Bennet läutete, und Miss Elizabeth wurde in die Bibliothek gerufen.

»Komm her, mein Kind«, sagte ihr Vater, als sie hereinkam. »Ich habe in einer wichtigen Angelegenheit nach dir geschickt. Wie ich hörte, hat dir Mr. Collins einen Heiratsantrag gemacht. Stimmt das?« Elizabeth bestätigte es. »Und du hast den Antrag abgelehnt?«

»Das habe ich, Sir.« Sie blinzelte die Tränen zurück und rang nach Worten, um ihren geliebten Vater umzustimmen. Doch sie konnte ihm ihre dunklen Gefühle für Mr. Darcy nicht gestehen. Oder ihm sagen, wie sehr Mr. Collins sie beschämt hatte, als er sagte, sie dürfe nicht erwarten, dass ein anderer Mann je um ihre Hand anhalten würde. Was war der Nutzen ihrer Jungfräulichkeit, wenn diese am Ende weitaus weniger wert war als ihre Mitgift?

»In Ordnung. Jetzt lass mich auf den Punkt kommen. Deine Mutter besteht darauf, dass du den Antrag annimmst. Ist dem nicht so, Mrs. Bennet?«

»Ja, oder ich will sie nie wieder sehen.« Mrs. Bennet verschränkte die Arme vor ihrem üppigen Busen, aber Mr. Bennet ließ sich davon nicht ablenken.

»Du wirst eine unglückliche Wahl treffen müssen, Elizabeth. Von diesem Tage an wirst du für einen Elternteil eine Fremde sein. Deine Mutter will dich nie wieder sehen, wenn du Mr. Collins nicht heiratest. Und ich will dich nie wieder sehen, wenn du es tust.«

Elizabeth musste unwillkürlich lächeln, als nach einem derartigen Anfang ein solcher Schluss folgte, aber Mrs. Bennet, die sich eingeredet hatte, ihr Gatte würde die Angelegenheit ebenso sehen wie sie, war ausgesprochen enttäuscht.

»Danke, Vater«, sagte Elizabeth und hüpfte fröhlich aus der Bibliothek.

»Was soll das bedeuten, Mr. Bennet, dass du so redest? Du hast mir versprochen, du würdest darauf bestehen, dass sie ihn heiratet.«

»Meine Liebe«, erwiderte ihr Gatte. »Ich muss dich um zwei kleine Gefallen bitten. Erstens wirst du mir im vorliegenden Fall erlauben, meinen Verstand nach eigenem Ermessen zu gebrauchen, und zweitens verlässt du jetzt mein Zimmer. Ich möchte die Bibliothek baldmöglichst wieder für mich allein haben.«

»Das ist kein Scherz. Wer wird uns noch aufnehmen, wenn uns Mr. Collins nach deinem Ableben auf die Straße setzt?«

»Dann solltest du hoffen, dass dieses tragische Ereignis noch lange Zeit auf sich warten lässt, meine Liebe.«

»Ich hoffe vielmehr auf etwas anderes, das meine Nerven wieder beruhigt«, entgegnete Mrs. Bennet.

Ihr Gatte sah sie mit einem gerissenen Glänzen in den Augen an, woraufhin sie sofort den Kopf schüttelte. »Nein. Auf gar keinen Fall. Nie wieder.«

Er stand auf und ging zu einem besonderen Holzschrank. Als er einen verzierten Schlüssel aus der Tasche holte, hielt sich Mrs. Bennet eine Hand vor die zitternden Lippen.

»Nein«, sagte sie noch einmal, jetzt jedoch weitaus weniger entschlossen. »Du hättest Elizabeth zwingen sollen, Mr. Collins zu heiraten.«

Mr. Bennet öffnete die Schranktür und nahm die Lederfesseln heraus. Er legte sie seiner Frau um die Handgelenke und verschnürte sie hinter ihrem Rücken.

»Ich werde das nicht dulden«, murmelte sie.

Er zog sie näher an den Schrank heran. »Knie dich hin«, verlangte er. »Ich habe da etwas, das deine Nerven beruhigen wird.« Mit harter Hand zwang er Mrs. Bennet vor ihm auf alle viere.

»Mr. Bennet«, hauchte sie mit vor Aufregung zittriger Stimme. Dann konnte sie nichts mehr sagen, da ihr Gatte ihr seinen Schaft in den Mund schob.

Er hielt ihren Kopf fest und brachte sie dazu, sein Glied ganz in den Mund zu nehmen. »So ist es gut, meine Liebe. Nimm ihn ganz auf. Und saug schön daran, während ich eine kleine Überraschung für dich vorbereite.«

Mrs. Bennet ließ ihre Frustration am prallen Phallus ihres Gatten aus und lutschte gierig an ihm. Das ließ sie alle Gedanken an den schrecklichen Mr. Collins vergessen, und sie konzentrierte sich nur noch auf den Geschmack von Mr. Bennets Schwanz und wie sie dem Gatten Lust bereiten konnte.

»Ah, meine Liebe. Ich bin bereit für dich, aber ich möchte mich nicht in deine Kehle ergießen.« Er zog sich aus ihr heraus. Mrs. Bennet fühlte sich seltsam leer, doch schon drängte er sie, aufzustehen und sich über den Schreibtisch zu beugen, während er ihr die Röcke hochschlug.

Mr. Bennet schob ihre Beine weiter auseinander und glättete die Stoffschichten auf den gefesselten Armen seiner Gattin.

»Was bist du wundervoll hier unten«, sagte er und schob die Finger in ihre feuchte Spalte. »Wie eine rosafarbene Blume.« Er strich mit der anderen Hand über ihren entblößten Hintern. »Fragst du dich nicht, welche Wonnen ich für dich geplant habe, Weib?«

Mrs. Bennet versuchte, an ihrer rechtschaffenen Entrüstung festzuhalten. »Ich bin nicht im Geringsten … Oh!«, murmelte sie, als Mr. Bennet ihr warmes Öl auf den Hintern träufelte. Dann spürte sie etwas Schlüpfriges und zugleich Festes an ihrem Anus.

»Was tust du da?«, wollte sie wissen.

Mr. Bennet schob einen schmalen Phallus aus Rosenholz in

den Hintern seiner Gattin. »Wie fühlt sich das an?«, erkundigte er sich.

»Eng«, hauchte sie.

Er positionierte sich etwas anders und drang in sie ein, woraufhin sich ihre Muskeln sofort um ihn herum zusammenzogen.

Sie kicherte. »Einfach wunderbar.«

»Lass mich deine Nerven beruhigen, meine Liebe.« Er zog sie an sich und drängte ihren Körper dann auf den Schreibtisch.

Mrs. Bennet wand sich und fühlte sich auf wundersame Weise ausgefüllt. Die rhythmischen Stöße ihres Gatten drückten den Holzphallus so fest in sie hinein, dass sie das Gefühl hatte, von zwei Männern gleichzeitig geliebt zu werden. Diese Vorstellung war derart erregend und delikat, dass sie die Hüften bewegte und ihm gestattete, noch tiefer in sie einzudringen. Wären ihre Hände nicht gefesselt gewesen, hätte sie sich selbst gestreichelt.

»Wie geht es deinen Nerven jetzt, meine Liebe?«, fragte er und wurde schneller, wobei er ihre Brüste auf seinen Schreibtisch drückte. »Ich befürchte, ich kann dieses Tempo nicht lange durchhalten.«

Sie sah ihn über die Schulter an, und er umfing sie mit einer Hand, um noch tiefer in sie hineinzustoßen.

»Ja«, presste sie hervor und klang dabei zutiefst glücklich.

Er zog sich etwas zurück, schlug ihr auf die runde Pobacke und drang wieder in sie ein.

»Ja!«, kreischte sie und drückte sich wild gegen ihn. Sie spürte, dass ihr Höhepunkt nahte, und als sie dann mit aller Macht kam, wurde ihr fast schwarz vor Augen. Mr. Bennet folgte ihr kurz darauf mit lautem Stöhnen und gab ihr dabei noch einen Schlag auf den Hintern.

Danach zog er sich aus ihr heraus, brachte seine Kleidung in Ordnung und ließ sie auf dem Schreibtisch liegen, wo sie langsam wieder zu sich kam. Sie war noch immer völlig ermattet und wie trunken, als er ihr rechtes Bein hob, einen Lederriemen darum band und dasselbe mit dem linken tat.

»Was tust du?«, murmelte sie.

Sie spürte Leder, das an ihren Beinen ausgerollt wurde und sich fest um ihre Oberschenkel legte. Der Holzphallus in ihrem Hintern schob sich noch ein Stück tiefer in sie hinein, und ihre Lust loderte erneut auf. Dann hörte sie, wie Mr. Bennet eine Fessel zuzog, doch sie begriff erst, worum es sich handelte, als ein zweiter Phallus in ihre Scheide geschoben wurde. Sie schrie auf, und Mr. Bennet zog sie an ihren gefesselten Armen wieder auf die Beine.

Ihr Unterkleid und ihre Röcke fielen ordentlich übereinander, während die beiden Phalli in ihr blieben.

Mr. Bennet packte ihren Hinterkopf und küsste sie, wobei sie ihn erschrocken anstarrte. Als er ihr mit einer Hand auf den Rücken schlug, zog sich ihr Innerstes um die beiden Holzphalli zusammen.

»So, die bleiben bis heute Abend drin. Das sollte Wunder wirken, was deine Nerven betrifft.«

Mrs. Bennet konnte nur benommen nicken, doch dann kniff ihr Gatte sie fest in eine Brustspitze, sodass sie ihm in die Augen sah. Er kniff auch in die andere und zog dann an beiden Nippeln, bis er ihre ganze Aufmerksamkeit hatte. »Wenn die beiden Phalli nicht mehr an Ort und Stelle sind, wenn ich heute Abend ins Bett komme, dann wirst du meinen ganzen Unmut zu spüren bekommen. Hast du mich verstanden?«

Sie bekam kein Wort heraus und nickte nur.

»Das ist meine Gattin.« Er küsste sie noch einmal und schickte sie mit einem weiteren Klaps auf den Hintern hinaus.

Derweil grübelte Mr. Collins über das nach, was vorgefallen war. Er hielt zu große Stücke auf sich, um zu begreifen, aus welchen Gründen seine Cousine seinen Antrag abgelehnt haben könnte. Doch auch wenn sein Stolz ein wenig verletzt war, hatte er ansonsten nicht unter der Episode gelitten. Seine Zuneigung für Elizabeth hatte er sich offenbar nur eingebildet, und da die Möglichkeit bestand, dass die Vorwürfe ihrer Mutter zutreffend waren, kam bei ihm auch sonst kein Bedauern auf.

Während die Familie verwirrt zusammenkam, traf Charlotte Lucas ein, die den Tag mit ihnen verbringen wollte. Sie wurde im Vestibül von Lydia empfangen, die auf sie zustürmte und ihr halb flüsternd sagte: »Schön, dass du da bist, denn wir haben gerade viel Spaß. Du weißt ja nicht, was heute Morgen passiert ist. Mr. Collins hat Lizzy einen Antrag gemacht, aber sie will ihn nicht haben.«

Charlotte hatte nicht einmal Zeit zu antworten, da war Kitty auch schon bei ihnen und wollte ihr dieselben Neuigkeiten mitteilen. Als dann auch noch Jane und Elizabeth hereinkamen, musste Charlotte nichts mehr erwidern.

Kurz darauf schloss sich ihnen Mr. Collins an, der den Raum mit noch mehr Gehabe als sonst betrat. Als Mrs. Bennet ihn erblickte, sagte sie zu den Mädchen: »Ich bestehe darauf, dass ihr jetzt alle den Mund haltet und mich in Ruhe mit Mr. Collins reden lasst.«

Elizabeth ging leise aus dem Zimmer, und Jane und Kitty folgten ihr, während Lydia entschlossen war, alles mitanzuhören. Charlotte wurde anfangs zurückgehalten von Mr. Collins, der sich höflich erkundigte, wie es ihr und ihrer Familie ging, und danach von ihrer Neugier, weshalb sie ans Fenster trat und so tat, als würde sie nichts hören. Aus den Augenwinkeln musterte sie Mr. Collins.

Mit tieftrauriger Stimme begann Mrs. Bennet die Unterhaltung. »Oh! Mr. Collins!«

»Werte Madam, lassen Sie uns den Mantel des Schweigens über diese Sache breiten«, ergriff er das Wort, wobei ihm sein Missbehagen deutlich anzuhören war. »Es liegt mir fern, mich am Verhalten Ihrer Tochter zu stören.«

Charlotte hätte beinahe laut geschnaubt. Lizzy hatte ihn auf jeden Fall in seinem Stolz gekränkt, so viel stand fest.

»Ich hoffe, Sie sehen es nicht als Respektlosigkeit Ihrer Familie gegenüber an, werte Madam, wenn ich somit von meinem Ansinnen, die Gunst Ihrer Tochter zu gewinnen, Abstand nehme. Ich fürchte, ich habe mich nicht korrekt verhalten, indem ich die Ablehnung aus dem Mund Ihrer Tochter angenommen habe und nicht aus dem Ihren, aber wir sind alle nicht frei von Fehlern. Ich habe es auf jeden Fall gut gemeint. Mein Ziel war es, eine liebenswerte Gefährtin zu gewinnen und damit gleichzeitig Ihrer ganzen Familie einen Vorteil zu verschaffen. Falls mein Verhalten in irgendeiner Weise verwerflich gewesen ist, so bitte ich um Entschuldigung.«

Charlotte entfernte sich ein wenig vom Fenster und sah bescheiden zu Boden. Wenn Elizabeth den Gatten nicht wollte, dann hatte sie gewiss nichts dagegen, wenn Charlotte ihr Netz im selben Meer auswarf.

21

Mr. Collins' Heiratsantrag war längst nicht mehr das Hauptgesprächsthema, und Elizabeth litt nur noch unter einem unbehaglichen Gefühl, das sie wegen der Angelegenheit gelegentlich noch überkam, sowie unter den gereizten Anspielungen ihrer Mutter. Was den fraglichen Gentleman betraf, so brachte er seine Gefühle deutlich zum Ausdruck und versuchte auch nicht, ihr aus dem Weg zu gehen, vielmehr benahm er sich in ihrer Gegenwart steif und schwieg nachtragend. Seine ganze Aufmerksamkeit schenkte er den restlichen Tag über Miss Lucas, die so höflich war, ihm zuzuhören, was alle ungemein erleichterte und ganz besonders ihre Freundin.

Einige Tage später erhielt Miss Jane Bennet einen Brief aus Netherfield. Der Umschlag enthielt ein Blatt aus feinem Papier, das mit einer schönen, flüssigen Damenhandschrift bedeckt war. Elizabeth sah, wie sich die Miene ihrer Schwester veränderte, als sie ihn las, wobei sie bei einigen Abschnitten länger zu verweilen schien. Mit einem Blick forderte Jane sie dann auf, ihr nach oben zu folgen, und als sie in ihrem Zimmer waren, holte Jane den Brief wieder hervor.

»Er ist von Caroline Bingley, und der Inhalt hat mich sehr überrascht. Die ganze Gesellschaft hat Netherfield bereits verlassen und ist auf dem Weg in die Stadt, wobei sie anscheinend nicht die Absicht haben zurückzukommen.«

»Oh«, meinte Elizabeth. »Schreibt sie, warum die Familie abgereist ist?« Auch sie war überrascht, sah aber noch keinen

Grund zur Klage, denn es war ja nicht gesagt, dass Mr. Bingley sich nicht auf Netherfield aufhalten würde, nur weil seine Schwester nicht mehr dort war. Und was den Verlust von Miss Bingleys Gesellschaft anging, so würde Elizabeth Jane schon davon überzeugen, dass Mr. Bingleys Gesellschaft ohnehin weitaus erfreulicher war. Wenn Jane Bingleys Gattin wurde, dann durfte sie sich ohnehin nicht mehr mit seinen Schwestern amüsieren, wie genussvoll das Liebesspiel auch sein mochte.

»Mr. Darcy kann es nicht erwarten, seine Schwester zu sehen«, las Jane vor.

Elizabeth zuckte zusammen, als sie seinen Namen hörte. Sie sehnte sich inzwischen verzweifelt nach ihm und dachte immer wieder über sein Angebot nach.

Jane las Miss Bingleys Brief weiter vor, ohne zu bemerken, was in ihrer Schwester vorging.

»Ich muss Ihnen gestehen, dass wir ebenso begierig sind, sie wiederzusehen. Ich wüsste nicht, dass Georgiana Darcy in Bezug auf Schönheit, Eleganz und Bildung ihresgleichen finden könnte, und die Zuneigung, die sie bei Louisa und mir hervorgerufen hat, wird noch dadurch gesteigert, dass wir die Hoffnung hegen, sie in Kürze unsere Schwägerin nennen zu können. Mein Bruder bewundert sie sehr, und er wird in Zukunft regelmäßig Gelegenheit haben, sie in einer höchst vertraulichen Atmosphäre zu sehen. Ihre Verwandten sehnen sich diese Verbindung ebenso herbei, wie es seine Familie tut, und auch wenn ich als seine Schwester nicht unvoreingenommen bin, täusche ich mich gewiss nicht darin, dass Charles das Herz jeder Frau für sich gewinnen kann. Da all diese Umstände eine Verbindung begünstigen und es nichts gibt, was dagegensprechen könnte, liege ich da falsch, liebste Jane, wenn ich mir dieses Ereignis erhoffe, das das Glück so vieler Menschen besiegeln kann?«

»Niemand, der euch beide zusammen gesehen hat, würde an seiner Zuneigung zu dir zweifeln«, sagte Elizabeth, riss ihrer Schwester den Brief aus der Hand und schüttelte den Kopf. »Auch nicht Miss Bingley, denn derart einfältig ist sie nicht. Hätte sie nur halb so viel Liebe für sich bei Mr. Darcy gefunden, dann wäre das Hochzeitskleid längst bestellt. Aber die Sache ist die: Wir sind nicht reich oder vornehm genug für sie«, stellte Elizabeth verbittert fest. Mr. Darcy hatte ihr dasselbe gesagt. »Miss Bingley ist diejenige, die eine Ehe zwischen Miss Darcy und ihrem Bruder anstrebt, da sie davon ausgeht, dass eine Ehe zwischen den Familien eine weitere nur begünstigen würde. Ich würde sogar behaupten, dass sie damit recht haben könnte, wenn Miss de Bourgh nicht wäre. Aber du kannst doch nicht ernsthaft glauben, liebste Jane, dass nur weil Miss Bingley dir schreibt, dass ihr Bruder Miss Darcy sehr bewundert, er sich deines Wertes weniger bewusst wäre als bei seinem Abschied am Dienstag. Oder dass es in ihrer Macht stünde, ihn davon zu überzeugen, dass er nicht etwa in dich, sondern vielmehr in ihre Freundin verliebt wäre.«

»Würden wir beide gleich von Miss Bingley denken«, erwiderte Jane, »dann würde mich deine Darstellung der Dinge durchaus beruhigen. Aber ich weiß, dass du dich irrst, da Caroline nicht im Entferntesten dazu imstande wäre, jemanden absichtlich zu täuschen. Daher kann ich nur hoffen, dass sie in dieser Sache selbst irregeleitet wurde.«

Elizabeth verdrehte die Augen. Jane sah stets nur das Gute in anderen. Sie würde nie begreifen, dass Caroline Bingley eine eifersüchtige, verschlagene Giftschlange war. »Er wird zurückkommen«, versicherte sie ihrer Schwester. »Das verspreche ich dir.«

»Vielleicht war ich zu freimütig?«, flüsterte Jane. »Was ist, wenn ich ihn mit meiner Lüsternheit verjagt habe?«

»Unsinn«, entgegnete Elizabeth. »Denk nicht weiter über diesen Brief nach. Bis Weihnachten wird er zurück sein.« Sie küsste Jane auf die Stirn. »Das ist mein Ernst.« Dann hob sie warnend den Zeigefinger und ging wieder nach unten, wo sie versuchen wollte, Mr. Collins lange genug aus dem Weg zu gehen, um Charlotte eine Nachricht übergeben zu können.

Jane legte sich aufs Bett und las den Brief wieder und wieder. Schließlich warf sie ihn zur Seite und schloss die Augen.

»Oh, Mr. Bingley.« Sie seufzte und erinnerte sich daran, wie er sich unauffällig in ihr Schlafzimmer geschlichen hatte.

»Miss Bennet«, hatte er gesagt. »Verzeihen Sie mir meine Unverfrorenheit, aber mein Verlangen, Sie zu sehen, ist stärker als mein Anstand.«

»Ich würde Ihnen alles verzeihen«, hatte sie ihm entgegnet und schneller geatmet, als er sich vor ihr Bett kniete.

»Würden Sie mir auch das hier verzeihen, meine Holde?« Mr. Bingley hatte ihr das Nachthemd über die Schultern geschoben und ihre Brüste entblößt.

Ihre Nippel waren in der kühlen Nachtluft sofort steif geworden.

Während sie sich daran erinnerte, schob Jane eine Hand in ihr Mieder und streichelte sich. Sie dachte daran, was Mr. Bingley danach getan hatte.

Sie hatte ihm gestattet, sie genauestens zu betrachten, und staunend bemerkt, wie seine Finger zitterten, als er es endlich wagte, sie zu berühren. Sein Mund war warm, und seine Zunge liebkoste ihre Brüste. Er hatte eine Brustspitze zwischen die Lippen genommen und dann in seinen Mund gesaugt.

»Mr. Bingley!«, schrie Jane vor Freude auf.

»Bin ich zu weit gegangen?« Er hob den Kopf und sah sie

besorgt an. »Hier liegen Sie krank in meinem Haus, und ich bin so unverschämt und nutze das aus. Ich versichere Ihnen, dass ich kein Lüstling bin, werte Miss Bennet.«

Jane gestand ihm nicht, dass seine Schwestern bereits weiter gegangen waren und dabei weniger Zurückhaltung an den Tag gelegt hatten. Aber er besaß etwas, das seine Schwestern ihr nicht bieten konnten, wie talentiert ihre Zungen auch sein mochten. Daher griff sie ihm in den Schritt, woraufhin er die Augen aufriss.

»Meine Liebe«, sagte er, als sie seinen großen Schaft aus der Hose befreit hatte. »Sind Sie sich sicher?«

Jane nickte und zog ihn so nah an sich heran, dass seine Erektion zwischen ihren Brüsten ruhte.

Sie erinnerte sich daran, wie er seine Hose abgelegt hatte, damit sie seine Haut an der ihren spüren konnte, und schob bei der Erinnerung daran in ihrem einsamen Schlafzimmer ihre Röcke hoch, um die pochende Stelle zwischen ihren Beinen zu streicheln. Mit der anderen Hand kniff sie sich in die Brustspitzen und zog und zupfte daran.

Bingley hatte seine Männlichkeit zwischen ihre Brüste gepresst, die er seitlich zusammendrückte, sodass sie sich um seinen prallen Schaft schmiegten. Dann hatte er sich auf und ab bewegt. Mutig geworden streckte Jane die Zunge heraus und leckte ihm bei jeder Bewegung über die Eichel. Sie strich ihm mit beiden Händen über die muskulösen Pobacken und spürte, wie er sie anspannte. Schon bald stöhnte er und ergoss seinen Samen auf ihren Hals.

»Bitte verzeihen Sie mir, liebste Miss Bennet. Gestatten Sie mir, Sie zu säubern.«

Jane erschauerte, als sie sich mit den Fingern zum Orgasmus brachte, während sie sich daran erinnerte, wie er sie trockengeleckt hatte.«

»Ich hätte Sie lieber in meinem Mund, Mr. Bingley«, hatte sie gesagt, als er damit fertig war.

»Ich möchte Sie nicht überanstrengen, nicht dass sich Ihr Zustand noch verschlimmert«, erwiderte er und küsste sie, bis sie ihm fast die Kleider vom Leib riss.

»Mr. Bingley«, flehte sie und griff nach seiner Erektion.

»Ich könnte mich in Ihnen verlieren«, gestand er und schob ihre Röcke hoch, um die Finger zwischen ihre intimen Lippen zu schieben.

»Nehmen Sie mich, Mr. Bingley. Machen Sie mich zu der Ihren«, flehte sie.

»Erst wenn es Ihnen wieder bessergeht, Miss Bennet. Bis dahin müssen Sie mit meinen Lippen und meinen Fingern vorliebnehmen.«

Dann hatte er geschwiegen, bis Jane vor Lust in ihr Kissen schrie.

Jane brachte sich zu einem weiteren wundervollen Höhepunkt und stellte sich dabei vor, dass Mr. Bingleys herrliche Gestalt ihr auf intime Weise zu Diensten war. Elizabeth musste einfach recht haben. Er würde Weihnachten zurück sein.

22

Die Bennets waren bei der Lucas-Familie zu Gast, und den Großteil des Tages war Miss Lucas so freundlich, Mr. Collins zu lauschen. Elizabeth nutzte die Gelegenheit, um ihr zu danken.

»So bleibt er bei guter Laune, und ich bin dir mehr zu Dank verpflichtet, als ich es in Worte fassen kann. Aber ich bedauere es, dass wir nun nicht mehr Zeit miteinander verbringen können«, erklärte sie und lächelte Charlotte an.

Charlotte musterte sie verblüfft. »Ich kann doch mit den Verlockungen von Netherfield ohnehin nicht mithalten.«

Elizabeth hätte ihr nie gestanden, dass sie damit recht hatte, aber Charlotte erkannte es auch so an der Art, wie Elizabeth aus dem offenen Fenster starrte, als würde sie jemanden erwarten – jemanden, bei dem es sich nicht um die Freundin handelte.

Also versicherte Charlotte ihrer Freundin, dass sie ihr bei Mr. Collins nur zu gern behilflich war und dass sie für das kleine Opfer an Zeit reich belohnt würde. Das war sehr freundlich, aber Charlottes Freundlichkeit ging viel weiter, als Elizabeth ahnte, denn sie wollte verhindern, dass Elizabeth Mr. Collins erneut dazu aufforderte, sie zu umwerben, da doch Charlotte nun diese Ehre für sich beanspruchte. Das war Miss Lucas' Plan, und allen Anzeichen nach schien er aufzugehen, sodass sie sich ihres Erfolges an diesem Abend schon recht sicher gefühlt hätte, wenn

Mr. Collins nicht schon bald nach Hertfordshire hätte zurückkehren müssen.

Doch in dieser Beziehung unterschätzte sie seinen leidenschaftlichen und zielstrebigen Charakter, da er bereits am folgenden Morgen in aller Heimlichkeit von Longbourn House aufzubrach und nach Lucas Lodge eilte, um sich ihr zu Füßen zu werfen.

Er wurde auf höchst schmeichelhafte Art empfangen. Miss Lucas erspähte ihn bereits aus einem der oberen Fenster, als er auf das Haus zukam, und sie brach augenblicklich auf, um ihm scheinbar zufällig auf dem Weg entgegenzukommen. Nie hätte sie sich träumen lassen, dass sie dort von derart viel Liebe und Eloquenz erwartet wurde.

»Miss Lucas«, setzte Mr. Collins an und hielt inne, als Charlotte ihren Schal vom Kopf nahm und ihm um den Hals legte.

»Folgen Sie mir«, sagte sie mit einem vielsagenden Lächeln.

Verblüfft ließ Mr. Collins sich von ihr ins Haus der Lucas' führen, und sie schlichen leise die Treppe hinauf in Charlottes Schlafgemach.

»Was ich sagen wollte, Miss Lucas ...«, versuchte er es erneut.

»Ruhe«, befahl sie. »Setzen Sie sich auf das Bett, und entkleiden Sie sich«, verlangte sie dann.

Als er zum Protest ansetzte, warf sie ihm einen ernsten Blick zu, und er tat schweigend, was sie verlangte.

»Sehen Sie mich an«, sagte sie und zog langsam ihre Schürze aus.

Seine Augen strahlten. Als er wieder den Mund öffnete, legte sie ihm den Schal so um den Kopf, dass sie ihn damit knebeln konnte.

»Öffnen Sie mein Mieder«, wies sie ihn an, nachdem sie aus ihrem Kleid geschlüpft war. Charlotte gefiel es, wie flink seine Finger waren, und so zog sie sich rasch ganz aus und stand dann nackt vor ihm.

Sein Blick war kühl und abschätzend, und aus irgendeinem Grund gefiel ihr das.

»Jetzt Sie«, forderte sie. »Ich bin gespannt, ob Sie haben, was ich will.«

Ohne den Schal abzunehmen, entkleidete sich Mr. Collins rasch.

»Sehr schön«, sagte Charlotte, als er vor ihr stand und auf weitere Befehle wartete.

Sie streichelte mit einer Hand über seinen erigierten Schaft, und er schloss vor Wonne die Augen, als sie die Bewegung mehrmals wiederholte.

Dann schubste sie ihn grob auf die Matratze und nahm ihm den Schal ab. Noch bevor er ein Wort herausbringen konnte, saß sie rittlings auf seinem Gesicht.

»Ich mag Frauen«, erklärte sie ihm, während er die Hände an ihre Hüften legte. »Es macht mir nichts aus zu teilen, wenn Sie damit einverstanden sind.«

Mr. Collins stöhnte unter ihr, und Charlotte erschauerte, als sie ihn an ihrer feuchten Spalte spürte. »Dringen Sie mit der Zunge in mich ein. Oh, das ist gut. Aber Elizabeth war besser.«

Mr. Collins stöhnte wieder und bewegte seine Zunge immer schneller.

»Ich hatte ihren süßen Venushügel in meinem Mund und habe an ihren schönen kleinen Melonen gesaugt.« Charlotte knetete ihre Brüste, während sie mit dem Becken über seinem Gesicht wackelte. »Gefällt Ihnen das?«

Er stöhnte zustimmend.

»Wir könnten uns ein Dienstmädchen zulegen und es uns teilen. Oder Sie sehen mir und ihr einfach nur zu. Am besten eine, die Lizzy ähnlich sieht. Würde Ihnen das gefallen?« Mr. Collins' Zunge tanzte fast schon in ihr, und er grub die Finger in ihre prallen Pobacken. »Das würde es ganz bestimmt. Ich kann es Ihnen ansehen.«

Charlotte legte den Kopf in den Nacken und stellte sich die Szene bildlich vor. Ihre Stimme zitterte, als sie sie Mr. Collins beschrieb. »Ich würde auf dem Rücken liegen, und unsere liebreizende Lizzy-Dienstmagd würde auf allen vieren knien und mir so zu Diensten sein, wie Sie es gerade sind. Sie könnten sie dabei von hinten nehmen. Ich würde ihr Haar festhalten, bis wir beide befriedigt sind.« Sie erschauerte und spürte, wie sie sich auf sein Gesicht ergoss. Dann stieg sie von ihm herunter und setzte sich ohne zu zögern auf seinen gewaltigen Schaft.

»Ja«, stieß er hervor. »All das und noch viel mehr.« Er griff nach ihrem prallen Busen und bäumte sich unter ihr auf.

»Oh«, sagte sie überrascht. »Ich hatte mit Schmerz gerechnet, aber Sie füllen mich auf angenehmste Weise aus.« Sie bewegte sich auf ihm und begann dann zu hüpfen, während er ihre Brüste massierte.

»Was soll ich tun, Herrin?«, fragte Mr. Collins und sah sie mit glasigen Augen an. Er drehte ihre Brustspitzen zwischen seinen Fingern.

Charlotte presste ihre Muskeln fest um seine Männlichkeit und beobachtete, wie er nach Luft schnappte. »Ich bin es leid, die ganze Arbeit zu machen«, erklärte sie. Dann stieg sie von ihm herunter, legte sich neben ihm auf den Rücken und spreizte die Beine.

Als er in sie eindrang, flehte Mr. Collins sie mit großem

Ernst an, ihm den Tag zu nennen, an dem sie ihn zum glücklichsten Mann der Welt machen würde.

Miss Lucas, die seinen Antrag natürlich annahm, war es recht gleichgültig, wann genau die Hochzeit stattfinden würde. »Schneller«, befahl sie und hob das Becken an. Sie legte ihm die Beine um die Taille und verschränkte die Füße. Mr. Collins' Schaft war groß, und es gefiel ihr, wie er immer wieder in sie eindrang und dann aus ihr herausglitt. Sie küsste Mr. Collins und schmeckte sich selbst auf seinen Lippen.

»Hm«, stöhnte sie genießerisch.

Mr. Collins war weder intelligent noch besonders liebenswürdig, so viel stand fest. Seine Gesellschaft war über weite Strecken ermüdend, aber trotzdem würde er ihr Gatte werden.

Das Unangenehmste an der ganzen Angelegenheit war die Überraschung, die sie Elizabeth Bennet damit bereiten würde, denn deren Freundschaft war Charlotte wichtiger als die jedes anderen Menschen. Sie dachte an Lizzy, als Mr. Collins sich in sie hineinhämmerte. Lizzy hatte sich seit Netherfield immer weiter von ihr entfernt. Das musste an Mr. Darcy liegen. Charlotte stellte sich vor, wie Lizzy unter dem sauertöpfischen Mr. Darcy lag und fand dieses Bild ausgesprochen erregend.

»Fester«, sagte sie und dachte dabei an Mr. Darcy. Doch es war Mr. Collins, der gehorchte und sich in sie hineintrieb, bis sie zu zittern begann.

»Ja!«, rief sie und biss ihn in die Schulter.

Mr. Collins stöhnte vor Schmerz, aber das hielt ihn nicht davon ab weiterzumachen.

»Mein Gatte.« Charlotte probierte die Worte aus, während sie zum Höhepunkt kam. Sein Orgasmus folgte kurz darauf, und er stöhnte laut. »Du bist annehmbar«, meinte sie dann.

Kurz nach dem Frühstück suchte Miss Lucas die Bennets auf. Mr. Collins hatte sich erst nach Mitternacht wieder aus ihrem Zimmer geschlichen. Charlotte nahm Lizzys Hand, und sie gingen zusammen zur Scheune hinüber.

Elizabeth spürte eine gewisse Beklemmung. Sie wollte sich jetzt nicht mit Charlotte im Liebesspiel verlieren, zumindest nicht, ohne dass Mr. Darcy ihnen dabei zusah. Und dieser Gedanke ärgerte sie! Doch bevor sie Charlotte ihre verwirrenden Gefühle gestehen konnte, berichtete ihr diese, was sich am Vortag ereignet hatte.

Die Möglichkeit, dass sich Mr. Collins in ihre Freundin verlieben könnte, war Elizabeth erst in den letzten ein oder zwei Tagen in den Sinn gekommen, aber dass Charlotte ihn auch noch ermutigt hatte, war fast so unglaublich, als hätte sie selbst es getan, und ihr Erstaunen war schließlich so groß, dass sie die Grenzen der Schicklichkeit ignorierte und nicht anders konnte, als herauszuplatzen: »Verlobt mit Mr. Collins! Meine liebste Charlotte, das ist ja unmöglich! Er ist ein furchtbarer Langweiler! Es muss die reinste Folter sein, ihm tagein tagaus zuzuhören.«

Die ruhige Miene, mit der Miss Lucas ihre Geschichte erzählt hatte, wich kurz einem verwirrten Ausdruck über diese direkten Worte, doch rasch gewann sie ihre Fassung zurück.

»Warum bist du so überrascht, liebste Eliza?«, fragte sie ruhig. »Hältst du es denn für derart unglaublich, dass Mr. Collins imstande sein könnte, die Gunst einer Frau zu gewinnen, nur weil es ihm bei dir nicht gelungen ist? Oder bist du etwa der Ansicht, ich sollte eine alte Jungfer werden und mich nach deinen ausbleibenden Zuneigungsbekundungen verzehren?«

Aber Elizabeth, die sich nun ebenfalls wieder unter Kontrolle hatte, brachte es mit einiger Anstrengung über sich, ihrer Freundin glaubhaft zu versichern, dass sie die Aussicht auf eine baldige Verwandtschaftsbeziehung mit ihr höchst erfreulich fand. »Ich möchte nur, dass du glücklich bist.«

»Ich kann mir denken, was du empfindest«, erwiderte Charlotte. »Du musst überrascht sein, sehr sogar, da Mr. Collins doch gerade noch dich heiraten wollte. Aber wenn du eine Weile darüber nachgedacht hast, wirst du hoffentlich zufrieden sein mit dem, was ich getan habe. Ich bin keine Romantikerin, wie du weißt, doch wenn ich mir Mr. Collins' Charakter, seine Stellung und seine Beziehungen ansehe, dann bin ich überzeugt davon, dass ich eine ebenso große Chance habe, mit ihm glücklich zu werden, wie die meisten anderen Menschen bei ihrer Eheschließung.«

»Zweifellos«, antwortete Elizabeth leise, und nach kurzem betretenem Schweigen kehrten sie zum Rest der Familie zurück.

Charlotte brach wenig später auf, und Elizabeth hatte Zeit, über all das nachzudenken, was sie gehört hatte. Es dauerte eine ganze Weile, bis sie sich an die Vorstellung dieser unerwarteten Verbindung gewöhnt hatte.

Zugleich war sie davon überzeugt, dass es zwischen ihr und Charlotte nun kein wahres Vertrauen mehr geben würde. Ihre Enttäuschung über Charlotte bewirkte, dass sie sich noch enger ihrer Schwester anschloss, die sich aufgrund ihrer Geradlinigkeit und ihres Zartgefühls niemals in ihrer Liebe würde erschüttern lassen und um deren Glück sie sich Tag für Tag mehr sorgte, da Bingley inzwischen seit einer Woche fort war und niemand wusste, wann er zurückkehren würde. Natürlich war Mr. Darcy zusammen mit seinem Freund abgereist, sodass Elizabeth ihm einen Brief hätte schreiben müssen, wenn sie ihre Meinung geändert hätte und eine Dirne auf Netherfield werden wollte, statt einfach über die Felder zu laufen und sich in seine Arme zu werfen. Nicht, dass sie das auch nur im Entferntesten beabsichtigte. Zumindest nicht, wenn sie wach und in Gesellschaft war.

Wann immer Charlotte zu Besuch kam, vermutete Mrs. Bennet, dass sie nur herausfinden wollte, wann der Besitz der Bennets wohl auf sie übergehen würde. Und wenn Charlotte sich leise mit Mr. Collins unterhielt, war Mrs. Bennet überzeugt davon, dass sie von Longbourn sprachen und darüber, wie sie sie und ihre Töchter aus dem Haus werfen würden, sobald Mr. Bennet unter der Erde war. Über all das beklagte sie sich bitterlich bei ihrem Gatten.

»Es fällt mir sehr schwer, mir vorzustellen, dass Charlotte Lucas eines Tages die Herrin dieses Hauses sein wird, Mr. Bennet«, sagte sie. »Dass ich gezwungen sein werde, ihr Platz zu machen, und mitansehen muss, wie sie sich hier einrichtet!«

»Meine Liebe, lass von diesen düsteren Gedanken ab. Wir sollten lieber auf angenehmere Wendungen hoffen. Stellen wir uns doch einfach vor, dass ich von uns beiden länger leben werde.«

Das war nicht gerade sehr tröstlich für Mrs. Bennet, die jedoch nicht auf seine Worte einging, sondern einfach weiter klagte.

23

Miss Bingleys nächster Brief machte allen Zweifeln ein Ende. Mr. Bingley würde nicht für das Weihnachtsfest zurückkehren und kam vielleicht sogar niemals wieder. Janes Hoffnungen waren im Keim erstickt, und sie konnte den Rest des Briefes nicht lesen, da sie mit Ausnahme der Zuneigungsbekundungen der Verfasserin gewiss nur wenig Trost darin finden würde. Ein Großteil der Zeilen bestand ohnehin aus Lobpreisungen über Miss Darcy, über deren zahlreiche Vorzüge sich Caroline erneut ausließ, um dann freudig von ihrer zunehmenden Vertrautheit zu berichten und vorherzusagen, dass sich die Wünsche, die sie in ihrem vorherigen Brief dargelegt hatte, bald erfüllen würden.

»Ich werde nicht jammern«, versprach Jane. »Es wird nicht lange dauern, dann habe ich ihn vergessen, und alles wird wieder wie früher sein.«

Elizabeth konnte dies nur aufrichtig für ihre Schwester hoffen, und von diesem Augenblick an wurde Mr. Bingleys Name so gut wie gar nicht mehr erwähnt.

Mr. Bennet ging anders an die Sache heran. »So, Lizzy«, sagte er eines Tages. »Deine Schwester ist unglücklich verliebt, wie ich feststellen muss. Ich gratuliere ihr dazu. Mädchen wollen nicht nur gern heiraten, sondern hin und wieder auch unter ein wenig Liebeskummer leiden. Dann haben sie etwas, worüber sie nachdenken können und was sie von ihren Gefährtinnen abhebt. Wann bist du an der Reihe? Du wirst es wohl kaum ertragen können, dass dir Jane in dieser Sache zuvorgekommen ist. Nun ist wohl auch deine Zeit gekommen. In Meryton halten sich genug Offiziere auf, um alle jungen Damen der Gegend zu enttäuschen. Wickham wäre doch ein geeigneter Kandidat dafür. Er ist ein angenehmer Zeitgenosse und würde dich auf achtbare Weise sitzen lassen.«

»Vielen Dank, Sir, aber ein weniger liebenswürdiger Mann würde mich auch zufriedenstellen. Wir dürfen nicht alle Janes Glück erwarten.«

»Das stimmt«, meinte Mr. Bennet, »aber es ist ein Trost, dass du eine liebevolle Mutter hast, die aus allem das Beste machen wird, was immer dir auch widerfahren sollte.«

Elizabeth schnaubte wenig damenhaft.

Mr. Wickhams Gesellschaft war ausgesprochen hilfreich dabei, die finstere Stimmung zu vertreiben, die viele Mitglieder der Longbourn-Familie nach den jüngsten Ereignissen befallen hatte. Sie sahen ihn häufig, und neben all den Vorzügen, die er besaß, war er auch noch von einer allgemeinen Offenheit.

Nach allem, was Elizabeth gehört hatte, waren Mr. Wickhams Ansprüche an Mr. Darcy und all das, was er durch dessen Hand erlitten hatte, offen bekannt. Und alle bekundeten frei heraus, dass sie Mr. Darcy schon immer abgelehnt hatten, auch bevor ihnen diese ganze Angelegenheit bekannt gewesen war. Elizabeth stellte schicksalsergeben fest, dass sie zwar die richtige Entscheidung getroffen hatte, dadurch jedoch einsam war.

Lydia hatte hingegen beschlossen, nicht einsam zu sein. Sie sah im Haus ihrer Tante gerade aus dem Fenster, als

Mr. Wickham zufällig vorbeikam. Mrs. Phillips war auf den Markt gegangen, daher hielt es Lydia für den perfekten Zeitpunkt, um zu beweisen, dass sie auch allein mit Herrenbesuch zurechtkam, vor allem, wenn es sich dabei um einen Offizier handelte. Erst recht, wenn es sich um einen Offizier handelte, der ihre hochnäsige Schwester möglicherweise bevorzugte.

»Huhu, Mr. Wickham!«

Er blickte auf. »Guten Tag, Miss Bennet.«

»Möchten Sie nicht auf einen Tee hereinkommen?«

Falls sich Mr. Wickham über ihre direkte Art wunderte, so tat er doch nicht mehr, als sich umzusehen und sich zu vergewissern, dass niemand etwas mitbekommen hatte, und dann schnell ins Haus zu huschen. Lydia unterdrückte einen Freudenschrei und rannte so schnell die Treppe hinunter, dass sie sich beinahe auf den Mann stürzte.

»Ich muss zugeben, dass ich noch gar keinen Tee zubereitet habe, Mr. Wickham«, sagte sie.

»Und ich muss Ihnen gestehen, dass ich auch gar keinen möchte, werte Miss Bennet.«

Wickham war schlank und breitschultrig und hatte eine blonde Mähne, die er mit einer Lederschnur zusammenband. Lydia und ihre Schwester hatten bisher nicht das Vergnügen gehabt, ihre neu erlernten Künste an ihm auszuprobieren.

»Ich hatte mich gefragt, ob Sie mir vielleicht bei meinen Studien helfen können, Mr. Wickham. Meine Tante lehrt mich die Art der ...«, Lydia wünschte sich einen Fächer herbei, mit dem sie sich Luft zuwedeln konnte, »Bestrafung und Lust«, gestand sie dann mutig und sah ihm in die Augen.

Zu ihrer großen Überraschung fing Mr. Wickham an, sich zu entkleiden. Lydia unterdrückte ein Kichern, indem sie die Hände vor den Mund schlug. Ihr Blick wanderte über die ausgeprägten Muskeln an seinen Armen und Beinen. Als er seine Hose auszog, konnte sie nicht anders, als seine Männlichkeit anzustarren.

»Sie müssen mir eigentlich einen Befehl geben ... Herrin«, sagte er mit einem sardonischen Grinsen.

»Berühr dich«, verlangte sie.

»So etwa?«, fragte er und strich sich langsam über die Brust und den Bauch.

»Oh ja, das ist gut«, hauchte sie.

»Oder soll ich meinen Schaft in die Hand nehmen?«

Lydias Kichern erstarb auf ihren Lippen, als er sein Glied in die Länge zog und dann mit den Fingern seine immer größer werdende Erektion bearbeitete. Sie musste sich auf ihre Atmung konzentrieren, als er die Hand so schnell bewegte, dass das Bild vor ihren Augen verschwamm.

»Halt«, sagte sie.

Er wurde langsamer, hörte jedoch nicht auf.

»Ich mag es lieber langsamer«, teilte sie ihm mit.

»Ich werde es mir merken«, versicherte er ihr.

»Du musst mich küssen«, verlangte Lydia und machte einen großen Schritt auf ihn zu, um ihm dann die Wange hinzuhalten.

Er ließ seinen Schaft los, legte die Hände an ihre Wangen und presste die Lippen auf ihren Mund. Der Kuss war sanft und verführerisch, auch wenn sie seine kraftvollen Hände spüren konnte. Seine Zunge forderte sie auf, die Lippen zu öffnen und mit ihr zu spielen. Viel zu bald beendete er den Kuss wieder und ließ die Hände nach unten sinken, um ihre Brüste zu umfassen.

Lydia hatte die Augen geschlossen und konnte sie fast nicht mehr öffnen, als seine Daumen ihre Brustspitzen umkreisten. Sie wurde ganz feucht und bekam weiche Knie.

»Sag mir, was ich tun soll, Herrin«, sagte er, gab ihr dann aber doch einen leidenschaftlichen Kuss.

Seine Berührungen ließen Empfindungen in ihr aufsteigen, die ihr direkt in den Schoß schossen, der im Einklang mit ihrem rasenden Herzen pochte.

»Soll ich dir Lust bereiten, Herrin?«, fragte er mit den Lippen dicht an ihrem Ohr.

»Ja, ja. Tu das.« Lydia schrie leise auf, als er sich auf den Boden hockte und ihre Röcke mit einer schnellen Bewegung hochzog, um sich dann sofort wieder aufzurichten.

»Halt sie fest«, verlangte er und drückte sie ihr in die Hände.

»Aber ...«, setzte sie an, um dann aufzukeuchen, als er ihr frech eine Hand auf das Bein legte und es sich um seine Taille schob.

Sie konnte seinen heißen Schaft spüren, der sich in der Nähe ihrer intimsten Stelle gegen ihre Haut drückte. Er nahm ihr anderes Bein, und sie ließ die Röcke sinken, um nicht zu Boden zu stürzen. Mr. Wickhams Hände umfingen jetzt ihre Pobacken und hielten sie ganz fest.

Lydia schrie auf, als er mit seinem harten Schaft in sie eindrang. Dann schrie sie erneut, da er sie gegen die Wand drückte. Sein Phallus war dick und heiß, und Wickham schien sie mit einer derart intensiven Lust zu verbrennen, dass sie nicht aufhören konnte zu schreien.

»Ja! Ja! Wickham! Ja!«

Mr. Wickham zuckte zusammen und küsste sie erneut, da er sie unbedingt zum Schweigen bringen musste. Sie würde noch die halbe Nachbarschaft anlocken. Sie war so eng und feucht. Begierig und unschuldig. Wenn sie doch nur auch reich gewesen wäre. Na ja, dachte er achselzuckend, man kann nicht alles haben.

Lydias Schreie wurden von Mr. Wickhams dreister Zunge erstickt. Ihre Fingernägel gruben blutige Halbmonde in seine Schultern. Sie hatte die Beine so eng um seine Taille gelegt, dass er kaum noch Luft bekam. Er bewegte die Hüften erst langsam, um es ihr beim ersten Mal leichter zu machen, aber sie schien nichts davon wissen zu wollen und bäumte sich auf wie eine Wildkatze. Schließlich gab er es auf und liebte sie hart und schnell, bis er an ihrem Mund schrie, als der Orgasmus seinen Körper erbeben ließ.

Danach löste er ihre Beine von seinen Hüften und wollte ihr aufhelfen, doch Lydia sackte erschlafft zu Boden.

»Das war alles?«, fragte sie mit gerunzelter Stirn.

Mr. Wickham zog sich ebenso schnell an, wie er sich entkleidet hatte. »Was meinst du?«

»Ich hatte erwartet, dass die Erde beben würde. Es war recht annehmbar, aber ...« Sie sprach vor Verwirrung nicht weiter.

»Bist du nicht gekommen, meine Kleine?«

Sie schüttelte den Kopf.

»Komm her«, forderte er sie auf. »Wir müssen uns beeilen.«

Er setzte sie auf seinen Schoß, und sie kuschelte sich an ihn.

»Bitte küss mich«, bat sie ihn. »Das war so wunderschön.«

Mr. Wickham spreizte mit einer Hand ihre Beine.

Sie zuckte zusammen. »Nicht. Ich bin ganz wund.«

»Natürlich, Herrin.« Dann küsste er sie, und sie legte ihm die Arme um den Hals.

Seine Finger waren zärtlich und kitzelten sie anfänglich eher, wurden dann jedoch mutiger und streichelten ihre Klitoris. Sie schrie wieder auf, und er vertiefte den Kuss, während er sie an dieser Stelle massierte.

Das hat sie also gemeint, dachte Lydia, als sich der Höhepunkt langsam in ihr aufbaute. Sein Mund war süß und geschmeidig, und Mr. Wickham erlaubte ihr, ihn mit ihrer Zunge zu erkunden, während sie sich auf seiner Hand wand, zu zucken begann und schließlich kam.

»So.« Er küsste sie auf die Stirn. »Du wirst mal eine großartige Domina abgeben.«

»Wirklich?«, murmelte sie und zitterte noch immer unter den Nachwehen ihres Orgasmus.

»Aber ja.« Er küsste sie ein letztes Mal und knetete ihre Brüste. »Vielleicht gestattest du es mir ja beim nächsten Mal, dich auch noch an anderen Stellen zu küssen.«

»An anderen Stellen?«, hauchte Lydia und wünschte sich erneut ihren Fächer herbei, während er bereits hinausging.

24

Am folgenden Montag hatte Mrs. Bennet das Vergnügen, ihren Bruder und seine Frau zu empfangen, die wie üblich zu Besuch kamen, um Weihnachten auf Longbourn zu verbringen. Mrs. Gardiner warf nur einen Blick auf die arme, abgewiesene Jane und schlug einen Tapetenwechsel vor: Sie wollte sie nach den Feiertagen mit nach London nehmen.

Jane nahm die Einladung ihrer Tante mit Freuden an.

Aber Mrs. Gardiner hatte noch mehr Gutes im Sinn. Ihr fiel auf, dass der schneidige Mr. Wickham und Elizabeth sehr freundlich miteinander umgingen. Bei der ersten Gelegenheit nahm sie ihre Nichte beiseite und sagte: »Du bist doch ein vernünftiges Mädchen, Lizzy, und verliebst dich nicht nur, weil du davor gewarnt worden bist. Aus diesem Grund scheue ich mich nicht, es offen anzusprechen. Ich an deiner Stelle würde wachsam sein, und das ist mein Ernst. Ich kann nichts gegen ihn vorbringen, und er ist ein sehr interessanter junger Mann. Wenn ihm das Schicksal so hold gewesen wäre, wie es hätte sein sollen, dann hättest du es meiner Meinung nach nicht besser treffen können. Aber so, wie die Dinge stehen, darfst du deine Fantasie nicht mit dir durchgehen lassen. Du hast Verstand, und wir erwarten alle, dass du ihn auch benutzt. Dein Vater wird sich gewiss auf deine Entschlossenheit und dein gutes Betragen verlassen. Du darfst ihn nicht enttäuschen.«

»Meine liebe Tante, das hört sich in der Tat ernst an.«

»Ja, und ich hoffe, dass du es dir auch zu Herzen nehmen wirst.«

»Nun, dann kann ich dich beruhigen. Ich werde auf mich aufpassen, und auch auf Mr. Wickham. Er wird sich nicht in mich verlieben, wenn ich es verhindern kann.«

»Jetzt bist du aber nicht ernst, Elizabeth.«

»Entschuldige, ich werde es noch einmal versuchen. Momentan bin ich nicht in Mr. Wickham verliebt, nein, das bin ich wirklich nicht. Aber er ist zweifellos der liebenswürdigste Mann, dem ich je begegnet bin, und falls er mir wirklich zugetan sein sollte ... Dann halte ich es für klüger, wenn er jede Form der Annäherung unterlässt.«

Oh! Dieser widerliche Mr. Darcy!, dachte Elizabeth zugleich. Sie war in ihn verliebt. Und es schien eine ebenso unmögliche Beziehung zu sein wie die von Mr. Bingley und Jane.

»Möglicherweise wäre es klug, Mr. Wickham nicht zu ermutigen, so häufig herzukommen. Zumindest solltest du deine Mutter nicht daran erinnern, ihn einzuladen.«

»Das wollte ich ja«, erwiderte Elizabeth mit entschuldigendem Lächeln. »Aber dann hat Lydia so laut gejammert, dass Mama doch nachgegeben hat.«

Wie sich herausstellte, hätte sich ihre Tante keine Sorgen machen müssen. Kurz nach Weihnachten verliebte sich Mr. Wickham in eine junge Frau, die einmal zehntausend Pfund erben würde. Seltsamerweise wurden Mr. Wickhams Besuche danach immer seltener.

All dies wurde Mrs. Gardiner zugetragen, und nachdem Elizabeth die Umstände beschrieben hatte, fuhr sie fort: »Ich bin jetzt davon überzeugt, dass ich noch nie verliebt war, liebste Tante, denn hätte ich diese reine und immerwährende Leidenschaft ihm gegenüber gespürt, würde ich seinen

Namen jetzt verabscheuen und ihm nur das Schlimmste wünschen. Aber meine Gefühle für ihn sind noch immer wohlwollend, und ich bin auch dieser Miss King gegenüber vorbehaltlos. Kitty und Lydia nehmen seinen Treuebruch weitaus schwerer. Sie sind noch jung und mussten noch nicht die erschreckende Feststellung machen, dass gut aussehende junge Männer ebenso einen Lebensunterhalt benötigen wie unscheinbare.«

Am Donnerstag war Charlottes Hochzeitstag, und am Mittwoch machte sie ihren Abschiedsbesuch. Als sie aufstand, um zu gehen, begleitete Elizabeth sie nach draußen, da sie sich für die halbherzigen und erzwungen klingenden Glückwünsche ihrer Mutter schämte. Während sie nach unten gingen, sagte Charlotte: »Ich vertraue darauf, häufig von dir zu hören, Eliza.«

»Das wirst du auch.«

»Und ich möchte dich noch um einen weiteren Gefallen bitten. Wirst du mich besuchen?«

»Ich hoffe doch, dass wir uns oft in Hertfordshire sehen werden.«

»Es wird vermutlich eine Weile dauern, bis ich nach Kent zurückkehre. Versprich mir, dass du mich in Hunsford besuchen kommst.«

Elizabeth konnte ihr diesen Wunsch nicht abschlagen, auch wenn sie diesem Besuch nicht gerade mit Freude entgegensah.

Die Hochzeit fand statt, und die Braut und der Bräutigam brachen direkt nach Verlassen der Kirche auf. Alle hatten zu diesem Thema so viel zu sagen, wie es üblich war. Elizabeth hörte schon bald etwas von ihrer Freundin, und sie schrieben sich so regelmäßig wie eh und je, auch wenn es unmöglich zu sein schien, weiterhin derart offenherzig miteinander zu sein.

Elizabeth konnte ihr nie schreiben, ohne das Gefühl zu haben, dass ihre Vertrautheit Vergangenheit war, und obwohl sie entschlossen war, in ihrer Korrespondenz nicht nachzulassen, tat sie dies doch eher der Vergangenheit denn der Gegenwart zuliebe.

Einige Monate zogen ins Land, und Elizabeth stellte fest, dass die Abwesenheit der Frischvermählten ihren Wunsch, Charlotte wiederzusehen, gestärkt und ihre Abneigung gegen Mr. Collins geschwächt hatte. Als die Einladung eintraf, Charlottes Familie nach Hunsford zu begleiten, nahm Elizabeth sie deshalb gerne an. Die Reise würde ihr auch gestatten, Jane zu sehen, und als der Tag der Abreise näher kam, konnte sie es kaum noch erwarten.

Ihr Besuch bei Jane war bittersüß. Zwar freute sie sich, ihre Schwester wiederzusehen, aber es fiel ihr schwer, mitanzusehen, wie diese tapfer versuchte, mit einem gebrochenen Herzen zu leben.

Sie konnte nicht anders, als sich ihrer Tante anzuvertrauen, nachdem Jane sich seufzend entschuldigt hatte und früh zu Bett gegangen war. »Ich habe eine sehr schlechte Meinung von jungen Männern, die in Derbyshire leben, und ebenso von ihren engen Freunden aus Hertfordshire. Ich bin sie alle leid. Dem Himmel sei Dank werde ich morgen einem Mann begegnen, der nicht eine einzige liebenswürdige Eigenschaft besitzt, keine Umgangsformen kennt oder über nennenswerte Intelligenz verfügt. Dumme Männer sind letzten Endes die einzigen, die es zu kennen lohnt!«

»Gib gut acht, Lizzy, denn diese Worte klingen stark nach Enttäuschung«, meinte ihre Tante.

Als sie am nächsten Tag von der Hauptstraße in Richtung Hunsford abbogen, hielten sie Ausschau nach dem Pfarrhaus und erwarteten hinter jeder Biegung, es zu sehen. Die Zäune von Rosings Park grenzten auf einer Seite an die Straße. Elizabeth lächelte, als sie sich an all das erinnerte, was sie über die Bewohner des Anwesens gehört hatte.

Endlich kam das Pfarrhaus in Sicht. Der Garten, der zur Straße hin abfiel, das Haus, die grüne Umzäunung und die Lorbeerhecke sagten ihnen, dass sie angekommen waren. Mr. Collins und Charlotte erschienen in der Tür, und die Kutsche hielt vor dem kleinen Tor, durch das man über einen kurzen Kiesweg zum Haus gelangte. Alle lächelten und winkten einander zu, und rasch waren alle ausgestiegen und freuten sich über das Wiedersehen. Mrs. Collins begrüßte ihre Freundin lebhaft, und Elizabeth war sehr glücklich darüber, hergekommen zu sein, da sie so herzlich empfangen wurde.

Wenn Mr. Collins etwas sagte, was seiner Gattin hätte peinlich sein können, sah Elizabeth Charlotte unwillkürlich an. Ein- oder zweimal glaubte sie, ein leichtes Erröten zu erkennen, aber im Allgemeinen schien Charlotte es einfach zu überhören.

Mr. Collins teilte ihnen voller Freude mit, dass die ganze Gesellschaft zum Abendessen in Rosings eingeladen wäre.

Als die Damen sich trennten, um sich zurechtzumachen, sagte er zu Elizabeth: »Seien Sie unbesorgt, was Ihre Garderobe angeht, liebe Cousine. Lady Catherine wird nicht schlecht von Ihnen denken, nur weil Sie einfach gekleidet sind. Sie zieht es vor, dass der Rangunterschied auch in dieser Hinsicht gewahrt bleibt.«

Nach allem, was Elizabeth von ihrer Tante über Lady Catherine gehört hatte, lag halb London vor ihr auf den Knien oder bettelte darum, dies tun zu dürfen. Als sie daran dachte, dass sie Mr. Darcys Tante war, merkte sie, wie sehr sie ihn vermisste. Sie war in dieser Hinsicht zu einem Entschluss gelangt: Wenn sie Mr. Darcy das nächste Mal sah, würde sie sein Angebot annehmen. Ihre Jungfräulichkeit war ihr inzwischen völlig gleichgültig, ebenso wie der Wunsch, einen Gatten zu finden. Sie wollte ihn. Während der letzten Monate hatte sie sich nur zur Hälfte lebendig gefühlt. Sie erkannte sich selbst in Jane wieder und schwor sich, dass sie nicht verwelken wollte, nur weil sich die wahre Liebe nicht einstellte. Sie würde um Mr. Darcy kämpfen und dafür sorgen, dass er sie genug begehrte, um ihr fehlendes Vermögen vergessen zu können.

Da das Wetter gut war, machten sie einen angenehmen Spaziergang von etwa einer halben Meile durch den Park. Von der Eingangshalle, in der Mr. Collins stolz auf die wundervolle Ausgewogenheit und die herrlichen Verzierungen hinwies, folgten sie den Dienern durch eine Vorhalle in den Raum, in dem Lady Catherine, ihre Tochter und Mr. Darcy saßen. Ihre Ladyschaft erhob sich mit herablassender Miene, um sie zu begrüßen.

Elizabeth erstarrte, und die Welt schien stillzustehen, als Mr. Darcy und sie einander anstarrten. Sie hatte nicht erwartet, ihn hier zu treffen, und seine Anwesenheit bewirkte, dass ihr ein Schauer über den Rücken lief. Würde seine Tante es bemerken, wenn sie sich zusammen davonstahlen? Lady Catherine war eine große, imposante Dame mit markanten Gesichtszügen, die früher einmal hübsch gewesen sein mochten. Sie hatte nichts Einnehmendes an sich und empfing ihre Besucher so, als wollte sie sie ihren niederen Rang spüren lassen. Sie sprach in einem herrischen Tonfall, was ihre selbstgefällige Art noch unterstrich.

Nachdem sie die Mutter gemustert hatte, in deren Haltung und Benehmen sie schon bald eine Ähnlichkeit mit Mr. Darcy erkennen konnte, richtete Elizabeth den Blick auf die Tochter und war erstaunt, dass diese so dünn und klein war. Weder in ihrer Statur noch in ihren Gesichtszügen waren sich die Damen ähnlich. Miss de Bourgh sah blass und kränklich aus, und ihre Züge waren zwar nicht reizlos, aber doch nichtssagend. Sie sprach nur sehr wenig und wenn, dann mit leiser Stimme.

War Darcy hier, um der kränklichen Anne den Hof zu machen?

Das Abendessen war delikat, auch wenn Elizabeth nichts davon anrührte.

Als die Damen in den Salon zurückkehrten, konnten sie nichts anderes tun, als Lady Catherine zu lauschen, während Elizabeth am liebsten Mr. Darcy gefolgt wäre. Aber Lady Catherine bestimmte die Unterhaltung, bis der Kaffee gebracht wurde, und tat ihre Meinung zu jedem Thema entschieden kund, womit sie bewies, dass sie keinen Widerspruch gewohnt war.

»Spielen Sie Klavier und singen Sie, Miss Bennet?«

»Ein wenig.«

»Oh! Dann werden wir Sie bei Gelegenheit gern hören. Unser Instrument ist vermutlich ein besseres als das, das Sie ... Sie sollten es eines Tages ausprobieren. Hat eine Ihrer jüngeren Schwestern schon debütiert?«

»Ja, alle, Madam.«

»Alle! Etwa alle fünf auf einmal? Sehr merkwürdig! Und Sie sind die Zweitälteste. Die Jüngeren haben schon debütiert, bevor die Ältesten verheiratet sind! Ihre jüngeren Schwestern sind gewiss sehr jung?«

»Ja, die jüngste ist noch keine sechzehn. Möglicherweise ist sie etwas zu jung, um viel in Gesellschaft zu sein. Aber ich denke wirklich, dass es sehr schwer für jüngere Schwestern ist, keinen Anteil an gesellschaftlichen Vergnügungen zu haben, nur weil die älteren nicht geeignet oder geneigt sind, früh zu heiraten. Dies wäre vermutlich auch der schwesterlichen Liebe nicht gerade zuträglich.«

»Auf mein Wort«, sagte Lady Catherine, »Sie tun Ihre Meinung für einen so jungen Menschen aber sehr entschieden kund. Wie alt sind Sie bitte?«

»Wenn man wie ich mit drei jüngeren Schwestern aufwächst, kann Eure Ladyschaft kaum erwarten, dass ich das verrate«, antwortete Elizabeth lächelnd.

Lady Catherine schien sehr erstaunt darüber zu sein, dass sie keine direkte Antwort erhielt, und Elizabeth vermutete, dass sie womöglich der erste Mensch war, der es gewagt hatte, ihr derart impertinent entgegenzutreten. Sie hielt dem Blick der alten Domina stand, die sie nun herablassend musterte.

»Sie können nicht älter als zwanzig sein, da bin ich mir sicher, daher gibt es keinen Grund, Ihr Alter zu verschweigen.«

»Ich bin einundzwanzig.«

Als die Gentlemen sich ihnen wieder angeschlossen hatten und der Tee eingenommen worden war, wurden die Kartentische aufgestellt. Lady Catherine, Mr. Darcy und Mr. und Mrs. Collins setzten sich zur Quadrille, während Miss de Bourgh beschloss, Casino zu spielen, sodass die beiden jungen Damen die Ehre hatten, Mrs. Jenkinsons Runde zu vervollständigen. An ihrem Tisch ging es ausgesprochen langweilig zu, und es wurde kaum ein Wort gesagt, das nicht mit dem Spiel zu tun hatte.

Am anderen Tisch passierte sehr viel mehr. Im Allgemeinen hatte Lady Catherine das Wort und wies auf die Fehler der drei anderen Spieler hin oder gab eine Anekdote zum Besten. Mr. Collins war damit beschäftigt, Ihrer Ladyschaft in jeder Hinsicht zuzustimmen, dankte ihr für jeden Stich, den er gewann, und entschuldigte sich, wenn er der Ansicht war, er hätte zu viele gewonnen.

»Es gibt vermutlich nur wenige Menschen in England, die ein wahrhaftigeres Vergnügen an der Musik oder einen von Natur aus besseren Geschmack diesbezüglich haben als ich«, sagte Lady Catherine. »Wenn ich es je gelernt hätte, wäre ich gewiss eine gute Klavierspielerin geworden. Das gilt auch für Anne, wenn es ihr ihre Gesundheit erlauben würde. Sie würde bestimmt wunderbar spielen. Macht Georgiana Fortschritte, Darcy?«

Mr. Darcy sprach wohlwollend und lobend über die Fertigkeiten seiner Schwester.

»Ich bin sehr froh, so viel Gutes von ihr zu hören«, meinte Lady Catherine, »und bitte sagen Sie ihr von mir, dass sie nicht erwarten kann, herausragend zu spielen, wenn sie nicht sehr viel übt.«

»Ich kann Ihnen versichern, Madam«, erwiderte er, »dass sie diesen Rat nicht benötigt, da sie ohnehin unablässig übt.«

»Umso besser. In dieser Hinsicht kann man gar nicht zu viel tun, und wenn ich ihr das nächste Mal schreibe, werde ich sie wissen lassen, dass sie ihr Studium auf keinen Fall vernachlässigen darf. Ich sage den jungen Damen häufig, dass man ohne unablässiges Üben in der Musik keine vortrefflichen Leistungen erwarten kann. Mir wurde gesagt, dass Mrs. Collins an keinem Instrument sehr geübt ist, aber ich habe ihr schon mehrfach gesagt, dass sie gern jeden Tag nach Rosings kommen und das Pianoforte in Mrs. Jenkinsons Zimmer spielen kann. In diesem Teil des Hauses würde sie niemanden stören, wissen Sie.«

Mr. Darcy schien sich ein wenig für die Unverfrorenheit seiner Tante zu schämen und erwiderte nichts darauf.

»Miss Bennet würde nicht so schlecht spielen, wenn sie nur häufiger üben würde und den Vorteil eines Lehrers aus London genießen könnte. Sie besitzt eine gute Fingerfertigkeit.«

Der Blick, den Mr. Darcy nun Elizabeth zuwarf, war vielsagend und voller Humor, Verlangen und den vertrauten Anzeichen der Lust.

»Aber ihr Geschmack gleicht nicht dem von Anne. Anne wäre eine wundervolle Musikerin geworden, hätte ihre Gesundheit es ihr erlaubt, das Klavierspiel zu erlernen«, fuhr Lady Catherine fort, ohne die hitzigen Blicke zu bemerken, die ihr Neffe und Miss Bennet austauschten.

Elizabeth musterte Darcy, während dieser das Lob für seine Cousine höflich bestätigte, aber weder in diesem noch in irgendeinem anderen Augenblick konnte sie ein Anzeichen für seine Liebe zu dieser erkennen. Aus seinem ganzen Verhalten Miss de Bourgh gegenüber gewann sie die Gewissheit, dass er ebenso gut Miss Bingley hätte heiraten können, wäre sie seine Verwandte gewesen.

Nachdem Lady Catherine und ihre Tochter so lange gespielt hatten, wie sie es wünschten, wurden die Tische weggetragen, und man bot Mrs. Collins an, sie mit der Kutsche heimzufahren, was diese dankend annahm. Danach versammelte sich die Gesellschaft am Feuer, um Lady Catherine zuzuhören, wie sie das Wetter für den kommenden Morgen bestimmte.

Elizabeth bekam keine Gelegenheit, ein Wort unter vier Augen mit Mr. Darcy zu wechseln. Als sie es versuchte, unterbrach Lady Catherine sie und wechselte zu einem anderen Thema. Elizabeth wollte unter all diesen Menschen nicht über ihre Gefühle sprechen, und der einzige Hinweis darauf, dass Mr. Darcy sich gern allein mit ihr getroffen hätte, waren die dunklen, nachdenklichen Blicke, mit denen er sie bedachte.

Sobald sie aufgebrochen waren, wurde Elizabeth von ihrem Cousin gebeten, ihre Meinung über all das kundzutun, was sie in Rosings erlebt hatte, und Charlotte zuliebe fiel ihr Urteil freundlicher aus, als es eigentlich war. Doch ihr Lob, das sie einige Mühe kostete, konnte Mr. Collins bei Weitem nicht zufriedenstellen, und er sah sich darum gezwungen, Ihre Ladyschaft selbst bis in den Himmel zu loben.

25

Am folgenden Vormittag kam Mr. Darcy zu Besuch, und er wurde von einem Colonel Fitzwilliam begleitet, dem jüngeren Sohn seines Onkels.

»Diese Höflichkeit habe ich vermutlich Ihnen zu verdanken, Eliza. Mr. Darcy hätte mir sonst nie so bald seine Aufwartung gemacht«, sagte Mr. Collins.

Elizabeth hatte kaum Zeit, sich über dieses Kompliment Gedanken zu machen, als auch schon die Glocke ertönte, und die drei Herren kurze Zeit später den Raum betraten. Colonel Fitzwilliam, der vorausging, war etwa dreißig und nicht unbedingt stattlich, aber was die Umgangsformen betraf ein wahrer Gentleman.

Mr. Darcy machte denselben Anschein, den er auch in Hertfordshire gemacht hatte. Mit seiner üblichen Reserviertheit begrüßte er Mrs. Collins und Elizabeth, ohne durchblicken zu lassen, wie seine Gefühle für Letztere aussehen mochten. Elizabeth knickste nur und sagte keinen Ton.

Es dauerte nicht lange, bis der Colonel Mr. Collins bat, ihn herumzuführen, und Charlotte, die die durchdringenden Blicke bemerkte, die ihre Freundin und Mr. Darcy austauschten, verließ kurz darauf ebenfalls den Salon.

»Wollten Sie mich erschrecken, indem Sie mich besuchen, Mr. Darcy? Ich habe eine Dickköpfigkeit, die es einfach nicht zulässt, dass ich mich vor anderen ängstige. Mein Mut wächst mit jedem Versuch, mich einzuschüchtern.«

»Ich werde nicht behaupten, es wäre anders«, erwiderte er, »denn Sie können nicht wirklich glaube, ich wolle Sie in irgendeiner Weise verschrecken. Außerdem hatte ich das Vergnügen Ihrer Bekanntschaft nun schon lange genug, um zu wissen, dass Sie ein großes Vergnügen daran haben, gelegentlich Meinungen von sich zu geben, die tatsächlich nicht mit Ihrer eigenen übereinstimmen.«

Elizabeth lachte herzlich über dieses Bild, das er von ihr malte, und war derart froh darüber, ihn zu sehen, dass sie nicht wusste, wie sie ihm sagen sollte, dass sie von nun an die seine war.

»Ich habe oft an Sie gedacht«, meinte er lächelnd.

»An mich?«, fragte Elizabeth. »Das Mädchen, das Sie einst für annehmbar hielten, aber nicht hübsch genug, um Sie in Versuchung zu führen?« Sie begehrte ihn, aber sie hatte nicht vor, es ihm leicht zu machen.

»Möglicherweise habe ich ein vorschnelles Urteil gefällt, da wir einander noch nicht vorgestellt worden waren«, sagte Darcy. »Und ich eigne mich auch nur sehr schlecht dazu, mich Fremden zu präsentieren.«

»Warum ist ein Mann mit Verstand und einer guten Erziehung, der sich in der Welt auskennt, ungeeignet, sich Fremden zu empfehlen?«

»Würden Sie mir glauben, wenn ich Ihnen gestehe, dass ich schüchtern bin?«

»Ich würde Ihnen fast alles glauben«, gestand sie und war auf einmal ein wenig verlegen.

»Ich habe Sie vermisst«, sagte er.

»Sie alle haben Netherfield letzten November so plötzlich verlassen, Mr. Darcy! Es muss eine schöne Überraschung für Mr. Bingley gewesen sein, dass Sie ihm so bald gefolgt sind, denn wenn ich mich recht erinnere, war er am Tag zuvor abgereist. Ich hoffe, er und seine Schwestern waren wohlauf, als Sie nun London verlassen haben?«

»Danke, das waren sie.«

Sie stellte fest, dass sie keine weitere Antwort bekommen würde, und fügte nach kurzer Pause hinzu: »Ich habe gehört, dass Mr. Bingley wohl nicht mehr nach Netherfield zurückkehren wird ...«

»Ich habe ihn das nie sagen hören, aber es ist wahrscheinlich, dass er in Zukunft sehr wenig Zeit dort verbringen wird. Er hat viele Freunde und steht an einem Punkt in seinem Leben, an dem gesellschaftliche Verpflichtungen immer mehr an Bedeutung gewinnen.«

»Wenn er vorhat, sich nur selten in Netherfield aufzuhalten, dann wäre es besser für die Gemeinde, wenn er das Haus ganz aufgeben würde, damit sich dort möglicherweise eine Familie niederlassen könnte. Ich hatte so große Hoffnungen in ihn gesetzt.« Elizabeth leckte sich die Lippen und sah zu Boden, damit Darcy ihr nicht ansehen konnte, wie sehr sie sich nach ihm verzehrte. »Aber vielleicht hat Mr. Bingley das Haus ja nicht in erster Linie wegen der Nachbarschaft übernommen. In jedem Fall werden wir sehen, ob er es nun behält oder aufgibt.«

»Es würde mich nicht überraschen, wenn er es aufgibt, sobald er ein angemessenes Angebot dafür bekommt«, meinte Mr. Darcy.

Elizabeth sagte nichts dazu. Sie wollte nicht länger über seinen Freund reden, hatte aber auch sonst nichts zu sagen, sodass sie es ihm überließ, ein neues Gesprächsthema zu finden.

Er verstand den Wink und meinte kurz darauf: »Würden Sie gern einen Spaziergang mit mir machen?«

»Sehr gern«, erwiderte sie und nahm seine Hand, als er sich erhob.

Sie gingen so schnell, wie es die Schicklichkeit erlaubte, und schwiegen, bis sie zu einem Pavillon an einem Ententeich gelangten.

»Mr. Darcy«, setzte Elizabeth an, aber er zog sie an sich und erstickte ihre Worte mit einem Kuss, der ihre Welt ins Wanken brachte. Eine sanfte Brise, den Duft des Kiefernwaldes mit sich trug, bauschte ihr Kleid auf. Darcys warmer Mund weckte erneut Gefühle in ihr, von denen sie schon geglaubt hatte, sie habe sie sich nur eingebildet. Das Haar in seinem Nacken fühlte sich seidig an, als sie mit den Fingern darüberstrich. Ihre andere Hand ruhte an seiner Wange.

»Ich muss dich haben«, stieß er hervor.

»Hier?« Elizabeth sah ihn schockiert an. »Es könnte jeden Augenblick jemand vorbeikommen und uns sehen.«

»Ja«, erwiderte er. »Hast du über mein Angebot nachgedacht?«

»Wenn Mr. Bingley nicht nach Netherfield zurückkehrt, wartet dort kein Kerker mehr auf uns.«

»In Pemberley gibt es auch einen.«

Sie war bis ins Innerste erschüttert. »Ich wäre ruiniert, denn dort könnten wir unser Treiben nicht auf dieselbe Art verbergen wie in Netherfield. Pemberly befindet sich in der Nähe meines Zuhauses, und Mr. Bingleys Schwestern residierten ebenfalls dort.«

»Du könntest meine Schwester Georgiana besuchen. Ich werde dafür sorgen, dass genug Anstandsdamen anwesend sind, um jeglichen Klatsch im Keim zu ersticken.«

»Du führst mich in Versuchung. Ich hatte mich schon entschieden, es mit Netherfield zu versuchen, aber Pemberley …«

»Dann ist es entschieden. Zieh dich auf der Stelle aus.«

Elizabeth begann, ihr Mieder aufzuschnüren. »Ich kann gar nicht anders.«

»Das liegt daran, dass du mich als deinen Meister anerkennst.«

»Das tue ich«, gestand sie und blickte sich unsicher um.

»Wenn ich dein Meister bin, musst du mir nicht nur deinen Körper, sondern auch dein Vertrauen schenken. Ich werde deinen Ruf beschützen. Aber ich werde dir keinen anderen Mann gestatten, solange du mich nicht bittest, deine Ausbildung zu beenden. Ich werde dafür sorgen, dass du in Sicherheit bist und nicht gesehen wirst.« Er zog einen langen Seidenschal aus der Tasche. »Ob du es mir glaubst oder nicht, das hier wird die Sache vereinfachen.« Er legte ihn ihr zärtlich über die Augen und band ihn an ihrem Hinterkopf zusammen.

»Ich sehe nichts mehr«, erklärte Elizabeth und betastete die Augenbinde mit einer Hand.

Er hielt ihre Finger fest. »Es ist mein Wille, dass du nichts sehen kannst.«

Elizabeth spürte seine Hände auf ihren Schultern, und sein Körper presste sich gegen ihren, bis sie mit dem Rücken an der Wand stand.

»Öffne dein Mieder, und lass mich deine wunderschönen Brüste küssen.«

Mit zitternden Fingern kam Elizabeth der Aufforderung nach. Mr. Darcy entblößte ihre Brüste, die damit der kühlen Luft ausgesetzt waren.

»So wunderschön«, murmelte er und streichelte mit dem Daumen darüber.

Dann legte er den Mund auf eine Brustspitze und saugte fest an ihr. Elizabeth war froh, dass sie die hölzerne Wand im Rücken spürte, da ihre Knie nachzugeben drohten. Er widmete sich der anderen Brustspitze und biss sanft hinein. Elizabeth streckte die Hände nach ihm aus, als er die lustvolle Liebkosung unterbrach.

»Leg die Hände hinter den Kopf«, forderte er. »Dann heben sich deine Brüste.«

Elizabeth tat es und erschauerte, als die Brise ihre feuchten Nippel umspielte. Im nächsten Augenblick schoss ein stechender Schmerz durch ihre empfindlichen Brüste, und sie schrie auf.

»Sei leise«, sagte Darcy.

Sie biss sich auf die Lippe, als sie ein Rascheln hörte, bevor vier dicke Lederbänder über ihre Brüste tanzten. Auch wenn sie nicht wusste, ob und wann er sie schlagen würde, bog sie sich ihm entgegen und fragte sich, wann sich dieses kribbelnde Gefühl, das Verlangen in ihr hervorrief, in einen stechenden Schmerz verwandeln würde. Die Luft kühlte ihre Haut ... Da spürte sie die Bänder wieder. Er schien sich nicht bewegt zu haben, daher war sie überrascht, als der Schlag ihre Brüste traf.

»So gehorsam«, hauchte er. Seine Stimme klang nun wilder, dunkel und gefährlich. »Du bereitest mir Freude.«

Er küsste ihre Brüste. »Du bist ganz heiß von den Schlägen. Gefällt dir das?«

»Ja, Meister«, antwortete sie.

»Komm her.« Er ließ sie die Hände senken und führte sie in die Mitte des Pavillons.

Dort musste sie sich auf einen Tisch legen. Elizabeth spürte, wie Mr. Darcy ihr sein zusammengefaltetes Jackett unter den Kopf schob. Er drückte ihre Knie nach oben bis auf ihre Brust. Sie stöhnte, als sie die kühle Luft an ihrer bloßen Spalte spürte. Er schob ihr das Kleid bis zur Taille hoch.

»Jammerst du dieses Mal nicht, dass du dir deine Jungfräulichkeit für deinen Bräutigam aufsparen möchtest?«

»Das ist unwichtig«, erwiderte sie. »Die Männer sind nur an meiner Mitgift oder ihrem Fehlen interessiert. Es ist genau so, wie Sie gesagt haben. Wenn ich Lust in mein Ehebett bringen kann, ist das viel mehr wert.«

»So etwas Zynisches würde ich niemals sagen«, meinte Mr. Darcy. »Du bist eine intelligente, leidenschaftliche Frau und würdest jeden Mann mit Stolz erfüllen.«

»Wenn ich doch nur reich wäre«, entgegnete Elizabeth. »Aber das ist unwichtig. Haben Sie vor, nur mit mir zu reden, Meister? Oder wollen Sie mich in die Kunst des Liebesspiels zwischen Mann und Frau einführen?«

Die Lederbänder trafen sie hart an den Oberschenkeln. Es war, als würde sie von feuchten Zungen geschlagen. Er schlug sie noch zweimal, und das Gefühl, das er damit hervorrief, raubte ihr den Atem. Es war nicht direkt Schmerz, aber auch keine wirkliche Lust.

»Wenn ich es wünsche«, sagte er.

»Natürlich«, brachte Elizabeth heraus, als sie wieder Worte fand.

»Ich möchte dir so viele Dinge zeigen. Aber du musst leise sein, denn ganz in der Nähe kommen gerade einige Spaziergänger vorbei.«

Elizabeth geriet in Panik und versuchte aufzustehen. In diesem Augenblick drang Mr. Darcy in sie ein. Als sie den Mund aufriss, um zu schreien, brüllen, stöhnen – sie war sich nicht sicher, was es sein sollte –, verhinderte der Griff der Peitsche, dass etwas anderes als ein kehliges Keuchen zu hören war.

»Sie sehen nicht einmal in unsere Richtung«, sagte er und drückte sie an sich. »Gib ihnen keinen Grund, sich hier umzusehen. Ich würde diese Sache hier nur ungern unterbrechen müssen. Du bist eng und feucht. Gefällt es dir, mich in dir zu spüren?«

»Hm«, murmelte Elizabeth.

Er stieß sich in sie hinein. »Ich bin tiefer in dich eingedrungen, als ich erwartet hätte. Du passt dich mir gut an. Merkst du, wie deine Sorge um deine Jungfräulichkeit verschwunden ist? Nun ist sie endgültig dahin. Jetzt gibt es nichts mehr als unsere Lust.«

Elizabeth fühlte sich ganz und vollkommen. Sie begriff, welche Wonnen Charlotte und sie beinahe erreicht hätten. Dieses unbändige Verlangen, dieses Gefühl vollkommener Freiheit, losgelöst von jeder Vernunft. Dieser Drang, sich ihrem Meister hinzugeben. Zu wissen, dass alles gut werden würde, weil er die Kontrolle hatte.

»Oh«, stöhnte sie trotz des ledernen Peitschengriffs in ihrem Mund. Er gab einen gleichmäßigen, wunderbaren Rhythmus vor, während sich ihr Körper langsam an seine Größe gewöhnte. Das war so viel schöner, als wenn jemand die Finger in sie schob. Sein Schaft war groß und prall.

»Du bist perfekt. Genau, wie ich es mir erträumt habe. In jeder meiner Fantasien, seitdem du mich in Netherfield angesehen hast. Ich möchte, dass du kommst, während ich tief in dir bin, daher werde ich aufhören, mich zu bewegen.«

Elizabeth biss auf die Peitsche in ihrem Mund und stöhnte frustriert. Sie bewegte das Becken und presste die Muskeln um seine Männlichkeit, um zum Höhepunkt zu kommen.

»Ja, du weißt, was du willst. Das gefällt mir.« Er rammte sich noch einmal tief in sie hinein, dann ließ er seinen Schaft halb aus ihr herausgleiten, um mit dem Daumen über ihre empfindsame Klitoris zu streicheln.

Sie biss fest auf den Peitschengriff und warf den Kopf hin und her.

»Ich habe mich so sehr nach dir gesehnt.« Seine Finger tanzten über ihre Spalte, bis Elizabeth spürte, dass sich die wunderbare Erregung in ihr immer weiter aufbaute, bis sie schließlich so heftig kam, dass ihr schwindelig wurde.

»Perfekt«, stieß er hervor und gab ihr mit schnellen, tiefen Stößen, was sie brauchte.

Als er sich aus ihr herauszog, fühlte sich Elizabeth leer. Sie hatte Krämpfe in den Beinen, aber Mr. Darcy hielt sie fest, als sie aufstand. Sanft schob er ihre Brüste wieder in ihr Mieder und verschnürte es. Dann löste er ihre Augenbinde und versicherte ihr noch einmal: »Du warst perfekt.«

Elizabeth hatte das Gefühl, in einer strahlend neuen Welt aufzuwachen, in der Mr. Darcy ihr Meister war und sie sich ihm mit Haut und Haaren verschrieb. Viel zu früh kehrten sie ins Haus der Collins' zurück, wo sie so taten, als wäre ihre Welt nicht auf den Kopf gestellt worden.

26

Mehr als einmal begegnete Elizabeth bei ihren Spaziergängen im Park unerwartet Mr. Darcy. Jedes Mal brachte er sie in den Pavillon, von dem aus man aufs Wasser hinausblicken konnte, und lehrte sie die Freuden, die sie empfinden konnte, wenn sie sich ihm unterwarf. Sie hatte sich nie zuvor so glücklich und frei gefühlt.

Eines Tages war sie während des Gehens damit beschäftigt, Janes letzten Brief zu lesen, die offenbar nicht in bester Verfassung war. Doch diesmal wurde Elizabeth nicht wie sonst von Mr. Darcy überrascht, sondern sah sich plötzlich Colonel Fitzwilliam gegenüber. Sie steckte den Brief sofort weg und zwang sich, trotz ihrer Enttäuschung zu lächeln.

»Ich wusste nicht, dass Sie auch hier spazieren gehen«, sagte sie.

»Ich mache einen Gang durch den Park, wie ich es gewöhnlich einmal im Jahr tue«, erwiderte er, »und wollte zum Abschluss kurz im Pfarrhaus vorbeischauen. Gehen Sie noch weit?«

»Nein, ich wollte gleich umkehren.«

Das tat sie dann auch, und sie gingen zusammen zum Pfarrhaus.

»Wenn Darcy die Abreise nicht noch einmal verschiebt, werden wir leider am Sonnabend nach Kent aufbrechen.«

Elizabeth war tief betrübt, auch wenn sie sich sagte, dass die Liebe in ihrem Arrangement mit Mr. Darcy keine Rolle spielen konnte und durfte. Er würde abreisen, und sie würde darauf warten, dass er sie nach Pemberley rief.

»Ich vermute, Ihr Cousin hat Sie hauptsächlich aus dem Grund mitgenommen, um jemanden an seiner Seite zu haben«, meinte sie, und da ihr verräterisches Herz keine Ruhe geben wollte, fuhr sie fort: »Ich frage mich, warum er nicht heiratet, um sich auf Dauer einer derartigen Annehmlichkeit sicher sein zu können. Aber vielleicht genügt ihm seine Schwester ja im Augenblick, und da sie unter seiner alleinigen Obhut steht, kann er mit ihr machen, was er will.«

»Nein«, widersprach ihr Colonel Fitzwilliam, »dieses Recht muss er sich mit mir teilen. Ich teile mir mit ihm Miss Darcys Vormundschaft.«

»Ist dem so? Macht Ihnen Ihr Mündel viele Umstände? Junge Damen in diesem Alter können manchmal ein bisschen schwierig sein, und wenn sie den Geist der Darcys in sich trägt, hat sie vermutlich einen starken eigenen Willen. Jedenfalls ist sie bei einigen Damen aus meinem Bekanntenkreis sehr beliebt. Ich spreche von Mrs. Hurst und Miss Bingley. Ich glaube, Sie sagten bereits, Sie würden die beiden kennen.«

»Ich kenne sie ein wenig. Ihr Bruder ist ein angenehmer, ehrenwerter Mensch und ein enger Freund von Mr. Darcy.«

»Oh ja«, erwiderte Elizabeth trocken. »Mr. Darcy ist ungewöhnlich freundlich zu Mr. Bingley und kümmert sich ganz besonders gut um ihn.« Sie erinnerte sich an das, was der Mann mit der schwarzen Maske über Mr. Bingley im Vergleich zu dessen Schwester gesagt hatte.

»Kümmern! Ja, ich glaube tatsächlich, dass sich Darcy in gewissen Angelegenheiten um ihn kümmert. Wie ich seinen

Worten während unserer Reise hierher entnehmen konnte, ist ihm Mr. Bingley sogar zu großem Dank verpflichtet.«

»Wie meinen Sie das?«

»Darcy ist stolz darauf, dass er seinen Freund erst vor Kurzem davor bewahrt hat, äußerst unbesonnen eine Ehe einzugehen.«

»Hat Ihnen Mr. Darcy die Gründe für sein Eingreifen dargelegt?«

»Soweit mir bekannt ist, gab es einige schwerwiegende Einwände gegen die Dame.«

»Und welche Kunst hat er eingesetzt, um die Liebenden voneinander zu trennen?«

»Er hat von keiner Kunst gesprochen«, antwortete Fitzwilliam lächelnd. »Er hat mir nur erzählt, was ich Ihnen gerade gesagt habe.«

Elizabeth sagte nichts weiter dazu und ging weiter, während ihr vor Entrüstung das Herz schwer wurde. Nachdem Fitzwilliam sie eine Zeit lang beobachtet hatte, wollte er wissen, warum sie so nachdenklich war.

»Ich denke über das nach, was Sie mir gerade erzählt haben«, erklärte sie. »Das Verhalten Ihres Cousins ist meiner Ansicht nach falsch. Wie kann er sich anmaßen, über andere zu urteilen?«

»Sie sind also eher geneigt, sein Einmischen als aufdringlich anzusehen?«

»Ich wüsste nicht, welches Recht Mr. Darcy hätte, darüber zu entscheiden, ob die Neigung seines Freundes schicklich war oder auf welche Weise sein Freund glücklich werden soll.«

»Das ist eine durchaus verständliche Denkweise«, sagte Fitzwilliam, »aber sie schmälert den Triumph meines Cousins ungemein.«

Sie wollte lieber nichts weiter dazu sagen, daher wechselte sie schnell das Thema und sprach über andere Angelegenheiten, bis sie das Pfarrhaus erreichten. Dort schloss sie sich in ihrem Zimmer ein, sobald der Besucher gegangen war, damit sie in Ruhe über all das nachdenken konnte, was sie gehört hatte. Ihr war, als wäre sie aus einem sinnlichen und zugleich unerhörten Traum erwacht. Was hatte sie sich nur dabei gedacht, sich einem Mann wie Mr. Darcy hinzugeben? Sie zweifelte nicht daran, dass er Maßnahmen ergriffen hatte, um Bingley und Jane voneinander zu trennen, aber sie hatte immer geglaubt, dass Miss Bingley dahintersteckte und alles arrangiert hätte.

Falls nicht Mr. Darcys Eitelkeit ihn dazu bewogen hatte, etwas Derartiges zu behaupten, dann waren sein Stolz und seine Willkür der Grund dafür, dass Jane so hatte leiden müssen und noch immer litt. Er hatte zumindest vorübergehend jede Hoffnung auf Glück in einem der liebevollsten und großzügigsten Herzen überhaupt zerstört, und niemand konnte sagen, wie dauerhaft der Schaden war, den er angerichtet hatte.

»Es gab einige schwerwiegende Einwände gegen die Dame«, hatte Colonel Fitzwilliam gesagt, und diese Einwände waren vermutlich, dass ihr einer Onkel Anwalt auf dem Lande war, während der andere in London Geschäfte machte.

»Gegen Jane selbst gab es nicht die geringsten Einwände«, erklärte Elizabeth, »da sie aus nichts als Liebreiz und Güte besteht! Ihr Verstand ist herausragend, und sie hat ein äußerst einnehmendes Wesen.«

Wenn sie allerdings an ihre Mutter dachte, dann ließ ihre Zuversicht ein wenig nach, aber sie konnte sich nicht vorstellen, dass derartige Überlegungen bei Mr. Darcy eine Rolle gespielt hatten. Sie ging davon aus, dass er zum Teil von seinem Stolz und zum Teil von dem Wunsch geleitet worden war, Mr. Bingley für seine Schwester zu gewinnen.

Die Aufregung und die Tränen, die das alles bei Elizabeth hervorrief, sorgten dafür, dass sie Kopfschmerzen bekam, und diese wurden gegen Abend so schlimm, dass sie beschloss, ihren Cousin und seine Gattin nicht nach Rosings zu begleiten, wo sie zum Tee eingeladen waren, da sie Mr. Darcy auf keinen Fall erneut begegnen wollte. Mrs. Collins sah sofort, dass sie sich nicht gut fühlte, und drängte sie nicht mitzukommen, wobei sie auch ihren Gatten davon abhielt, dies zu tun. Dennoch konnte Mr. Collins seine Besorgnis nicht für sich behalten, dass Lady Catherine eher ungehalten sein würde, weil sie zu Hause geblieben war.

Elizabeth war das ziemlich gleichgültig. Wäre sie ihrem Meister an diesem Abend begegnet, hätte sie sich gewiss auf ihn gestürzt, und das nicht etwa, weil sie ihn derart begehrte.

Lady Catherine vergeudete keine Zeit und drängte ihre Tochter ihren beiden Neffen auf, damit sie mit den Collins direkt nach dem Essen ins Spielzimmer gehen konnte. Es war zu schade, dass das Bennet-Mädchen nicht mitgekommen war. Lady Catherine hatte sich sehr darauf gefreut, die freche Göre für ihre Unverschämtheit zu bestrafen. Nun musste sie es eben an Mr. Collins und seiner Gattin auslassen.

Charlotte hielt sich nicht zum ersten Mal hier unten auf. Sie war ebenso aufgeregt, wie Lizzy es in Netherfield gewesen war. Allerdings hatte hier nicht etwa Mr. Darcy, sondern Lady Catherine die Peitsche in der Hand. Aus ästhetischen Gründen wäre Charlotte deren Tochter zwar lieber gewesen, aber dafür war Lady Catherine eine hervorragende Lehrmeisterin, was den Einsatz der Peitsche betraf.

Daher zogen die Collins Lady Catherine auch unaufgefordert aus, wie sie es schon mehrmals zuvor getan hatten. Charlotte bewunderte den schönen Stoff und faltete die Kleidung sorgfältig zusammen, da sie wusste, was ihrer Herrin gefiel. Lady Catherine saß auf ihrem Stuhl und legte ein Bein über die Armlehne. Dann starrte sie Charlotte ernst an, sodass deren Herz vor Aufregung schneller schlug. Lady Catherine duldete keine Impertinenz und keine Widerworte.

»Knie dich hin.«

Charlotte kniete sich gehorsam zwischen die Beine Ihrer Ladyschaft und leckte ihr den entblößten Schritt. Lady Catherine packte sie grob an den Haaren und zwang sie, ihr Gesicht fester gegen sie zu drücken. Charlotte leckte schneller und tastete mit der Zunge nach der Klitoris, und als sie sie gefunden hatte, saugte sie daran. Sie wurde dadurch belohnt, dass ihr Lady Catherine mit dem ledernen Peitschengriff über den Rücken rieb und ihren Hintern mit den Lederriemen kitzelte.

»Streichle dich, Collins«, verlangte Lady Catherine. »Komm auf dem Rücken deiner Gattin.«

Charlotte leckte und saugte abwechselnd und schob die Zunge tief in Ihre Ladyschaft hinein.

»Deine Frau ist sehr talentiert. Sie bereitet mir Freude.«

»Danke, Herrin.«

»Du solltest ihr danken. Ich war erzürnt, dass Miss Bennet nicht mitgekommen ist, um meinen Brüsten die notwendige Aufmerksamkeit zu widmen. Daher wollte ich euch die Erlösung eigentlich verweigern. Aber deine Frau wird mich gleich zum Höhepunkt bringen, und danach kannst du ihr Freude bereiten.«

»Danke, Mrs. Collins«, stieß er keuchend hervor.

Lady Catherine drückte Charlottes Kopf weiter nach unten, damit diese wieder mit der Zunge in sie eindrang. Sie stöhnte vor Lust und rieb sich an Charlottes Gesicht, bis ihr Gesicht von den Säften Ihrer Ladyschaft getränkt war.

»Ich bin als Erste gekommen, Mr. Collins«, sagte Lady Catherine triumphierend.

»Nun leck deiner Frau meine Lust aus dem Gesicht.«

Lady Catherine stand auf und sah mit an, wie Charlotte den Kopf hob und Mr. Collins sie eifrig ableckte. Sie ließ die Peitsche auf seinen Rücken herabsausen.

»Danke, Herrin.«

Lady Catherine kniete sich neben die beiden auf den Boden und kniff Charlotte in die Brüste.

»Danke, Herrin«, hauchte Charlotte.

»Du wirst nicht mit mir spielen, Kleine. Ich habe das hier schon getan, als du noch in den Windeln stecktest. Runter auf alle viere.«

Charlotte tat, was von ihr verlangt wurde.

»Nimm sie hart und schnell, Collins. Ich will hören, wie eure Körper aneinander klatschen.«

Charlotte zischte, als ihr Gatte grob in sie eindrang. Währenddessen trieb Lady Catherine Mr. Collins zur Ekstase, indem sie seine Füße und Beine mit der Peitsche bearbeitete.

Charlotte schloss die Augen und streichelte sich mit einer Hand, um die festen Stöße noch mehr genießen zu können.

»Glaube nicht, ich würde das nicht sehen, du freches Mädchen«, sagte Lady Catherine. »Doch zum Glück für dich bereitet deine Zunge mir Freude.«

»Bitte, Herrin!«, rief Mr. Collins. »Ich bin bereit zu kommen.«

»Rausziehen«, befahl Lady Catherine.

Er gehorchte.

»Umdrehen, Mrs. Collins.«

Charlotte tat es, während sie sich weiter mit den Fingern Lust bereitete.

»Du darfst auf den Brüsten deiner Gattin kommen.«

Charlotte beobachtete, wie ihr Mann seinen Schwanz pumpte und dann seinen heißen Samen auf ihre empfindsamen Nippel verspritzte.

»Ablecken«, befahl Lady Catherine.

»Danke, Herrin«, murmelte Charlotte, als ihre Brüste die sehnsüchtig erwartete Aufmerksamkeit bekamen und sie sich in Ekstase verlor.

27

Während die Collins ausgegangen waren, beschloss Elizabeth, all die Briefe noch einmal zu lesen, die Jane ihr aus Kent geschrieben hatte, fast so, als wollte sie sich möglichst viel über Mr. Darcy ärgern. Während sie innerlich tobte, weil Mr. Darcy ihrer Schwester derart große Schmerzen zugefügt hatte, läutete es auf einmal an der Tür. Zu ihrer großen Überraschung betrat Mr. Darcy das Zimmer.

Hastig begann er, sich nach ihrer Gesundheit zu erkundigen, womit er ihr zu verstehen geben wollte, dass ihn nur der Wunsch, dass es ihr bessergehen möge, zu diesem Besuch bewogen habe.

»Geht es Ihnen nicht gut?«

»Bedauerlicherweise nicht«, presste sie zwischen zusammengebissenen Zähnen hervor.

Er setzte sich kurz, stand dann wieder auf und ging im Raum auf und ab. Elizabeth war überrascht, sagte jedoch nichts. Sie hatte nicht vor, ihn von sich aus anzusprechen. Sein Cousin musste ihm von ihrer Unterhaltung erzählt haben, und offenbar war Mr. Darcy jetzt hier, um sich zu entschuldigen. Nachdem sie mehrere Minuten lang geschwiegen hatten, trat er aufgebracht vor sie.

»Ich habe vergebens dagegen angekämpft, aber es lässt sich nicht ändern. Meine Gefühle lassen sich nicht leugnen. Sie müssen mir erlauben, Ihnen zu sagen, wie leidenschaftlich ich Sie bewundere und liebe.«

Elizabeth war über alle Maßen erstaunt. Sie starrte Mr. Darcy an, errötete und schwieg. Das schien er als Ermutigung anzusehen, und so gestand er ihr erneut, was er für sie empfand und schon seit Langem für sie empfunden hatte.

Seine Worte waren gut gewählt, und er ließ sich eloquent zu den Themen Stolz und Zärtlichkeit aus. Auch über ihren niederen Stand sprach er, wenngleich mit einer unerwarteten Wärme. Elizabeth konnte ihn nur erschrocken anstarren. Wenn sie ihn richtig verstand, war sie die perfekte Gefährtin, wenn sie allein miteinander waren, aber in Gesellschaft war sie für ihn »minderwertig«.

Da seine darauffolgenden Worte ihre Abneigung nur noch verstärkten, spürte Elizabeth, wie sie immer zorniger wurde.

Er schloss damit, dass er ihr die Stärke seiner Gefühle beschrieb, die er einfach nicht unterdrücken konnte, und drückte seine Hoffnung aus, dass sie ihn jetzt damit belohnen würde, dass sie seinen Antrag annähme.

Während er die Worte aussprach, konnte sie ihm ansehen, dass er nicht an einer günstigen Antwort zweifelte. Er sprach von Zuneigung und Nervosität, aber seine Haltung drückte nichts als Selbstsicherheit aus. Dieser Umstand brachte sie nur noch mehr gegen ihn auf, und als er zum Ende kam, stieg ihr die Röte in die Wangen, und sie sagte: »Nein.«

Mr. Darcy lehnte am Kaminsims, sah ihr ins Gesicht und nahm ihre Antwort mit ebenso viel Überraschung wie Verbitterung auf. Er wurde ganz blass, und man konnte ihm deutlich ansehen, dass er völlig verstört war. Er rang um Fassung und schien den Mund erst wieder aufmachen zu wollen, wenn er sie zurückgewonnen hätte. Sein Schweigen beunruhigte Elizabeth zutiefst. Endlich sagte er mit gepresster Stimme: »Und das soll die ganze Antwort sein, die ich erhalte? Dürfte ich vielleicht erfahren, warum ich auf derart unhöfliche Weise abgewiesen werde? Schließlich haben Sie Ihrem Bräutigam Ihre Jungfräulichkeit bereits geschenkt.« Bei den letzten Worten lachte er beinahe auf, als würde er erwarten, dass sie sich auf seine Kosten lustig machte.

»Ich könnte Sie ebenso gut fragen«, erwiderte sie, »warum Sie mir mit einem derart offensichtlichen Verlangen, mich zu beleidigen und zu verärgern, gestehen, dass Sie mich gegen Ihren Willen, gegen Ihre Vernunft und wider besseren Wissens lieben. War das nicht vielmehr eine Entschuldigung für Unhöflichkeit, falls ich wirklich unhöflich gewesen sein sollte? Aber ich kann Ihnen noch mehr vorwerfen, und das wissen Sie. Hätten Sie mich das im Pavillon gefragt, wäre meine Antwort anders ausgefallen. Aber Sie glauben doch nicht wirklich, dass ich den Antrag des Mannes annehmen könnte, der das Glück meiner geliebten Schwester möglicherweise für immer zerstört hat?«

Als sie diese Worte aussprach, wechselte Mr. Darcys Gesicht die Farbe.

Sie hielt inne, da sie verärgert feststellte, dass er ihr offenbar ohne Anzeichen von Reue zuhörte. Vielmehr schien sein Lächeln sogar gekünstelt ungläubig.

»Oder wollen Sie etwa leugnen, dass Sie das getan haben?«, fragte sie.

Mit scheinbarer Gelassenheit erwiderte er: »Ich habe nicht den Wunsch zu leugnen, dass ich alles in meiner Macht Stehende getan habe, um meinen Freund und Ihre Schwester zu trennen, oder dass ich mich über meinen Erfolg freue. Zu ihm bin ich weitaus freundlicher, als ich es zu mir selbst bin.«

Elizabeth wurde immer wütender. »Aber es ist nicht allein diese Angelegenheit, auf der sich meine Abneigung begründet«, fuhr sie fort. »Schon lange zuvor hatte ich mir eine Meinung über Sie gebildet. Ihr wahrer Charakter wurde bereits vor vielen Monaten in Mr. Wickhams Geschichte enthüllt. Was haben Sie dazu zu sagen? Durch welchen eingebildeten Akt der Freundschaft wollen Sie sich in diesem Fall herausreden?«

»Sie scheinen sich ja sehr für die Angelegenheiten dieses Herrn zu interessieren«, sagte Darcy, der jetzt nicht mehr ganz so ruhig klang, mit gerötetem Gesicht.

»Wie könnte jemand, der von seinem Unglück weiß, kein Interesse daran haben?«

»Sein Unglück!«, wiederholte Darcy verächtlich. »Ja, sein Unglück war in der Tat sehr groß.«

»Auf Ihre Veranlassung hin!«, rief Elizabeth aufgebracht. »Sie sind an seiner Verarmung schuld, auch wenn diese sich in Grenzen hält. Sie haben ihm für die besten Jahre seines Lebens die Unabhängigkeit genommen, die er verdient hat und die ihm zustand. All das haben Sie getan, und dennoch reagieren Sie mit Spott und Verachtung, sobald man von seinem Unglück spricht!«

»Das ist also Ihre Meinung von mir?«, rief Darcy und ging mit schnellen Schritten durch den Raum. »Nach allem, was uns verbindet? Nach allem, was ich Sie gelehrt habe?«

Elizabeth wandte sich ab. »Ich schätze, Sie werden mich jetzt ruinieren.«

»Eine solche Meinung haben Sie von mir? Danke, dass Sie sie so ausführlich vor mir ausgebreitet haben. Meine Fehler sind demnach wahrlich schwerwiegend! Aber vielleicht«, fügte er hinzu, blieb stehen und sah sie an, »wären diese Verfehlungen ja übersehen worden, wäre Ihr Stolz nicht verletzt gewesen durch mein ehrliches Geständnis bezüglich der Skrupel, die mich so lange davor zurückgehalten haben, ernste Absichten Ihnen gegenüber zu hegen. Ihre gemeinen Anschuldigungen wären nicht ausgesprochen worden, hätte ich es besser vermocht, mein Ringen mit mir zu verbergen und Ihnen zu schmeicheln, indem ich Sie glauben lasse, mich hätte eine bedingungslose, ungetrübte Zuneigung für Sie erfasst. Aber mir widerstrebt es zutiefst, mich zu verstellen. Und ich schäme mich nicht der Gefühle, die ich Ihnen offenbart habe. Sie waren verständlich und gerechtfertigt. Haben Sie etwa erwartet, ich würde mich über den niederen Stand Ihrer Verwandten freuen? Mir selbst gratulieren bei der Aussicht auf Angehörige, deren Ansehen so viel geringer als meines ist?«

Elizabeth wurde von Minute zu Minute wütender. Doch sie gab sich die größte Mühe, nicht die Fassung zu verlieren, als sie sagte: »Von Anfang an, eigentlich schon vom allerersten Moment, als ich Sie kennenlernte, haben Ihr Verhalten, Ihre Arroganz, Ihr Dünkel und Ihre selbstsüchtige Geringschätzung der Gefühle anderer in mir ein Gefühl der Ablehnung wachsen lassen, das durch die nachfolgenden Ereignisse zu einer unüberwindlichen Abneigung geworden ist. Törichterweise habe ich darauf gehofft, dass Sie anders wären. Aber zuerst Wickham, dann meine geliebte Jane und jetzt Ihre Enttäuschung darüber, was ich Ihnen als Ihre Braut zu bieten habe. Ich weiß nicht, was ich dazu sagen soll.«

»Sie haben genug gesagt, Madam. Ich bin mir über Ihre Gefühle nun voll und ganz im Klaren und kann mich nur für die meinen schämen. Vergeben Sie mir, dass ich Ihre Zeit in Anspruch genommen habe, und nehmen Sie meine besten Wünsche für Ihre Gesundheit und Ihr Glück entgegen.«

Nach diesen Worten stürzte er aus dem Zimmer, und Elizabeth hörte schon einen Augenblick später, wie er die Haustür öffnete und das Haus verließ.

Sie war in hellem Aufruhr und wusste nicht, was sie nun tun sollte. Geschwächt sank sie auf einen Stuhl und weinte eine ganze Weile lang. Während sie über das nachdachte, was sich ereignet hatte, wurde ihr Erstaunen immer größer. Darüber, dass Mr. Darcy ihr einen Heiratsantrag gemacht hatte! Dass er sie schon seit so vielen Monaten liebte! Dass er sie so sehr liebte, dass er sie trotz aller Widrigkeiten ehelichen wollte, die ihn veranlasst hatten, seinen Freund daran zu hindern, ihre Schwester zu heiraten, und die ihm in seinem Fall mindestens ebenso schwerwiegend erscheinen mussten! Es war einfach unglaublich!

Es war erfreulich, dass sie eine derart tiefe Zuneigung in ihm hervorgerufen hatte. Aber sein Stolz, sein abscheulicher Stolz, und sein schamloses Eingeständnis der Dinge, die er Jane angetan hatte ... Seine unverzeihliche Selbstgerechtigkeit, mit der er es zugegeben hatte, und die gefühllose Art, in der er von Mr. Wickham gesprochen hatte, all das wog schwerer als der Gedanke an seine Liebe. Erregt hing sie ihren Überlegungen nach, bis sie Lady Catherines Kutsche hörte und sich bewusst machte, dass sie Charlotte in diesem Zustand auf keinen Fall gegenübertreten konnte, sodass sie rasch auf ihr Zimmer eilte.

28

Als sich Elizabeth am nächsten Morgen zwang, endlich nach unten zu gehen, war Mr. Darcy abgereist. Mr. Collins teilte ihr mit, dass er verzweifelt gewesen wäre, da er sich nicht persönlich von ihr verabschieden konnte, ihr jedoch einen Brief hinterlassen habe.

Ohne sich etwas Erfreuliches zu versprechen, aber durchaus neugierig nahm Elizabeth den Umschlag entgegen, der mehrere mit eng beschriebene Bögen enthielt. Der Umschlag war an diesem Vormittag um acht Uhr in Rosings datiert worden. Sie bemerkte kaum, dass Charlotte unauffällig versuchte, über ihre Schulter mitzulesen. Aber dann ging Elizabeth nach draußen, um im Gehen zu lesen.

Ich hielt mich noch nicht lange in Hertfordshire auf, als ich, ebenso wie viele andere, bemerkte, dass Bingley Ihre ältere Schwester jeder anderen Frau auf der Welt vorzog. Aber erst während des Balls in Netherfield wurde mir bewusst, wie ernst seine Gefühle waren. Ich hatte ihn schon häufiger verliebt gesehen. Als ich auf dem Ball die Ehre hatte, mit Ihnen zu tanzen, begriff ich durch Sir William Lucas' beiläufige Worte, dass Bingleys Aufmerksamkeiten Ihrer Schwester gegenüber Erwartungen an eine Hochzeit schürten. Er sprach davon, als würde dieses Ereignis feststehen und nur das Datum müsse noch festgelegt werden.

Von diesem Augenblick an habe ich das Verhalten meines Freundes genau beobachtet, und ich konnte feststellen, dass seine

Zuneigung zu Miss Bennet alles übertraf, was ich bei ihm je gesehen hatte. Auch Ihrer Schwester habe ich meine Aufmerksamkeit geschenkt. Ihr Blick und ihr Verhalten waren so offen, fröhlich und einnehmend wie immer, aber ohne die Anzeichen einer besonderen Zuneigung, und ich war nach diesem Abend überzeugt davon, dass sie seine Aufmerksamkeiten zwar erfreut zur Kenntnis nahm, diese jedoch nicht durch die Zurschaustellung eigener Gefühle begünstigte.

Wenn Sie sich hierin nicht geirrt haben, dann muss der Fehler bei mir liegen. Sie kennen Ihre Schwester besser als ich, daher muss ich von Letzterem ausgehen. Falls dem so ist, dann hat mich dieser Irrtum dazu verleitet, ihr Schmerzen zuzufügen, sodass Ihre Verärgerung durchaus begründet ist. Aber ich scheue mich nicht zuzugeben, dass die Gelassenheit Ihrer Schwester dem genauen Beobachter Grund zu der Annahme gegeben hätte, dass ihr Herz nicht so leicht zu berühren ist. Daher ging ich irrtümlicherweise davon aus, sie wäre meinem Freund gegenüber gleichgültig, und ich möchte hinzufügen, dass meine Entscheidungen und mein Handeln im Allgemeinen nicht von meinen Hoffnungen oder Ängsten beeinflusst werden. Ich hielt Ihre Schwester nicht für gleichgültig, weil ich es mir wünschte, sondern glaubte es aus unvoreingenommener Überzeugung ebenso sehr, wie ich es mir aus Vernunftgründen wünschte.

Die gesellschaftliche Stellung der Familie Ihrer Mutter ist nebensächlich angesichts des völligen Mangels an Anstand, den sie, Ihre drei jüngeren Schwestern und gelegentlich sogar Ihr Vater an den Tag legten.

Bingley reiste am folgenden Tag von Netherfield nach London, wie Sie sich gewiss erinnern, mit der Absicht, bald zurückzukehren. Die Rolle, die ich sodann gespielt habe, werde ich Ihnen nachfolgend erklären. Die Besorgnis seiner Schwestern war ebenso geweckt worden wie die meine, und wir stellten bald da-

rauf fest, dass wir darin übereinstimmten, ihrem Bruder sofort nach London nachzureisen. Dort angekommen, übernahm ich bereitwillig die Aufgabe, meinen Freund auf die sicheren Übel einer solchen Verbindung hinzuweisen. Ich beschrieb sie ihm bildreich und gewissenhaft. Aber selbst wenn ihn diese Vorhaltungen möglicherweise ins Wanken gebracht oder seinen Entschluss hinausgezögert hätten, bezweifle ich, dass sie die Hochzeit letzten Endes verhindert hätten, wäre da nicht eine Ahnung seinerseits gewesen, dass Ihre Schwester ihm nicht mit derselben Zuneigung zugetan war wie er ihr. Er hatte bis dato geglaubt, sie würde ihn aufrichtig und ebenso innig lieben.

Bingley besitzt eine angeborene Bescheidenheit und verlässt sich deshalb oft mehr auf mein Urteil als auf sein eigenes. Daher fiel es mir nicht schwer, ihn davon zu überzeugen, dass er sich getäuscht hätte. Ihn davon abzubringen, nach Hertfordshire zurückzukehren, nachdem er meinen Worten Glauben geschenkt hatte, war das Werk eines Augenblicks.

Wenn ich die Gefühle Ihrer Schwester verletzt haben sollte, dann geschah das unwissentlich und aufgrund von Motiven, die Ihnen vermutlich unzureichend erscheinen werden, doch ich kann sie selbst jetzt nicht verurteilen.

In Bezug auf die andere, schwerwiegendere Anschuldigung, ich hätte Mr. Wickham unrecht getan, kann ich diese nur widerlegen, indem ich Ihnen ausführlich darlege, in welcher Beziehung er zu meiner Familie steht. Mir ist nicht bekannt, was genau er mir vorwirft, aber ich werde Ihnen sagen, was sich zugetragen hat, und kann Ihnen dafür überdies mehr als einen Zeugen nennen, der über jeden Zweifel erhaben ist. Mr. Wickham hat sein Erbe verprasst, und als ich mich geweigert habe, ein Unterfangen zu finanzieren, das er ins Auge gefasst hatte, grollte er mir deswegen.

Ich muss außerdem einen Umstand erwähnen, den ich selbst

am liebsten vergessen würde und den ich aus keinem anderen Grund als dem hier vorliegenden einem anderen Menschen anvertrauen würde. Dabei verlasse ich mich auf Ihre Verschwiegenheit. Meine Schwester, die über zehn Jahre jünger ist als ich, wurde der Obhut von Colonel Fitzwilliam, dem Neffen meiner Mutter, und mir überlassen. Vor etwa einem Jahr wurde sie von der Schule genommen und bezog in London eine Wohnung, und nach London ging kurz darauf auch Mr. Wickham. Er stellte sich Georgiana vor, deren gutes Herz die Erinnerung an die Freundlichkeit, die er ihr als Kind entgegengebracht hatte, nicht vergessen hatte, bis sie schließlich glaubte, verliebt zu sein, und sich einverstanden erklärte, mit ihm durchzubrennen.

Sie war damals erst fünfzehn, was zu ihrer Verteidigung vorgebracht werden sollte, und gestand mir ihren Leichtsinn zum Glück einen oder zwei Tage vor der geplanten Flucht. Offenbar konnte Georgiana den Gedanken nicht ertragen, ihren Bruder, zu dem sie fast wie zu einem Vater aufsah, derart zu betrüben und zu kränken. Sie können sich vorstellen, was ich fühlte und wie ich reagiert hätte. Aus Rücksicht auf die Ehre und Gefühle meiner Schwester sah ich von einer öffentlichen Bloßstellung ab, aber ich schrieb Mr. Wickham, der daraufhin augenblicklich abreiste. Mr. Wickham hatte es zweifellos auf das Vermögen meiner Schwester abgesehen, das dreißigtausend Pfund beträgt.

Sie werden sich vermutlich fragen, warum ich Ihnen das alles nicht gestern Abend erzählt habe, aber da sah ich mich außerstande zu entscheiden, was ich enthüllen durfte oder konnte. Ich kann nur noch hinzufügen: Gott schütze Sie!

Fitzwilliam Darcy

Elizabeth hatte nicht damit gerechnet, dass er seinen Antrag in diesem Brief wiederholen würde, doch sie war auch nicht auf dessen Inhalt vorbereitet. Ihre Gefühle während des Lesens waren deshalb äußerst widersprüchlich.

Erstaunt stellte sie fest, dass Mr. Darcy offenbar glaubte, sich für alles entschuldigen zu können, während sie weiterhin der Ansicht war, dass es keine Erklärung geben konnte, die ein angemessenes Schamgefühl nicht besser verborgen hätte.

Als sie den Abschnitt über Wickham ein weiteres Mal las, schämte sie sich sehr. Sie konnte weder an Darcy noch an Wickham denken, ohne das Gefühl zu haben, blind, parteiisch und voreingenommen gewesen zu sein.

»Wie schändlich und lächerlich ich mich benommen habe!«, rief sie. Diese Erkenntnis war wahrlich beschämend. »Aber meine Torheit gründete sich auf Eitelkeit und nicht etwa auf Liebe! Erfreut über die Zuvorkommenheit des einen und verärgert über die Abweisung des anderen habe ich schon von Beginn unserer Bekanntschaft an voreingenommen und ignorant gehandelt und jegliche Vernunft fahren lassen, was die beiden betraf. Ich erkenne mich ja selbst nicht mehr wieder!«

Als sie zu dem Absatz kam, in dem ihre Familie auf derart demütigende, aber dennoch gerechtfertigte Weise erwähnt wurde, schämte sie sich tatsächlich. Die Rechtmäßigkeit dieser Vorwürfe traf sie zu sehr, als dass sie sie leugnen konnte.

Ihr erster Gedanke war es, sich Charlotte anzuvertrauen. Doch Mr. Collins starrte sie derart missbilligend an, dass sie sich nur fragen konnte, was Lady Catherine über ihre Abwesenheit am Vorabend gesagt haben mochte, insbesondere, da sie vermuten musste, dass Elizabeth der Grund für die eilige Abreise ihres Neffen an diesem Morgen war.

Sie hörte das vertraute Geräusch eines durch die Luft sausenden Lederriemens, und einen Augenblick lang hoffte sie schon, dass Mr. Darcy doch nicht abgereist wäre. Vielleicht war er hier, um sie zu bestrafen, und während dieser Bestrafung konnte sie ihre unbeherrschten Worte zurücknehmen.

Aber als sie sich dem Haus näherte, sah sie zufällig durch ein Fenster, bevor sie hineinging, und stellte überrascht und leicht gekränkt fest, dass Mr. Collins mit gefesselten Händen, nackt und erregt vom Dachbalken herunterhing. Er hatte Klemmen an den Brustwarzen und den Hoden. Rote Streifen zogen sich über seinen Rücken, während Charlotte, die ebenfalls nackt war, ihn mit größerer Kraft schlug, als Mr. Darcy je bei Elizabeth angewandt hatte. Sie schlug ihn so fest, dass Elizabeth zusammenzuckte.

Während sie sich einerseits freute, ihre Freundin nackt zu sehen, wünschte sie sich andererseits, dass es Mr. Darcy wäre, der die Lederpeitsche in der Hand hielt. Das Liebesspiel der Collins' verlief schweigend und fast schon trostlos, aber Lizzy konnte den Blick nicht abwenden. Als Charlotte Mr. Collins erst herumwirbelte und dann sein Glied in den Mund nahm, musste Elizabeth daran denken, wie sich Mr. Darcys Schaft angefühlt hatte. Sie hatte ihn zum letzten Mal in Netherfield im Mund gehabt. Nun schwor sie sich, als Erstes seine pralle Männlichkeit zu verwöhnen, sobald sie sich wiedersahen, so wie Charlotte es gerade bei ihrem Gatten tat. Jetzt wurde Elizabeth bewusst, warum Mr. Collins die Freundin geheiratet hatte. Charlotte hielt inne, als er seine Muskeln anspannte. Danach schlug sie ihn schneller, dieses Mal allerdings auf das Gesäß, bis er seinen weißen Samen verspritzte.

Elizabeth war vom Zusehen ganz heiß geworden. Charlotte stieg auf den Tisch und ließ ihren Gatten herunter, sodass er hart auf den Boden fiel. Bevor er sich wieder erholt hatte, drehte sie ihn mit dem Fuß auf den Rücken und setzte sich auf sein Gesicht. Dann drehte sie sich um und sah Elizabeth direkt in die Augen, die keuchte und sich beinahe zurückgezogen hätte. Aber die ungetrübte Freude, die sich auf dem Gesicht ihrer Freundin abzeichnete, ließ sie lächeln und weiter aufmerksam zusehen. Während Charlotte noch breiter lächelte, umfing sie dann ihre Brüste mit den Händen und bot sie ihrer Freundin spielerisch an. Elizabeth ließ ihre Zunge tanzen, und Charlotte bewegte sich schneller auf Mr. Collins, der sie an den Hüften gepackt hatte.

Schließlich bog Charlotte den Rücken durch, spannte die Muskeln in ihrer unteren Körperhälfte an, und Elizabeth konnte sehen, wie sie zum Höhepunkt kam. Charlotte bedeutete ihr hereinzukommen, aber Elizabeth schüttelte nur den Kopf. Sie ging zum Pavillon, um ihrer Freundin die Gelegenheit zu geben, sich anzukleiden. Ein kleiner Teil von ihr hoffte außerdem, Mr. Darcy vielleicht dort anzutreffen. Sie dachte an die roten Striemen auf Mr. Collins' Pobacken und daran, wie sehr sie das Knacken des Leders erregt hatte.

29

Als Elizabeth und Charlotte am nächsten Tag im Salon den Tee einnahmen, brachte Mr. Collins einen Brief von Jane mit schrecklichen Neuigkeiten. Ihre Schwester Lydia war durchgebrannt, mit niemand anderem als Wickham. Noch schlimmer war jedoch, dass es zuvor offenbar zu keiner Eheschließung gekommen war.

»Ist alles in Ordnung, Lizzy?«, fragte Charlotte besorgt, als sie sah, wie ihre Freundin blass wurde.

»Ich muss sofort nach Hause fahren. Meine Mutter ist krank«, behauptete Elizabeth. Sie wäre vor Scham im Boden versunken, hätte sie die Wahrheit sagen müssen.

Dank Lady Catherine, die eine ihrer Kutschen bereitstellte, reiste Elizabeth rasch zu ihrer Familie, wo sie alle gequält auf Nachricht von Lydia und Wickham warteten. Als endlich ein Brief ihres Onkels eintraf, dass sie gefunden worden waren und bald heiraten würden, erzeugte dies widersprüchliche Gefühle. Mr. Bennet war überzeugt davon, dass sein Schwager eine beträchtliche Summe hatte zahlen müssen, um dieses Ereignis in die Wege zu leiten. Aber es konnte nichts anderes getan werden.

Lydias Hochzeitstag kam, und die Familie versammelte sich im Frühstücksraum, um Braut und Bräutigam zu begrüßen. Mrs. Bennet strahlte, als die Kutsche vorfuhr, während ihr

Gatte eine undurchdringliche ernste Miene aufgesetzt hatte und die Töchter alarmiert, nervös und unsicher wirkten.

Das unbefangene Auftreten des jungen Paares reizte Mr. Bennets Nerven ungemein. Elizabeth war empört, und selbst Jane war entsetzt. Lydia war ungezähmt, wild, laut und furchtlos wie immer. Sie ging von Schwester zu Schwester und forderte ihre Glückwünsche ein, und als sich alle gesetzt hatten, sah sie sich aufmerksam um, bemerkte hier und da eine kleine Veränderung und stellte lachend fest, dass sie ja auch schon eine Weile fort gewesen sei.

Eines Morgens, kurz nach ihrer Ankunft, saß sie mit ihren beiden älteren Schwestern zusammen und sagte an Elizabeth gewandt: »Lizzy, ich habe dir nie genau erzählt, wie unsere Hochzeit verlaufen ist. Du warst nicht dabei, als ich Mama und den anderen davon berichtet habe. Bist du denn gar nicht neugierig zu erfahren, wie es gewesen ist?«

»Eigentlich nicht«, erwiderte Elizabeth. »Meiner Ansicht nach müssen keine weiteren Worte über dieses Ereignis verloren werden.«

»Ach, du bist wirklich seltsam! Aber ich muss dir einfach davon erzählen. Wie du weißt, wurden wir in St. Clement's vermählt, weil Wickhams Bleibe in dieser Gemeinde liegt. Ich hatte solche Angst, dass etwas dazwischenkommen könnte und alles aufgeschoben werden müsste. Nun, gerade als die Kutsche vorfuhr, wurde unser Onkel wegen einer geschäftlichen Angelegenheit zu diesem schrecklichen Mr. Stone gerufen. Und du weißt ja, es kommt immer eines zum anderen. Ich hatte solche Angst, dass ich nicht wusste, was ich tun soll, da mich unser Onkel ja zum Altar führen sollte, und wenn wir zu spät gekommen wären, wären wir gar nicht mehr getraut worden. Aber zum Glück kehrte er zehn Minuten später zurück, und wir konnten gemeinsam aufbrechen.

Aber hinterher fiel mir auf, dass mich ja auch Mr. Darcy zum Altar hätte führen können.«

»Mr. Darcy!«, rief Elizabeth erstaunt.

»Oh ja! Er sollte mit Wickham zusammen dorthin kommen. Aber ich Dummerchen! Ich sollte doch kein Wort darüber verlieren! Ich habe es ihnen versprochen! Tja, jetzt ist die Katze wohl aus dem Sack.«

»Warum war er dort?«

»Wir sind ihm zufällig auf unserer Reise begegnet. Ich war so überrascht, als er sich dazu herabgelassen hat, uns anzusprechen. Du weißt bestimmt noch, wie grausam und unhöflich er auf Netherfield gewesen ist, oder?«

Elizabeth errötete, aber nicht, weil sie sich an seine Unhöflichkeit erinnerte.

»Er war so freundlich zu Wickham und mir.« Lydia klimperte mit den Wimpern. »Er hat uns sogar ein Hochzeitsgeschenk gemacht.«

Elizabeth war sprachlos. Also hatte nicht ihr Onkel die beachtliche Summe für Lydias Mitgift aufgebracht, sondern ihr eigener Meister. Der Mann, der ihr einen Heiratsantrag gemacht hatte, den sie jedoch aufgrund ihres verletzten Stolzes abgelehnt hatte.

Mr. Darcy war Lydia und Wickham in die Stadt gefolgt und hatte die Mühe und Demütigung von Nachforschungen auf sich genommen, um einer Frau zu helfen, die er verabscheuen musste. Dafür hatte er sich außerdem mit einem Mann getroffen, dem er stets aus dem Weg gehen wollte und dessen Namen er nicht einmal aussprechen konnte. Doch diesmal hatte er mit ihm verhandelt, ihn zu überzeugen versucht und schließlich bestochen.

Er hatte all das für Lydia getan, die er weder sonderlich mochte noch schätzte.

Ihr Herz versuchte, Elizabeth einzureden, dass er das alles für sie getan hatte. Aber diese Hoffnung wurde kurz darauf von der Überlegung verdrängt, dass ihre Eitelkeit unangebracht war, wenn Mr. Darcy aufgrund seiner Zuneigung zu ihr – einer Frau, die ihn bereits abgewiesen hatte – seine Abscheu vor einer Verwandtschaftsbeziehung mit Wickham hatte überwinden können. Schließlich würden die beiden auf diese Weise womöglich einst verschwägert sein!

Es war schmerzhaft, äußerst schmerzhaft sogar, einem Menschen derart verpflichtet zu sein, dass man es ihm nie vergelten konnte. Elizabeth hatte Mr. Darcy Lydias Rettung, ihren Ruf und noch vieles mehr zu verdanken. Wie sehr sie jede Missstimmung, die sie bei ihm hervorgerufen, und jedes freche Wort, das sie gegen ihn gerichtet hatte, nun bedauerte. Sie war tief gedemütigt, aber auch sehr stolz auf ihn. Sie war stolz, dass er in einer Angelegenheit, in der Mitgefühl und Ehre gefordert waren, über sich hinausgewachsen war.

Elizabeth schrieb einen Brief an Mr. Darcy und schickte ihn durch einen Boten nach Pemberley. Sie gab sich die größte Mühe, so unterwürfig wie möglich zu klingen.

Mein lieber Mr. Darcy,

Sie sind derart schnell abgereist, dass ich gar nicht dazu gekommen bin, Ihnen für die mir erteilten Lektionen zu danken. Sollten sich unsere Wege erneut kreuzen, bin ich nur zu gern bereit, die Strafe, die Sie aufgrund meiner Verfehlungen für angemessen erachten, entgegenzunehmen.

Hochachtungsvoll und in Wertschätzung Ihres Charakters

Miss Elizabeth Bennet

30

Etwa einen Monat später erhielt die Haushälterin von Netherfield die Anweisung, alles für Mr. Bingleys Ankunft vorzubereiten, der ein oder zwei Tage später eintreffen sollte und mehrere Wochen zu bleiben gedachte. Mrs. Bennet war in heller Aufregung. Sie sah Jane an und konnte sich nicht entscheiden, ob sie lächeln oder den Kopf schütteln sollte.

Jane war blass geworden, als sie davon erfahren hatte. Es war viele Monate her, dass sie seinen Namen Elizabeth gegenüber zuletzt erwähnt hatte, aber als sie jetzt zusammensaßen, sagte sie: »Ich habe gemerkt, wie du mich heute angesehen hast, und mir ist klar, dass ich beunruhigt gewirkt haben muss. Aber glaube nicht, dass dies aus törichten Gedanken heraus geschehen wäre. Ich versichere dir, dass diese Nachricht mich weder freut noch schmerzt. Ich bin jedoch froh, dass er allein herkommt, denn dann werden wir ihn nicht so häufig zu sehen bekommen. Dabei fürchte ich nicht um mich, sondern ich habe Angst vor den Bemerkungen der anderen Leute.«

Elizabeth wusste nicht, was sie darauf erwidern sollte.

Als der Tag seiner Ankunft näher rückte, meinte Jane: »Ich bedauere mehr und mehr, dass er überhaupt herkommt. Es sollte mir nichts ausmachen und er sollte mir völlig gleichgültig sein, aber ich kann es kaum ertragen, dass unablässig über ihn geredet wird. Mama meint es nur gut, aber sie weiß nicht, wie sehr ich unter ihren Worten leide. Das weiß niemand! Deshalb werde ich sehr froh sein, wenn sein Aufenthalt in Netherfield irgendwann zu Ende geht.«

»Ich wünschte, ich könnte irgendetwas sagen, um dich zu trösten«, erwiderte Elizabeth.

Mr. Bingley traf ein. Am dritten Morgen nach seiner Ankunft in Hertfordshire kam er auf das Haus zugeritten. Jane blieb entschlossen auf ihrem Platz am Tisch sitzen, aber Elizabeth ging unter dem aufmerksamen Blick ihrer Mutter zum Fenster und sah, dass er von Mr. Darcy begleitet wurde. Dann nahm sie erneut neben ihrer Schwester Platz.

Hatte er ihren Brief erhalten?

»Da ist ein Herr bei ihm, Mama«, sagte ihre Schwester Kitty. »Wer kann das sein?«

»Irgendein Bekannter, schätze ich, Liebes. Ich weiß es doch auch nicht.«

»Nein!«, entgegnete Kitty. »Er sieht aus wie der Mann, der ihn früher schon begleitet hat. Mr. ›Wie auch immer‹. Dieser große, stolze Mann.«

»Großer Gott! Mr. Darcy! Er ist es in der Tat! Nun, jeder Freund von Mr. Bingley ist hier ebenfalls willkommen, so viel steht fest, aber ich muss gestehen, dass ich hoffte, ihn nie wiederzusehen.«

Jane sah Elizabeth überrascht und voller Sorge an. Für Elizabeth war er der Mann, dessen Heiratsantrag sie abgelehnt und den sie falsch eingeschätzt hatte, doch sie wusste, dass ihre ganze Familie ihm zu Dank verpflichtet war, und sie betrachtete ihn nun mit einem Interesse, das zwar noch keiner Zuneigung gleichkam, das aber ebenso vernünftig und wohlbegründet war wie das, was Jane für Bingley empfand.

Die Farbe, die aus ihrem Gesicht gewichen war, kehrte

kurz darauf mit äußerster Intensität wieder zurück, und ihr freudiges Lächeln ließ ihre Augen strahlen, da sie unwillkürlich darauf hoffte, dass sich an seiner Liebe zu ihr und an seinen Absichten nichts geändert hatte. Doch natürlich konnte sie sich da nicht sicher sein.

Erst einmal sehen, wie er sich verhält, sagte sie sich. Dann ist es noch früh genug für Erwartungen.

So konzentrierte sie sich auf ihre Handarbeit, versuchte, gefasst zu bleiben, und wagte es nicht, den Blick zu heben, bis sie schließlich voller banger Neugier das Gesicht ihrer Schwester musterte, als der Diener zur Tür ging. Jane wirkte etwas blasser als gewöhnlich, aber ruhiger, als Elizabeth erwartet hatte. Als die Herren hereinkamen, hatte sie wieder etwas Farbe im Gesicht und ihr Verhalten war gelassen und frei von jedem Groll oder unnötiger Zuvorkommenheit.

»Es ist lange her, dass Sie fortgegangen sind, Mr. Bingley«, sagte Mrs. Bennet.

Er stimmte ihr bereitwillig zu.

»Zu lange, Mrs. Bennet«, erwiderte er. »Ich hatte gehofft, ich könnte mich für einen Augenblick allein mit Ihrer ältesten Tochter unterhalten.«

Bevor Jane auch nur verblüfft erröten konnte, antwortete ihm Mrs. Bennet auch schon. »Aber ja! Ja, gewiss. Jane wird bestimmt hocherfreut sein und nichts dagegen haben. Komm, Kitty, du wirst oben gebraucht. Elizabeth, kümmere dich um Mr. Darcy.«

Mr. Darcy sah Elizabeth fragend an, die ihr Lächeln hinter vorgehaltener Hand verbarg. Mrs. Bennet bekam davon nichts mit, da sie damit beschäftigt war, Kitty und Mary nach oben zu scheuchen.

»Unterhalten Sie mich, Mrs. Bennet«, verlangte er und bot ihr seinen Arm.

»Wir machen einen Spaziergang«, sagte Elizabeth zu Jane, die sie jedoch gar nicht zu hören schien.

Kurz darauf gingen Elizabeth und Mr. Darcy hastig über die Felder. Elizabeth führte ihn zu einer Scheune und meinte, nachdem sie sich vergewissert hatte, dass niemand sie beobachtete: »Ich muss mich dafür entschuldigen, dass es hier keinen Pavillon gibt.«

Er nickte ihr so ernst zu, dass sie Angst und gleichzeitig weiche Knie bekam. Sie gingen hinein und wurden vom Wiehern der Pferde begrüßt.

»Mr. Darcy«, begann Elizabeth, »ich bin ein sehr selbstsüchtiger Mensch und habe nur die Befriedigung meiner Bedürfnisse im Kopf, ohne Rücksicht darauf, ob ich Sie damit möglicherweise kränke. Aber ich kann einfach nicht anders und muss Ihnen für Ihre unvergleichliche Güte meiner armen Schwester Lydia gegenüber danken. Seitdem ich davon erfahren habe, kann ich es kaum erwarten, Ihnen meinen Dank auszusprechen. Wäre die Sache meiner übrigen Familie bekannt, dann würde ich Ihnen auch in ihrem Namen danken können.«

»Es tut mir leid, so außerordentlich leid, dass Sie von dieser Angelegenheit überhaupt erfahren haben, die, im falschen Licht betrachtet, Unbehagen hervorrufen könnte«, entgegnete Darcy mit überraschter, gefühlvoller Stimme.

»Lydia hat mir von Ihrem großzügigen Geschenk erzählt.«

»Wenn Sie mir danken wollen«, erwiderte er, »dann tun Sie das für sich im Stillen. Der Wunsch, Sie glücklich zu machen, hat alle anderen Beweggründe in den Schatten gestellt, wie ich zugeben muss. Ihre Familie schuldet mir deshalb nichts. So sehr ich sie auch respektiere, so habe ich dabei doch nur an Sie gedacht.«

Elizabeth ging auf die Knie und nestelte an seiner Hose. »Erlauben Sie mir, Ihnen zu zeigen, wie dankbar ich bin, Meister.«

»Das müssen Sie nicht«, erklärte er und erstickte fast an seinen Worten, als sie seinen Schaft kühn hervorholte und über die Eichel leckte. »Nach unserer letzten Unterhaltung kann ich mir kaum vorstellen, dass Sie das aus freien Stücken tun würden.«

Elizabeth war zu sehr peinlich berührt, um ein Wort hervorzubringen, daher ließ sie ihre Taten für sich sprechen. Sie nahm seinen Schaft ganz in den Mund, während sie ihr Mieder aufschnürte.

Mr. Darcy wollte schon etwas sagen, aber als sie den Kopf bewegte und langsam und genüsslich an ihm saugte, hatte er Mühe, das Gleichgewicht zu halten. Dann nahm sie seine Männlichkeit so tief in den Mund, dass sie die Eichel hinten in der Kehle spürte. Schweigend wickelte er sich eine Haarsträhne von ihr um die Hand und gab sich ganz seinen Empfindungen hin.

Hätte Elizabeth ihm in die Augen sehen können, dann hätte sie bemerkt, dass sich eine tiefe Freude in ihnen spiegelte. Aber da sie es nicht vermochte, blieb ihr nichts anderes übrig, als zu lauschen, wie er ihr seine Gefühle gestand und ihr versicherte, wie wichtig sie ihm war.

Es gab zu viel zu sagen, während sie sich doch auf nichts anderes als auf seinen Schaft in ihrem Mund konzentrieren wollte.

»Elizabeth, meine Erregung ist viel zu groß, als dass ich es noch lange hinauszögern könnte. Ich werde mich gleich in deine Kehle ergießen.« Er packte ihr Haar fester und drückte sie an sich. »Wirst du meinen Antrag annehmen?« Nun sprach er mit der Stimme, die er immer als ihr Meister benutzte, sodass die Frage eher wie ein Befehl klang. Sie bejahte stöhnend. Kurz darauf stieß er sich tief in sie hinein. Sie bekam keine Luft mehr, schluckte seinen Samen dennoch hierunter. Schon half Mr. Darcy ihr auf die Beine und küsste sie auf die Lippen, die mit seinem Saft benetzt waren.

Der Kuss war leidenschaftlich, und Elizabeth ließ sich in Mr. Darcys besitzergreifende Arme sinken, sodass sie sich schnell ihres Kleides und ihres Mieders entledigen konnte.

»Als ich deinen Brief bekam, habe ich wieder Hoffnung geschöpft«, sagte er und legte sein Jackett auf das Heu, »nachdem ich zuvor voller Trauer war. Ich wusste genug über dich, um mir sicher zu sein, dass du mir nie geschrieben hättest, wenn du dich endgültig und unumstößlich gegen mich entschieden hättest.«

Elizabeth errötete und lachte, als sie die Leiter hinaufkletterte. »Ja, und das, nachdem ich dich so schändlich beschimpft hatte ... Es ist wie ein Wunder.«

Er hielt sie an den Hüften fest, sodass sie nicht weitergehen konnte. Dann strich er mit den Händen über ihre milchweißen Schultern, ihren eleganten Rücken bis zu ihren runden Pobacken. »Zwar waren deine Anschuldigungen unbegründet und basierten auf falschen Annahmen, aber mein Benehmen dir gegenüber während dieser Zeit war dennoch tadelnswert. Mehr noch. Es war unverzeihlich. Ich kann nicht einmal daran denken, ohne vor Abscheu zu erschaudern.«

»Wir werden nicht darüber streiten, wer an diesem Abend die größere Schuld auf sich geladen hat«, erklärte Elizabeth. »Wenn man es genau betrachtet, haben wir beide Fehler gemacht, aber ich hoffe, dass wir seitdem dazugelernt haben.«

»Nie werde ich vergessen, dass du mir vorgeworfen hast, ich hätte mich nicht wie ein Gentleman benommen. Du weißt ja nicht, wie sehr mich das gequält hat, und du kannst es dir vermutlich nicht einmal vorstellen. Allerdings muss ich zugeben, dass es einige Zeit gedauert hat, bis ich eingesehen habe, dass du recht hast. Doch das wird dich nicht vor deiner Bestrafung bewahren«, fügte er hinzu.

Sie erschauerte vor Wonne.

»Du hast mir vorgeworfen, zu keinen wahren Gefühlen fähig zu sein, das weiß ich genau. Ich werde dein Gesicht nie vergessen, als du sagtest, dass du meinen Antrag unter keinen Umständen annehmen würdest.« Er strich ihr mit der Reitgerte über den Rücken und ließ sie dann mit einer schnellen Bewegung des Handgelenks auf ihren Po schnalzen.

»Oh! Wiederhole doch nicht, was ich gesagt habe. Ich kann dir versichern, dass ich mich schon lange sehr dafür schäme.«

Er schlug sie ein weiteres Mal. Der stechende Schmerz wich rasch einer inneren Hitze, und Elizabeth wurde derart feucht, dass sie es kaum noch aushalten konnte. Mr. Darcy schlug noch einmal zu.

»Deine Haut ist so weiß und zart«, sagte er und küsste die roten Striemen, die nun zu sehen waren. Er leckte darüber und biss Elizabeth dann kräftig in die Pobacke. »Es schmerzt mich, dass uns unsere gemeinen Worte beinahe für immer getrennt hätten.«

»Denk nur an die Vergangenheit, wenn es um freudige Erinnerungen geht«, murmelte Elizabeth mit zittriger Stimme und schnappte nach Luft.

»Klettere weiter«, befahl er.

Noch leicht benommen vor Lust setzte Elizabeth den Fuß auf die nächste Sprosse.

»Halt«, sagte er und strich dann mit dem Griff der Gerte über ihre entblößte Spalte. Das Leder hatte eine raue Oberfläche, die ihren intimen Lippen schmeichelte und Elizabeth erregte. Sie spreizte die Beine etwas weiter und gestattete Mr.

Darcy fortzufahren, während sie sich lüstern an ihn lehnte. Er klopfte ihr damit in den Schritt, und es war zwar nicht so schmerzhaft wie ein Schlag, ließ sie jedoch immer lauter stöhnen.

»Mehr?«, fragte er und bewegte den Griff, sodass er ihre Klitoris berührte. Elizabeth drückte die Beine zusammen und rieb sich an dem welligen Griff, während sie das Becken bewegte. Schließlich legte sie frustriert einen Finger auf die Stelle, von der sie sich Erlösung ersehnte. Aber Mr. Darcy nahm ihre Finger und steckte sie sich in den Mund, um daran zu saugen. Er rieb weiter an ihr, bis sie schließlich seufzend kam.

»Jetzt leck den Griff ab.« Mr. Darcy schob ihr das Leder in den Mund.

Er drehte ihre Brustspitze und genoss es, wie diese sich rot verfärbte.

»Schmerzhafte Erinnerungen wird es immer geben, und man kann und darf sie nicht ignorieren. Ich bin mein ganzes Leben lang selbstsüchtig gewesen, und das nicht nur in meiner Vorstellung, sondern in Worten und Taten. Als Kind hat man mich gelehrt, was richtig ist, aber man zeigte mir nicht, wie ich danach leben sollte. Ich hatte gute Vorsätze, habe sie aber voller Stolz und Eitelkeit verfolgt. So war es seit meinem achten Lebensjahr, und so wäre es vielleicht immer noch, wenn du nicht in mein Leben getreten wärst, geliebte Elizabeth! Ich habe dir so viel zu verdanken. Du hast mich eine Lektion gelehrt, die zuerst zwar hart, aber doch zu meinem Besten war. Du hast mich gehörig gedemütigt. Ich kam zu dir, ohne daran zu zweifeln, dass du meinen Antrag annehmen würdest. Doch du hast mir gezeigt, wie viel mehr dazu gehört, einer Frau Freude zu bereiten, die dessen wahrhaft würdig ist.«

»Ich bin sehr erfreut, das zu hören, Meister«, sagte sie, als er ihre Brustspitzen erneut in die Länge zog und der lustvolle Schmerz immer intensiver wurde. »Nur weiter so.«

»Ich denke, dass du mir eine gute Gattin sein wirst, wenn du mich denn noch haben willst.«

Elizabeth drehte sich auf der Leiter um und umarmte ihn. »Oh ja, wenn du mich noch nimmst.«

Er drückte sein Gesicht an ihren Bauch, während sie ihm über das Haar strich. »Geh weiter nach oben«, verlangte er dann. »Und pass auf, dass du nicht fällst.«

Elizabeth setzte ihren Weg fort, und Mr. Darcy bedeckte sie derweil mit Küssen und kleinen Liebesbissen. Als sie noch einen Schritt machte, spürte sie auf einmal seine Zunge in den Locken ihres Venushügels. Oben angekommen, setzte sie sich am Ende der Leiter auf sein Jackett, und er drückte das Gesicht zwischen ihre Beine. Er leckte über ihre Liebeslippen und drückte mit der Zunge gegen ihre Klitoris. Ihre Schreie wurden immer lauter.

Plötzlich holte er etwas aus seiner Tasche. »Beug dich vor«, befahl er. Als sie gehorchte, setzte er eine Klemme auf ihren Nippel.

»Au!«, schrie Elizabeth auf. Das tat weh. Doch schon drang er mit den Fingern in sie ein, und sie genoss seine Liebkosungen, während er ihr auch auf die andere Brustspitze eine Klemme setzte.

»Tut das weh?«, fragte er.

Sie nickte und blickte auf die Kette hinab, die nun zwischen ihren Brüsten baumelte.

»Gut«, sagte er und leckte sie weiter. »Du gehörst jetzt mir, Elizabeth. Ganz allein mir.«

Elizabeths Empfindungen schienen auf einmal viel intensiver zu sein. Der Schmerz von seinen Schlägen auf ihren

Rücken, der Druck durch die Klemmen an ihren Nippeln und Mr. Darcys schnelle Zunge und flinke Finger waren einfach zu viel für sie. Elizabeth schrie seinen Namen und kam erneut. Er war ihr Meister. Er würde sich um ihre Bedürfnisse kümmern. Ihr verzeihen, wenn sie Fehler machte. Sie beschützen. Sie heiraten. Er würde ihr Gatte sein.

Ermattet von der Ekstase ließ sich Elizabeth hochheben, sodass sie auf allen vieren am oberen Ende der Treppe hockte. Mr. Darcy stand nun hinter ihr und pumpte sich schnell und hart in sie hinein, als könnte er es nicht ertragen, noch einen Augenblick länger außerhalb ihres Körpers zu sein.

»Süße, wunderschöne Elizabeth«, murmelte er und streichelte die roten Striemen auf ihrem Po.

»Nimm mich, Mr. Darcy!«, schrie sie auf. »Ich bin dein!«

Er drang tief in sie ein, dehnte sie und füllte sie ganz aus. Wie sehr sie seinen Körper und dieses Gefühl vermisst hatte! Im Pavillon, in der Scheune, und wenn sie schnell heirateten, würde sie es auch bald in ihrem Ehebett genießen können. Sie warf vor Wonne den Kopf in den Nacken und war glücklich, einen so starken und fähigen Liebhaber zu haben. Einen Mann, mit dem sie sich streiten konnte und der nicht vor ihr zurückscheute. Die Liebe, die sie für ihn empfand, schien ihre Brust beinahe zerspringen zu lassen.

»Mr. Darcy«, stieß sie seufzend hervor, als die Wucht seines Höhepunkts sie selbst zum Orgasmus brachte.

Er zog sie auf sich. »Ich weiß, dass du lieber zu Fuß gehst«, murmelte er. »Aber ich will, dass du mich reitest.«

»Ich bekomme keine Luft mehr.«

Er zog an der Kette, sodass sich ihre Brustspitzen schmerzhaft in die Länge zogen. Elizabeth wimmerte, da ihre Erregung gar nicht mehr abzuflauen schien.

»Werde ich je genug von dir bekommen?«, fragte sie und setzte sich rittlings auf ihn, während er sich zurücklehnte.

»Nein«, erwiderte er und klang fast wie der arrogante Mann, als den sie ihn kennengelernt hatte.

Elizabeth bewegte sich auf ihm, und der Schmerz in ihren Brüsten erregte sie nur noch mehr. Wann immer sie langsamer wurde oder eine Pause machte, um nach Luft zu schnappen, zog er an der Kette, als wären es Zügel, und ihr Körper reagierte sofort, wobei sie Schmerz und Lust längst nicht mehr unterscheiden konnte.

Er schlug ihr auf den Hintern, als sie kurz vor dem Orgasmus war.

»Noch einmal«, stieß sie mit einer rauen Stimme hervor, die sie fast nicht als ihre eigene wiedererkannte. »Schlag mich, Mr. Darcy.«

Er kam ihrer Bitte nach und bearbeitete sie mit seiner großen Hand, bis sie schrie wie ein wildes Tier und Anstand und Vernunft hinter sich ließ und schließlich mit einer ungeheuren Wucht kam. Danach lag sie ausgelaugt und keuchend auf ihm.

Sie war sich kaum bewusst, dass auch er zum Höhepunkt kam, während sie sich leidenschaftlich küssten. Er stöhnte an ihrem Mund, und sie schmeckte sich auf seiner Zunge und hatte sich einem anderen Menschen noch nie zuvor so nahe gefühlt. Sein Schaft, seine Zunge und seine Finger waren in ihr, während sie noch immer auf den Wogen der Lust dahintrieb.

Elizabeth öffnete die Augen erst wieder, als Mr. Darcy sie wenig später drängte, sich anzuziehen, bevor sich ihr Vater noch auf die Suche nach ihnen machte. Sie kicherte bei der Vorstellung. Da ihr Körper sich steif anfühlte und an mehreren Stellen schmerzte, ließ sie sich von Mr. Darcy nach unten und beim Ankleiden helfen. Er nahm ihr die Kette und die Klemmen ab und steckte alles wieder in seine Tasche.

Dann gingen sie zurück zum Haus, so dicht nebeneinander, dass sie die Wärme des anderen spüren konnten, ohne sich zu berühren.

»Habe ich Heu im Haar?«, fragte sie, als sie ihm ein paar Halme vom Kopf zupfte.

»Überraschenderweise nicht.«

»Ob Jane und Bingley unsere Abwesenheit wohl bemerkt haben?«

»Das bezweifle ich. Sie waren vermutlich ebenso beschäftigt wie wir.«

»Du bist furchtbar«, sagte sie und gab ihm einen spielerischen Klaps. »Wie hast du Bingley eigentlich dazu gebracht, hierherzukommen und Jane einen Antrag zu machen? Oder habe ich seinen Blick falsch gedeutet?«

»Das hast du nicht. Am Abend vor meiner Abreise nach London habe ich ihm alles gestanden, wie ich es schon vor langer Zeit hätte tun sollen. Ich habe ihm erzählt, was vorgefallen ist. Er war sehr überrascht darüber. Ich habe ihm auch gesagt, dass ich mich wohl geirrt habe, als ich annahm, deine Schwester würde nichts für ihn empfinden. Und da ich mühelos erkennen konnte, dass seine Liebe zu ihr noch ebenso stark war wie zuvor, hegte ich keinen Zweifel mehr daran, dass sie zusammen glücklich werden können.«

Elizabeth musste lächeln, als ihr bewusst wurde, wie leicht Mr. Darcy seinen Freund lenken konnte.

»Hast du von deinen Beobachtungen gesprochen, als du ihm gesagt hast, dass meine Schwester ihn liebt, oder hast du dich dabei ganz auf das verlassen, was du im letzten Frühjahr von mir erfahren hast?«, wollte Elizabeth wissen.

»Ersteres. Ich habe sie genau beobachtet, als ich die letzten

Male hier gewesen bin, und konnte mir somit von der Wahrhaftigkeit ihrer Zuneigung ein Bild machen.«

»Und ich nehme an, dass deine Versicherung Mr. Bingley augenblicklich überzeugt hat.«

»Allerdings. Ich sah mich gezwungen, ihm etwas zu gestehen, was ich ihm für gewisse Zeit und zu Unrecht vorenthalten hatte. Ich musste ihm einfach sagen, dass deine Schwester im letzten Winter drei Monate lang in der Stadt gewesen war, dass ich davon gewusst und es ihm absichtlich verschwiegen hatte. Er war sehr wütend, aber sein Zorn hat gewiss nicht länger vorgehalten als seine Zweifel in Bezug auf die Gefühle deiner Schwester. Inzwischen hat er mir längst vergeben.«

Elizabeth hätte gern angemerkt, dass Mr. Bingley ein ganz wundervoller Freund war, so leicht zu lenken und damit von unschätzbarem Wert, aber sie hielt sich zurück. Ihr fiel ein, dass Mr. Darcy noch lernen musste, über sich selbst zu lachen, und dass es deshalb für solche Scherze noch viel zu früh war.

Während Mr. Darcy sich ausmalte, wie glücklich Bingley werden würde – natürlich nicht so glücklich wie er selbst –, führte er die Unterhaltung fort, bis sie das Haus erreichten. Dort trennten Elizabeth und er sich.

31

Als Elizabeth in den Salon zurückkehrte, sah sie ihre Schwester und Bingley vor dem Ofen stehen, als würden sie eine ernste Unterhaltung führen, und wäre das nicht schon verdächtig genug gewesen, verrieten ihre Mienen alles, als sie sich rasch umdrehten und voneinander abrückten.

Elizabeth bemerkte ihre unordentliche Kleidung, die aussah, als wäre sie hastig angelegt worden. Keiner sagte ein Wort, und Elizabeth wollte schon wieder gehen, als Bingley, der sich ebenso wie Jane gesetzt hatte, auf einmal aufsprang, der Geliebten ein paar Worte ins Ohr raunte und hinauslief.

Jane konnte sich nicht länger zurückhalten und musste sich Elizabeth voller Freude anvertrauen. Sie umarmte die Schwester und bekannte ausgesprochen lebhaft, dass sie der glücklichste Mensch überhaupt sei.

»Das ist zu viel!«, fügte sie hinzu, »viel zu viel! Ich habe das nicht verdient. Oh! Warum ist nicht alle Welt ebenso glücklich, wie ich es bin?«

Elizabeth gratulierte ihr von ganzem Herzen, wobei sie ihre Gefühle kaum in Worte fassen konnte. Jeder freundliche Satz schien Janes Glück nur noch weiter zu steigern.

»Ich muss sofort zu Mama gehen!«, rief sie aus. »Ich möchte auf keinen Fall ihre liebevolle Sorge um mich noch länger strapazieren oder zulassen, dass sie die Nachricht von jemand anderem als mir erfährt. Mr. Bingley ist schon zu unserem Vater gegangen. Oh! Lizzy, zu wissen, dass diese

Kunde unsere ganze Familie glücklich machen wird! Wie kann ich so viel Glück nur ertragen? Als Mr. Bingley mir gesagt hat, er hätte nicht gewusst, dass ich letzten Frühling in der Stadt gewesen bin. Das hätte ich nicht für möglich gehalten.« Sie hielt kurz inne, holte Luft und fuhr dann fort: »Wenn seine Schwestern sehen, und das werden sie ganz gewiss, dass ihr Bruder mit mir glücklich ist, dann werden sie schon damit zufrieden sein, und wir werden einander wieder vertragen. Auch wenn ich nicht glaube, dass es wieder so sein wird wie früher.«

»Das waren die unversöhnlichsten Worte, die ich je von dir gehört habe«, erklärte Elizabeth. »Braves Mädchen! Es würde mich in der Tat sehr aufregen, wenn ich erneut mit ansehen müsste, wie Miss Bingley dir ihre Zuneigung vorgaukelt.«

»Du hast ja so recht! Sie hat mir das Gefühl gegeben, als würde ich ihr nachstellen, diese eingebildete Person!«, sagte Jane und sah sich verstohlen um. »Sie hat eine sehr hohe Meinung von ihren Verführungskünsten.«

»Das ist mir aufgefallen.« Elizabeth verdrehte die Augen. Da sie es nicht länger für sich behalten konnte, schüttete sie Jane ihr Herz aus und gestand ihr die guten Neuigkeiten, die sie betrafen.

»Das ist nicht dein Ernst, Lizzy! Das kann doch nicht sein! Verlobt mit Mr. Darcy! Nein, nein, mich führst du nicht hinters Licht. Ich weiß, dass das unmöglich ist.«

»Ach Jane, du bist meine einzige Hoffnung, denn wenn du mir nicht glaubst, wer dann? Ja, es ist mein voller Ernst. Ich sage die reine Wahrheit. Er liebt mich noch immer, und wir sind verlobt.«

Jane sah sie skeptisch an. »Oh, Lizzy! Das kann nicht sein. Ich weiß doch, wie sehr du ihn verabscheust!«

»Du weißt nicht das Geringste. Es ist alles vergessen. Vielleicht habe ich ihn nicht immer so geliebt, wie ich es jetzt tue, aber in solchen Fällen ist ein schlechtes Gedächtnis Gold wert. Dies ist das letzte Mal, dass ich mich jemals wieder daran erinnern werde.«

Jane starrte sie noch immer erstaunt an. »Meine liebe, liebe Lizzy. Ich würde dir ja gratulieren, aber bist du dir deiner Sache wirklich sicher? Verzeih mir die Frage, aber bist du davon überzeugt, dass du mit ihm glücklich werden kannst?«

»Daran besteht nicht der geringste Zweifel. Wir haben bereits alles besprochen, und es steht fest, dass wir das glücklichste Paar der Welt sein werden.«

Jane und Elizabeth sprachen freudestrahlend über ihre Verlobten und ihre Zukunft. Einige Zeit später kamen Mr. Darcy und Mr. Bingley zurück. Bingley eilte zu Jane und küsste sie auf die Wange.

Mr. Darcy beugte sich zu Elizabeth hinüber und raunte ihr ins Ohr: »Geh zu deinem Vater, er wartet in der Bibliothek auf dich.«

Sie lief sofort los.

Ihr Vater ging im Zimmer auf und ab und wirkte ernst und angespannt. »Lizzy«, sagte er, »was tust du denn? Hast du den Verstand verloren, dass du den Antrag dieses Mannes annimmst? Ich dachte, du hättest ihn immer gehasst?«

»Nein, ganz im Gegenteil«, erwiderte sie mit Tränen in den Augen. »Ich liebe ihn. Er besitzt auch gar keinen unangemessenen Stolz und ist ausgesprochen liebenswert. Du weißt ja nicht, wie er wirklich ist, also quäle mich bitte nicht, indem du so über ihn sprichst.«

»Lizzy«, sagte ihr Vater, »ich habe ihm meinen Segen gegeben. Er ist in der Tat ein Mann, dem ich niemals etwas verweigern könnte, was er von mir erbittet. Ich gebe nun auch dir meine Einwilligung, wenn du entschlossen bist und ihn wirklich haben willst. Aber ich möchte dir raten, es noch einmal zu überdenken. Ich kenne dich gut, Lizzy. Ich weiß, dass du nicht glücklich wärst noch deine Selbstachtung behalten würdest, wenn du deinen Gatten nicht wirklich achten und zu ihm aufsehen kannst.«

»Er ist mein wahrer Meister«, gestand sie ihrem Vater.

»Nun, meine Liebe, wenn das der Fall ist, dann hat er dich verdient. Ich hätte mich niemals für jemanden von dir trennen können, der deiner nicht wert ist, Lizzy.«

Um den guten Eindruck ihres Vaters zu bestärken, erzählte sie ihm, was Mr. Darcy freiwillig für Lydia getan hatte. Mr. Bennet hörte ihr verblüfft zu.

»Dieser Abend steckt voller Wunder. Dann hat Darcy genau das Richtige getan: Er hat die Heirat in die Wege geleitet, ihr die Mitgift gezahlt, die Schulden des Mannes beglichen und ihm seine Offiziersstelle gekauft! Du hast meinen Segen, mein geliebtes Kind!« Er küsste sie liebevoll auf beide Wangen.

Als sie aus dem Raum ging, rief er ihr hinterher: »Falls noch weitere junge Männer wegen Mary oder Kitty hier sind, dann schicke sie bitte gleich zu mir herein. Ich bin gerade in der richtigen Stimmung.«

32

Jane und Bingley heirateten als Erste und verbrachten einige Monate auf Netherfield, bevor sie beschlossen, dass die Nähe zu Janes Mutter eher ein Nachteil denn ein Segen war. Zum neuen Jahr hatten sie sich in der Nähe von Pemberley niedergelassen.

Elizabeth und Darcy heirateten als Nächste, und Elizabeth nahm seine Schwester Georgiana mit Freuden unter ihre Fittiche. Indem sie ihren geliebten älteren Bruder und seine frisch angetraute Gattin beobachtete, wurde Miss Darcy bewusst, dass es bei einer Ehe nicht etwa um Geld, sondern um Liebe und Respekt ging.

Lydia hatte den hanebüchenen Wunsch geäußert, nach Pemberley eingeladen zu werden, aber aus Respekt vor ihrem Gatten vertröstete Elizabeth ihre Schwester und schickte ihr dafür Geld aus ihrem eigenen Vermögen. Auf diese Weise waren alle glücklich.

Kitty hatte Mary überzeugt, mit ihr ins Dorf zu ziehen, wo sie sich unter den Fittichen ihrer Tante bestens entwickelten.

Charlotte und Mr. Collins besuchten Lady Catherine weiterhin alle vierzehn Tage, und dank Charlottes geschickten Worten und noch geschickterer Zunge akzeptierte Lady Catherine irgendwann die Tatsache, dass ihr Lieblingsneffe ihre Tochter verschmäht und dafür Miss Bennet geheiratet hatte.

Mr. und Mrs. Bennet hatten ihr Heim immer öfter für sich

allein, und Mr. Bennet bemühte sich bei jeder sich bietenden Gelegenheit, die Nerven seiner Frau zu beruhigen.

Zu guter Letzt wurde Netherfield von einem weiteren annehmbaren Junggesellen erworben, und es wurde von Neuem gefeiert, aber das ist eine andere Geschichte, in der die Bingleys und die Darcys keinen Platz haben, da sie schließlich alle ihr Glück in der Ehe gefunden hatten.

Eines Abends nach dem Essen spielte Georgiana Darcy auf Pemberley so talentiert auf dem Klavier, dass Mr. und Mrs. Darcy Tränen in den Augen standen. Nachdem Georgiana sich zurückgezogen hatte, zog Elizabeth an dem Wandleuchter, mit dem man die Geheimtür öffnete, und folgte ihrem Gatten in den Kerker.

Sie entkleidete sich und hielt still, während Mr. Darcy ihr die Hände über dem Kopf fesselte und die Klemmen an ihren Brustspitzen anbrachte, was ihr viel Freude bereitete. Er wartete, bis der stechende Schmerz in Lust übergegangen war, und vergewisserte sich, dass Elizabeth feucht und bereit war, bevor er den gläsernen, mit einem Edelstein verzierten Plug in sie einführte. Er hatte ihn als Hochzeitsgeschenk für seine Gattin anfertigen lassen. An einem Ende befand sich ein makelloser Rubin, der ebenso funkelte wie das Feuer in Elizabeths Augen.

Für den Anfang schlug er sie leicht auf die Waden und die Oberschenkel, um sie immer wieder innig zu küssen und ihren glatten, geschwungenen Hintern zu liebkosen.

»Warum lächelst du, Liebes?«, wollte Mr. Darcy wissen.

»Weil ich der glücklichste Mensch der Welt bin«, antwortete Mrs. Darcy.

Er sah sie überrascht an. »Du hättest wirklich warten können, bis ich in dich eingedrungen bin, bis du mir das sagst.«

Elizabeth kicherte. »Es mag sein, dass andere Menschen das auch schon behauptet haben, aber niemand war derart berechtigt dazu, wie ich es bin. Ich bin sogar glücklicher als Jane. Sie lächelt nur, aber ich lache.«

Und nachdem sie gelacht hatte, sorgte er dafür, dass sie schließlich ebenso befriedigt wie glücklich war.

Werde Teil der Bastei Lübbe Welt
You Tube
www.lesejury.de
Lesen, rezensieren, Bücher gewinnen
Lerne Autoren, Verlagsmitarbeiter und andere Leser kennen